有爱的青春陪伴者

总裁的二次初恋

风魂 著

贵州出版集团
贵州人民出版社

图书在版编目（CIP）数据

总裁的二次初恋 / 风魂著. -- 贵阳：贵州人民出版社, 2019.5
ISBN 978-7-221-15265-7

Ⅰ. ①总… Ⅱ. ①风… Ⅲ. ①长篇小说-中国-当代 Ⅳ. ①I247.5

中国版本图书馆CIP数据核字(2019)第089122号

总裁的二次初恋

风魂/著

出版统筹：	陈继光
责任编辑：	潘　媛
选题策划：	大鱼文化
特约编辑：	颜小玩
装帧设计：	颜小曼　cain 酱
封面绘制：	棉花圃
出版发行：	贵州人民出版社（贵阳市观山湖区会展东路SOHO办公区A座 505081）
印　　刷：	湖南凌宇纸品有限公司
开　　本：	880×1230毫米 1/32
字　　数：	218千字
印　　张：	8.5
版　　次：	2019年6月第1版
印　　次：	2019年6月第1次印刷
书　　号：	ISBN 978-7-221-15265-7
定　　价：	39.00元

版权所有　盗版必究。举报电话：策划部0851-86828640
本书如有印装问题，请与印刷厂联系调换。联系电话：0731-82755298

目 录
contents

第一章 .... /001
唐小姐

第二章 .... /014
唐家

第三章 .... /030
自己的葬礼

第四章 .... /046
不一样的"唐夜弦"

第五章 .... /059
写我的名字

第六章 .... /074
她当年,是不是失忆过

第七章 .... /094
第一次拍戏

第八章 .... /107
有钱就是了不起

第九章 .... /121
我是苏叶

目 录
contents

第十章 .... /131
这才是炫耀

第十一章 .... /143
我好想你

第十二章 .... /164
当年怎么那么蠢

第十三章 .... /184
真人秀

第十四章 .... /194
"警察"和"逃犯"

第十五章 .... /210
这世上，只有一个苏叶

第十六章 .... /223
苏叶的脖子

第十七章 .... /235
他这是在撩她吗

第十八章 .... /252
唐皓，你真差劲

第一章
唐小姐

苏叶在医院里醒来。

她只觉得自己全身上下就好像被一群大象蹂过,连一根手指都抬不起来。

记忆似乎有一个断层,她努力回忆的时候,护士已叫了医生进来。

医生是个年轻男子,身材修长,一身白大褂穿得一丝不苟,一副黑框眼镜让他英俊的面孔更显得严肃正经。

这是沈弘行。

苏叶从小就认识他,但这时却有一瞬间的犹豫,以为自己看错了人。

她认识的沈弘行,向来是温文尔雅的,轻言细语、嘘寒问暖,哪有这种板着脸好像谁欠了他几百万的样子?

她难道没交医药费?

沈弘行做了一番检查,十分公式化地问:"有什么感觉?"

苏叶从惊诧中回过神来,呻吟一声:"痛……"

说不上来哪里痛,但就是哪里都痛。

出口的声音有点哑,似乎不太像她平常的声音。苏叶皱了一下眉,心想也许是因为车祸的后遗症吧。

沈弘行扫她一眼,线条优美的薄唇扯出一丝冷笑:"还知道痛啊?酗酒、自残，做这些之前就没想过会痛吗？你们这些小孩儿到底有没有把自己的身体当回事？"

苏叶眨了眨眼。

啥？

什么小孩儿？

这姓沈的在说什么？她跟他同龄，从小一起长大，他用这种口气教训她算怎么回事？

这真的是沈弘行吗？

只是长得像吧？

但……天下哪有长得这么像的人？也没听说过沈弘行有双胞胎兄弟啊。

等等，重点好像不在这里。

什么酗酒、自残？

苏叶终于抓住了问题的中心，却更加莫名其妙："我不是出了车祸吗？"

"车祸？"

沈弘行嘴角的冷笑一收，眉头就皱了起来。他个人不太待见这个病人，但作为医生，还是负责的。他又仔细替她检查了一番，眉头就皱得更紧："宿醉的幻觉还没消失吗？"

幻觉？

苏叶怔了怔。

记忆里突然涌出一组画面。

雨夜的山路，失灵的刹车，后视镜里自己惊慌失措的脸。

碰撞，滑落，翻滚，然后……嘭！

血与火的味道，骨折肉碎的痛楚。

这样真实的体验，怎么可能是幻觉？

但……等等……好像有点不对？

她记得……最后车子的确是爆炸了，车体整个都摔得变了形，油箱也破了，而她被卡在座位上，根本没能逃出去……何况在车子爆炸之前，她已经

被车体碎片扎成了筛子……

那种情况……她……怎么还可能活得下来?

她被这个认知震惊了,一时间呆在那里回不过神来。

到底发生了什么?

她现在……到底算是个什么状态?

"再留院观察一晚。"

沈弘行给护士下了医嘱,没再和苏叶说话,便转身出去了。

苏叶又呆滞了很久,才试探性地问护士:"我记忆好像有点模糊,我到底怎么了?"

"唐小姐喝醉了酒,之后割腕自杀。"护士倒是有问有答,态度看起来还算不错,眼中却闪过一丝掩饰不住的鄙夷。

苏叶:"……"

她低头看了看,自己左手的手腕的确还包着纱布。

但……唐小姐是怎么回事?

她虽然不认识这个护士,但既然是在沈弘行的科室,就没道理会搞错她的姓名资料。

只是,为什么会叫她唐小姐?

苏叶的心头突然涌上一种匪夷所思的猜想,她自己都被这个想法吓到了,不自觉地咽了口口水,才轻轻道:"我想去下洗手间。"

护士陪着她去了。

苏叶在洗手间的镜子里,看到了自己的脸。

镜中是一张年轻的面孔,十八九岁的样子,现在脸色有些苍白,但掩不住那份如花似玉的美丽。挺鼻深目,眼眸还带了点苍绿色,还是个混血美人。

但这个美人……头发染得五颜六色,耳朵上至少打了七八个洞,锁骨附近还有个蓝色的蝴蝶文身,完全就是一个非主流。

这当然不是她!

但她眨眼,镜子里的人也眨眨眼;她偏偏头,镜子里的人也偏偏头。

不是她的模样，但的确又是她。

所以……她这算是什么？

穿越？重生？

苏叶脑海中一片混乱，站在镜前，久久不能移动。

震惊过后，才想起来镜子里这张脸，她其实见过。

"她"叫唐夜弦，是安盛集团前任总裁唐霖的私生女。

前些年唐霖病重濒死的时候，才专程派人从国外找回来的。据说在外面就没接受过什么好的教养，脾气也差，回来之后，穷人乍富的坏毛病一个没落，闹了无数笑话。

偏偏从她回来之后，本来都下了病危通知书的唐霖竟然慢慢好转了，唐老爷子就把她当作了自己的福星，各种宠溺。因此唐小姐丝毫不知收敛，反而越发肆无忌惮。

整个云城的富豪圈子里，提起这位唐小姐，简直人嫌狗憎。

怪不得沈弘行是那种态度。

可是……她为什么会变成唐夜弦？

为什么偏偏是唐夜弦？

她倒不是特别讨厌唐夜弦，也没什么过节。事实上，她也没见过几面。

——凡是姓唐的，她都避而远之。

因为唐霖的长子，唐夜弦的异母哥哥，如今唐家的掌事人，声名显赫纵横商界叱咤风云的唐总裁唐皓，曾是她的初恋。

当年……他们虽然算是情投意合，但两人性子都傲，少年意气，针锋相对……最终只能不欢而散。

分手到现在七年了，明明同在云城，这么小的圈子，却偏偏老死不相往来。

他们唐家的人，她苏叶都不想见。

何况她也结婚好几年了，丈夫许建安对她很好，和和睦睦的，当然就更不想去招惹什么前男友了。

结果现在偏偏变成了唐皓的妹妹。

这到底算是什么事？

护士在旁边轻轻唤了声："唐小姐，你怎么了？"

苏叶深深吸了口气，抑制住自己想要抓狂尖叫的冲动，缓缓道："没事。"

她在护士的辅助下解决了生理问题，又被扶回了床上躺下。

她闭上眼休息，指望自己睡一觉醒来之后，就会变回苏叶。

她还是苏家大小姐，事业顺遂、夫妻和美，刚参加完一个大业务的庆功宴开车回家。

什么车祸，什么死亡，什么变成另一个人……一切都只是一个梦。

一定只是做梦。

苏叶笃定地想。

苏叶再醒来时，还是在医院里。

上次的病房，上次的病床，唯一不同的，大概就是床前坐了一个人。

斯文俊秀的年轻男子，穿了一身浅灰色的休闲西装，跷着一双大长腿坐在那儿玩手机。

苏叶认出了这个人。

杜怀璋。

以前是唐霖的助理，后来在安盛集团做了个部门经理，苏叶见过几面，不算太熟。

关键是，他是唐夜弦的未婚夫。

之前苏叶的闺蜜谢圆圆还拿这事跟她开过玩笑，说唐老爷子大概也知道自己的女儿什么德行，这辈子可能找不到正常的女婿了，只好从下属里先挑一个绑定。

苏叶没有应和。

因为……她丈夫许建安之前也是她父亲苏承海一手提拔起来的手下。

苏承海就只有苏叶这一个女儿，那真是捧在手里怕摔了含在嘴里怕化了，对她的婚事，当然也是千挑万选，最后才敲定自己看了一路知根知底的许建安。

许建安的确一直对苏叶很好。

苏叶体谅父亲的苦心,就不想拿唐老爷子这同样的一片慈父之心来取笑。

至于杜怀璋,老实说,苏叶是有点看不起的。

毕竟唐夜弦的情况和她苏叶又不一样。

苏叶的性子虽然有点傲,但她也的确值得骄傲。长得漂亮,人又聪明,从小成绩好,还多才多艺,办事干练,商业触觉也好。许建安追她那会儿,苏承海交给她练手的小公司已经蒸蒸日上了。

许建安会爱上她简直理所当然。

但杜怀璋为什么答应跟唐夜弦订婚?难道还能真看上这个不学无术、天天酗酒把自己整得跟个烟花筒一样的非主流少女?

还不是冲着唐家的钱?

不然唐家早年几乎要破产的时候,怎么不见他想娶唐家的小姐?

但现在这个人就坐在她床前,而她……苏叶看了一眼自己的手,这个环境和手腕上的纱布都在提醒她,她还是"唐夜弦"。

苏叶忍不住叹了一口气。

杜怀璋被她惊动,侧目扫了她一眼,但还是先把手机上的操作完成了,才转过头来:"醒了?"

语气很冷淡。

苏叶皱起眉。

她见到过杜怀璋跟唐夜弦在一起的时候,真是相当殷勤体贴。之前还有不少名媛为此嫉妒唐夜弦,没少说酸话。但他私下里竟然这么冷淡?

杜怀璋按铃叫了医生。

来的还是沈弘行。他依然是那张冷脸,检查完之后,又问苏叶,是不是还有幻觉。

她能说什么?

她要说她不是唐夜弦,而是苏叶,是不是得被当成精神病?

反正喝酒喝坏脑子的，也不止一个两个。

看杜怀璋和沈弘行的态度，真觉得她精神有问题，是不是会直接把她送到精神病院去？

苏叶现在一脑门疑问，只想搞清楚这到底是怎么回事。而最不想的，当然就是继续被困在医院里。

她在这里什么都做不了。

但想要出院的话，当然也只能先用唐夜弦的身份，走一步看一步了。

见"唐夜弦"乖巧地回话，沈弘行反而有点不适应一般皱了眉，索性转向杜怀璋道："应该没什么事了。你们想在医院再休养两天也可以，如果要出院，现在就可以走了。"

语气里是满满的嫌弃……

苏叶简直都不敢相信这是她认识的那个沈弘行能说出来的话。

是因为沈弘行讨厌唐夜弦吗？

再想想杜怀璋的冷淡，苏叶又忍不住开始怀疑，她真的还在她原本的世界吗？到底是重生在唐夜弦身上，还是索性穿越到了什么平行世界？不然怎么会这一个两个的，都跟她印象里的人是完全不同的作风？

杜怀璋替"唐夜弦"办了出院手续。

他小心翼翼地扶着她，温柔地问她还痛不痛，又说家里已经炖好了汤，一定要她多喝两碗补一补。他长得本就不错，对未婚妻又这样温柔体贴，引得周围几个小护士个个羡慕。

苏叶表面上不动声色，心里却在冷笑。

原来并不是平行世界，也不是人设不同，而是她以往本来就没有深交，看到的全是假象。

但是又不免纳闷。

为什么？

杜怀璋在外人面前假装恩爱她可以理解，但为什么私下会对唐夜弦那么冷淡？

唐夜弦才是唐家小姐，才是他的晋升阶梯，才是他的金主……他不该变着法地讨好她才对吗？

这两人之间，到底是怎么回事？

上了车，杜怀璋的脸就沉下来，道："你自杀的事，瞒了老爷子，只告诉他你喝多了酒摔了一跤才进医院的。你自己也不要多嘴。"

苏叶根本不知道这两人原本是怎样的相处方式，这时也不知道要怎么回答，索性就保持沉默。

杜怀璋一面发动车子，一面看了她一眼，继续道："你平常想怎么玩我都不管你，但你自己心里有点数，别闹得收不了场！"

苏叶心里一点数都没有。

她以前也看过一些小说，那些主角穿越或者重生之后，都会接收原主的记忆什么的，但轮到她的时候，却根本什么都没有。

如果不是她认识现在这张脸，只怕她连自己变成了谁都不知道。

说到底，她就只是一个换了身体的苏叶。

就好像一台只换了机箱的电脑，外观看起来虽然完全不同了，但内里运行的 CPU 啊、硬盘啊、系统啊、数据啊，全都还是原来的。

唐夜弦的事，除了之前她偶尔见过的几面和一些道听途说，她根本什么都不知道。

这让她怎么有数？

她不说话，杜怀璋就有点不耐烦，挑了眉提高了声音："听到没有？"

苏叶只能闷闷应了一声："嗯。"

杜怀璋就当她答应了，也不再说话，沉默地开车。

苏叶侧头靠在车座上，半垂着眼，看着"自己"包着纱布的手腕。

唐夜弦为什么会自杀？

真的只是醉酒神志不清吗？

还是跟杜怀璋这奇怪的态度有关？

而且……

她在这里，那唐夜弦呢？

真正的唐夜弦的意识呢？

真的死了吗？

还是依然在这个身体的哪个角落里呢？

又或者……变成了她？

苏叶一想到这个可能，就几乎要跳起来，赶紧问："我的手机呢？"

她醒来时就在病床上，身上一身病号服，别的什么都没有，出院穿的这身衣服，还是杜怀璋带过来的。

"在我那里，明天再给你拿过来。"杜怀璋说。

唐夜弦是在跟她那群狐朋狗友一起开Party时突然跑去浴室里自杀的，一群兔崽子全吓得慌了神，好在还有人记得叫救护车记得给他打电话善后，不然这次后果真是不堪设想。他想想当时那一片狼藉，就觉得太阳穴还在突突地痛，咬了牙狠狠道："我警告你，我的耐性也是有限的。你知道替你收拾残局擦屁股有多费劲吗？以后最好给我老老实实的，这样的事，绝对不要再有第二次，不然的话……"

他没往下说，但威胁之意已溢于言表。

苏叶不由得微微挑了一下眉。

他竟然威胁她？

一个要靠婚姻攀着唐家的人，竟然威胁唐家小姐？

为什么？

但她现在也不太好直接问。

何况想想唐夜弦这又是酗酒又是玩自杀，她倒也能理解杜怀璋的心情，也许一时口不择言也是有的。

所以，她只是依然低低应了一声，又放软了声音，用请求的语气道："我想打个电话。"

苏叶想给许建安打电话。

从确定自己不是在做梦开始，就想打给他。

只是杜怀璋一直在那里，她也没有机会。而现在一想到唐夜弦跟她灵魂互换的可能，她就更加按捺不住，只想立刻打电话给许建安确认一下。

再有一点……

这种时候，她心乱如麻，便格外渴望听到许建安的声音。

去年父亲去世之后，许建安就成了她唯一的亲人，夫妻俩相依为命。

或许对外人来说，坐拥苏家那么多财富的人，却说"相依为命"，似乎做作而矫情。

但苏叶真的就是这么想的。

钱财不过身外之物，没有了再挣就是，只有人是最宝贵的，无可替代。

她少年时失去了母亲，后来又失去了唐皓，再后来父亲也走了，只剩下许建安。

许建安就是她心里的珍宝。

不论发生什么，不论有多累，只要看到他，听到他的声音，在他怀里……她便安心。

杜怀璋看了她几眼，并没有觉察出什么不对，便将自己的手机解锁递给她。

苏叶不假思索地拨出了那个熟悉的号码，铃声响了很久之后，她听到了丈夫熟悉的声音："喂？"

"建安……"她唤了一声，喉咙已有些哽住。

"您是哪位？"那边许建安的声音礼貌而疏离。

"我……"

许建安的语气给苏叶泼了一盆凉水。她已经不是他熟悉深爱的妻子了，现在的她，对许建安来说，完全只是一个陌生人。

那么……到底要怎么说，才能让他相信她变成了另一个人这么匪夷所思的事？

苏叶深吸了一口气，冷静下来，想先组织一下语言。

但她这边半晌没出声，许建安便道："抱歉，我这边现在事情有点多，如果您没有什么事的话……"

听着他似乎要挂电话的样子，苏叶连忙叫道："等一等，那个，我……呃……苏叶现在……"

她急于想知道自己身体的现状，许建安却误会了她的意思："哦，是苏叶的朋友吗？是哪位？"

那边好像有什么人叫他，他转头去说了句什么，然后才对着电话道："不好意思，我真是忙晕了头，苏叶的朋友也没顾得上一一通知，葬礼定在十一号，您……"

"葬礼？什么葬礼？"苏叶一惊，忍不住打断了他的话。

"啊……原来您不知道吗？"许建安的声音便低沉了几分，很悲痛的样子，"是苏叶的葬礼。她出了车祸。"

她果然已经死在了那场车祸里。

许建安在准备她的葬礼。

苏叶有点呆滞，几乎要拿不稳手机。

她本来还想，如果唐夜弦在她的身体里，她们不知什么原因交换了灵魂，说不定还能想办法再换回来。

可是……她真的死了。

连葬礼日期都定好了，可见真是没有活过来的希望了。

大概唐夜弦也是真的死了吧。

苏叶心里涌起了浓浓的不安。

对自己，对这个身体，对未来……

她要怎么办？

以后就以唐夜弦的身份活下去吗？

可是……

她想回家。

她想见许建安。

但……

她现在变成了唐夜弦，还回得去吗？

苏叶一发呆，那边喂了两声，没有得到回应便挂断了。

杜怀璋侧头看了她一眼。

刚刚苏叶打电话的时候并没有特意压低声音，他听到了两个名字，"建安""苏叶"。这世上重名的人也许很多，但这两个放在一起，再加上"葬礼"，他就知道是谁了。

"你打给许建安？"他皱起眉。

他跟许建安不算认识，最多只是在一些应酬和商业场合上见过面，连寒暄的交情都没有。但他知道很多人会把他们放在一起比较。

毕竟都是出身贫寒却成了富豪之家的女婿。

许建安的风评很好。年轻有为，人品出众，跟苏家大小姐结婚后又一直温柔体贴，堪称模范丈夫。

杜怀璋其实是有点不以为然的，表面功夫，他也能做得很好嘛。

只是他真没想到，唐夜弦竟然会认识许建安。而且看刚刚她按号码那个熟练程度，只怕还相当熟悉。

他不由得追问："你什么时候认识他的？"

苏叶这时才回过神来，看着他，也没回答，而是问："你知道苏叶去世的事吗？"

她刚刚的反应太失态，现在也不好再打过去追问什么，不如先从其他人那里了解一下。

杜怀璋嘴角撇过一丝嘲弄的冷笑："一连几天的大头条，也就是你这种醉生梦死、万事不管的人才不知道。"

苏叶强行忽略掉他语气里的不屑，用他的手机上网搜了"苏叶去世"的新闻。

果然有很多报道。

三天前,苏家大小姐苏叶雨夜开车,不慎滚落山崖。有些还附了照片,整辆车烧得只剩框架,苏小姐当然也被烧成了焦炭。

苏叶的手不由得抖了抖,她虽然有那些记忆,但直接看到,还是觉得有点惨。

她这辈子也没做什么坏事,还热心慈善,捐了一所希望小学,资助了好些贫困生,怎么就会死得这么惨?

网上也有人爆料说苏大小姐的丈夫许建安悲痛难当,一开始不肯面对现实,还要求做了DNA检查,才确认的确是苏叶本人无疑。

后面还有对车祸原因的分析。有人说夜雨路滑,有人说是酒后驾驶,也有人调侃女司机就是容易出事。

苏叶一条条看过去,只觉得讽刺。

她跟谢圆圆那种娇娇女不一样,她从小就爱车,十二三岁就会开车,云城跟她同龄的这些公子哥儿在这件事上都不是她的对手。而且当天又是回自家别墅,熟悉得简直闭着眼都能开回去。至于酒后驾驶,更是无稽之谈,她早跟许建安约好要回去的,宴会上只喝了两杯果汁,怎么会是酒驾?要不是刹车失灵……

等等。

她自己算是行家,车子也一向是定时保养的,刹车怎么会突然出问题?

苏叶仔细又看了看,似乎并没有任何一条消息提过这件事。她不由得皱了一下眉,是因为车体损坏得太严重没能查出来吗?

她拿着手机看新闻,开车的杜怀璋偶尔转头看看她。

唐夜弦刚刚没有回答他的问题,甚至还绕开了,这是从来没有过的事。他觉得唐夜弦这次从医院出来之后,似乎哪里不太一样了。但还是那张脸,还是那副不太耐烦的表情,却又说不上来到底是哪里不对。

也许是因为没怎么说话?

杜怀璋又看了她一眼,觉得这女孩儿虽然又蠢又倔,但不说话的时候,倒也的确十分养眼,若是能一直保持这种安静乖巧就好了。

第二章
唐家

唐家大宅是一座花园别墅，就在望月湖边。

这一片跟在半山的苏家一样，都是云城最高级的住宅区，非富即贵。

车停下来之后，苏叶看着车窗外曾经十分熟悉的唐家别墅，心情无比复杂。

跟唐皓分手之后，她就从没想过还会再来唐家。

何况，还是以这样的身份……

杜怀璋先一步下了车，替她开了车门，貌似殷勤，却用只有他们能听见的声音，生硬地命令："愣着做什么，下车。"

苏叶深吸了一口气，下了车。

"记住，别在老爷子面前乱说话。"杜怀璋体贴地扶住她，又在她耳边压低了声音警告。

他这么担心，是真的怕唐霖的身体受不了刺激，还是怕唐霖知道唐夜弦自杀之后会追查原因？

苏叶看了他一眼，并没有回话，安静地由他扶着往前走。

"你个臭小子说的是什么话？"

两人还没进客厅，就听到唐霖的大叫声。

苏叶心想,她跟唐皓还没分手那会儿,这老爷子就已经病重了,一年有八九个月都是住在医院里的,现在竟然能这样中气十足地大声说话,也真是怪不得他把唐夜弦当福星。

但唐家其他人可未必。

这时,唐皓、唐皑兄弟俩都在场,唐老爷子刚刚骂的就是唐皑。

苏叶也很多年没见过唐皑了。

当年她和唐皓分手的时候,唐皑才十三岁,刚上初中。但现在已经长成了高大俊朗的青年,理着很短的寸头,看起来精神十足。

唐皑挑着眉,梗着脖子,本来还想回嘴,但一转眼看到杜怀璋和"唐夜弦"进来,就顿在那里,嫌弃地哼了一声。

唐霖也看到了女儿,直接一把就将苏叶拉到了身边,吼道:"我才不管外面的人怎么说,小弦是我的女儿,当然应该活得自由自在,想怎么样就怎么样!"

老爷子话倒是说得霸气十足,但……谁都知道,现在唐家能做主的人并不是他。

苏叶下意识地就看向了唐皓。

抬眼的瞬间,她的心跳就乱了。

唐皓……

好久不见。

时光对这个男人似乎特别优待。

唐皓跟她同年,今年二十七岁。

二十七岁……她用着高档的保养品,定期去做护理,但依然能感觉到自己的身体状态一年不如一年,早已没有了当初的鲜嫩水润,但对面前这个男人来说,却似乎依然是正好的年华。

黑色的手工西装修身服帖,完美地衬出他挺拔匀称的好身材。相貌还留着少年时的清俊,气质又有了成熟男子的沉稳。眉眼还有着她记忆中的疏朗,目光里却带了种历尽风雨不怒而威的深沉冷峻。

苏叶心头不禁隐隐抽痛。

当年她虽然负气分手，又端着架子不与他见面，但在很长一段时间里，却依然关注着他的消息。

他那时为了挽救唐家，有多拼多狠，她再清楚不过。

当年那样光风霁月的少年，一步步走成了如今铁腕冷酷的唐总裁……苏叶也不知道，她到底是心疼多一点，还是佩服更多一点。

而今天……

竟然又见到了他……

这样的场面，这样的身份……

苏叶思潮翻涌，纷乱得连她自己都理不清头绪。

她心跳如鼓，手心都出了汗，只担心如果唐皓跟她说话要怎么办。

她要怎么才能以这个妹妹的身份去跟他相处？

但唐皓根本没看她，也没管剑拔弩张跟斗鸡似的父亲和弟弟，只侧头对用人张婶淡淡道："既然小姐已经回来了，就准备开饭吧。"

"对，对，先吃饭。"唐霖立刻就附和着点了头，又拍了拍苏叶的手，"我特意让小刘炖了鸡汤，做了你爱吃的水晶肴蹄、蟹粉狮子头、凤尾虾……"

老爷子这边报着菜名呢，唐皑又重重地哼了一声。

唐皓扫了唐皑一眼，唐二少到了嘴边的话又憋回去了，只狠狠地瞪了苏叶一眼，然后一副眼不见为净的样子，率先去了餐厅。

苏叶："……"

好吧，其实也可以理解。

原配的儿子，对从外面接回来的私生女，能有什么好脸色呢？何况唐夜弦自己又不懂得做人。

唐霖不知道是没看到两个儿子的眉眼官司，还是根本不在意，一面拉着苏叶的手带她去餐厅，一面继续道："好端端的怎么会摔倒？可见是身体太虚了，一定要好好补一补。我本来是想去医院看你的，阿皓说我去了反而打扰你休息，所以我就在家监督着小刘给你做饭，全是你爱吃的，一会儿你多

吃点……"

虽然对这个新身份新身体还不太适应，也觉得唐家的氛围有些奇怪，但这老人这么握着她的手，听他絮絮叨叨地说这些话，苏叶顿时就觉得心头一暖。

她父亲在世时，也是这样事无巨细地关怀着她，处处为她着想，明明她身边已经围了一圈人照应，却还是担心她吃不吃得饱、睡不睡得好……

苏叶不由得鼻子一酸，就红了眼圈。

"怎么了？我是不是碰到你摔伤的地方了？是不是痛？都是爸爸不好……"刚刚根本没管两个儿子眼中明显的不满，唐霖这时倒是很敏锐地觉察了女儿的变化，连忙松了手。

苏叶反而主动上前，直接抱住了他，闷闷唤了声："爸爸……"

她有点分不清自己是在叫面前的唐霖，还是叫记忆里自己的父亲，但这一声……的确真心实意、发自肺腑。

唐霖自然也听得出来，一时竟有些无所适从。

唐夜弦回来也好几年了，平常撒娇卖痴虽然也有过，但这样叫他，还是第一次。

他张开手，竟然有点不敢回抱她，只柔声问："小弦这是怎么了？"

苏叶也回了回神，刚刚她的确只是想起了父亲，一时冲动，但抱都抱了，也就顺势为自己的改变做点铺垫，轻声道："我知道我以前做过很多荒唐事，我知道错了，我以后会改的……爸爸你不要再为我跟哥哥吵架……"

其实，唐霖自己又何尝不知这个女儿性格、习惯都不算好，只是毕竟是自己的女儿，又怜惜她多年流落在外，而且还有点儿迷信她真的给自己带来了福气，才一再纵容。这时听她这么说，他不由得老怀欣慰，摸了摸她的头，安抚道："没关系，小弦你已经很好了。是那臭小子不懂事，回头爸爸再教训他。"

唐皑："……"

他都躲开了还要怎么样？

原来死丫头刚刚没有直接回嘴是在这儿憋着坏给他上"眼药"呢。好嘛，死过一回，倒学会玩阴的了。

唐皑阴沉沉地看着苏叶，一拍桌子就站了起来。

刚跟着进来的唐皓冷眼扫过去："坐好。"

唐皑憋屈地叫了声："哥。"

唐皓在自己的位置坐下来，淡淡道："你是不是真的都不如小弦懂事？"

能不能拿个上点档次的人来比？唐皑几乎都想掀桌子。

但不敢。

他只能黑着脸，默默地坐下。

唐皓本来就话少，唐皑赌着气，杜怀璋在唐家把自己的身份摆得极低。

这顿饭气氛自然就好不起来。

从头到尾只有唐老爷子在给苏叶夹菜，问她好不好吃，叫她多吃点。

苏叶也就索性忽略了其他人，只乖巧地应和唐老爷子。

她虽然觉得唐霖在外面搞出个女儿，又十几年不管不问，到临死才突然想起来要把人接回来，其实也是有点不好评价，但不管怎么说，他这一刻的关心不是假的。

而对她来说，不管将来会怎么样，在这一刻，哪怕她明知道自己这个女儿的身份是假的，却依然贪恋着这种父女温情。

甚至连对唐夜弦这个身份的排斥感都少了一点。

就这样吧，她想。

吃完饭，杜怀璋告辞回去，唐皑直接出去了，唐皓去了书房办公。唐霖拉着苏叶说了一会儿话，到底上了年纪，身体也不是很好，精力不济，早早回房休息了。

苏叶发现……问题来了。

她不知道"自己"的房间是哪个。

唐家她以前是经常来，唐霖、唐皓、唐皑的房间她都知道，但唐夜弦是

在她和唐皓分手之后才回来的,她对于唐夜弦在唐家的生活一无所知。

找人问"我住哪个房间"……好像又太奇怪了。

苏叶想了想,只能用排除法,除了唐家父子的房间之外,其他的房间一个个去看好了。反正她现在是唐夜弦嘛,开错门什么的,算什么事?

苏叶开到二楼一个房间便停留了下来。

倒不是因为这是唐夜弦的房间,而是这里的布置摆设,明显就是一间空着的客房。

但这房间的阳台对着院中几株白玉兰。

这时正当花期,月光下千花万蕊,皎洁如玉,清丽雅致。一股幽香随风而来,苏叶不由自主地随着香味走到了阳台。

这是她最喜欢的花。

甚至这些树,都是唐皓特意为她移植的。

那时……

尘封已久的记忆刹那间被打开,千头万绪,纷至沓来。

苏叶不由得一时失神。

"你来这里做什么?"

记忆里的声音似乎在耳边响起。

不,不对,这声音比她记忆中更为浑厚喑哑,那是……现在的唐皓。

苏叶骤然惊醒,下意识地向后退了一步,然后才发现唐皓并不在她身边,而是在隔壁的阳台。

两个房间的阳台并不相连,中间大概隔了一米多的距离。

唐皓靠在栏杆上,脸色很不好。

他手上夹着一根香烟,已燃到了一半,显然在这里的时间已经不短。

他平常梳得整整齐齐的头发现在有些凌乱,几缕发丝垂下来,随着夜风轻飘,更显得隐在发丝之后的目光晦暗不明。

苏叶那反射性向后跳的动作,让他的眼神更加幽深。

唐夜弦怕他，他一向都知道的，但今天的唐夜弦，却又似乎有哪里不太一样。

这种畏惧里，好像还有点别的什么东西。

什么他应该很熟悉的东西。

但到底是什么，一时却又分不清楚。

唐皓的心情更差了，看着呆愣愣望向他的"唐夜弦"，皱了眉命令："说话。"

苏叶这才想起他之前的问题来。

也是急中生智，她突然有了个想法，道："我觉得这个房间的风景比较好，我要住这间。"

果然，刚刚只是错觉，她还是那个莫名其妙的唐夜弦。唐皓这么想着，转头往外面的院子里看去。

风景吗……

首先入目的就是那满树如琼似雪的玉兰花。

唐皓的心情越发低沉下去，都不想跟她计较什么换房间之类的琐事了。他闷闷地看着那些花，直到手上的香烟燃尽，才淡淡道："随便你。"说完就回房去了，连个眼角的余光都没再给苏叶。

苏叶反而松了一口气，又忍不住看向他的背影。

但唐皓连这个机会都没给她，直接把阳台的门关上了。

唉，这唐大小姐，还真是鸡嫌狗憎啊。

苏叶伏在阳台的栏杆上，长长叹了一口气。

有了唐大少爷的"圣旨"，苏叶就直接去找了张婶，请她帮忙"搬家"。

张婶被大小姐用了"请"字，吓得半响才回过神，至于她说要搬房间，那倒不算什么了——比这折腾得多的事唐夜弦也做得不少。

苏叶故意落后一点，跟着张婶到了"自己"的房间，一进门，就忍不住抚额。

她觉得自己之前那灵机一动决定换房间，真是太明智了，要点三十二个赞。

这风格，这品位……简直辣眼睛。

算了，这也没什么可搬的了，明天都重新买吧，反正唐家也不差这点钱。

苏叶以最快的速度挑出一些随身用品，挑了一件勉强不那么可怕的睡衣，逃也似的从那个房间里出来。

张婶眼角抽了抽，大小姐特意叫了她来帮忙搬东西，结果她自己冲进去一顿收拾，自己打了个包，自己一只手就拎走了。

所以……到底叫她来做啥？

但她还是跟着苏叶去了新房间，到了门口，她眼角又抽了抽，忍不住开口问："大小姐，您确定大少爷同意您住在这间？"

"对啊，他亲口说的，'随便你'。"苏叶努力模仿了一下唐皓当时的语气，"难道说的是反话吗？"

"那倒不是……"张婶倒不觉得唐夜弦有胆"假传圣旨"，但还是迟疑了一下。

"那是这个房间有什么问题吗？"苏叶转头打量了一下房间。

张婶不太希望"唐夜弦"住在这里，但既然唐皓发了话，她一个用人也不好横加干涉，只是犹豫着提醒"唐夜弦"："隔壁就是大少爷的书房，您可千万别吵到他。"

这个家里，脾气最坏的是唐夜弦，但谁都知道，真正发起火来的唐皓才最可怕。

这一点，苏叶自己也清楚得很。她乖乖点了点头："我知道了，还有什么要注意的吗？"

张婶又被吓到了，总觉得今天晚上的大小姐哪里不太对劲，难道真是摔到头转了性子？

"没什么事的话，我就先休息了。"苏叶下了逐客令。

张婶连忙道："好的，小姐，晚安。"

她正转身要走，苏叶却又叫住她："对了，这个房间的钥匙你找给我吧。"

她差点忘记了，这是唐家，可不是只有她和许建安两个人的苏家。她可不想再有别人像她一样随手一推就能把这个房间打开。

唐皓还好说，唐皑看起来还跟唐夜弦不对付，个人隐私还是要有的。

张婶应声离开。

苏叶把带过来的东西都放好，又到了阳台上。

月色如水，早春的夜风还带着凉意，连带吹过来的花香，都有一丝幽冷的味道。

苏叶靠在栏杆上，深吸了一口气，仔细回顾了这一天的事，依然觉得匪夷所思，却又无可奈何。

从好的方面想，她还能活着，就算是好事了吧。

她之前还想她那么热心慈善做好事，为什么会死得那么惨，说不定现在这种状况就是对她的补偿了。

唐夜弦……

虽然现在是一手烂牌，但到了她手里，总归也不是不能打。

只是……

想要打好这把牌，有个人就无论如何也绕不过去。

苏叶忍不住看了看隔壁。

那边的门还关着，但隐约有灯光透出，唐皓应该还在里面。

他什么时候把这里弄成了书房？

苏叶只记得他的卧室是在……

她想了想，突然怔住。

他的卧室就在这间书房的楼上。

三楼没有阳台，但有一面落地窗。

那一年，她生日的时候，他带她到了他自己的卧室，唰地拉开窗帘，她眼前就是这些怒放的玉兰，婀娜多姿，美不胜收。

她记得那时他拥着她，在她耳边轻轻问她喜不喜欢，说以后结了婚，她每天早上起来，都可以看到自己最爱的玉兰花。

她怎么会不喜欢？

她那时……

当日的回答，苏叶现在想起来，都忍不住会脸红心跳。

她说："我更喜欢每天早上起来，都能看到我更爱的唐皓。"

呵呵，那样炽烈的初恋啊。

苏叶看着那些玉兰花，微微咧了咧嘴。

她当年的性格……分手了就再也不想见唐皓。她以为，唐皓只会做得更决绝。

但是，唐皓非但没有把这些玉兰砍掉，甚至现在连办公都在这个能看到玉兰花的房间……到底是在想什么？

他……还记得当初那些事吗？

苏叶思前想后，差不多到后半夜才睡，早上起得便有点晚。

她洗漱好下楼的时候，唐家三个男人都坐到餐桌前吃早餐，连杜怀璋都来了。

苏叶的到来显然让大家都有点意外。

唐皓只扫了她一眼，就继续吃自己的早餐。

唐皑直接愤愤地把餐刀一拍，但看了大哥一眼，到底没说话，只拿起三明治重重咬了一口，凶狠地嚼着。苏叶心想他大概正在想象自己咬的是唐夜弦的肉。

只有唐霖乐呵呵地招呼苏叶："小弦起来啦？今天很早嘛，过来吃早饭。"

这还早……苏叶讪讪地笑了笑——唐夜弦以前到底是个什么作息时间？

杜怀璋先一步起身，给苏叶拉开了椅子。

苏叶却没有过去，而是先抱了抱唐霖，在他脸颊上亲了一口："爸爸，早安。"

这是苏叶的习惯。

看着唐霖那么慈祥关切的样子,她就忍不住想把他当成自己真正的父亲。

唐霖怔了怔,才拍着她的手道:"好,好,早安,真是爸爸的乖女儿。"连声音都有点发颤。

唐皑没好气地哼了声:"一大早作妖,肯定又没好事。"

"怎么说话的?"唐霖拍着桌子叫,"你个臭小子,自己不孝,还看不得你妹妹对我好吗?"

苏叶连忙道:"爸爸,不要生气啦,对身体不好。"

唐霖一秒被顺毛,拉着苏叶问:"乖女儿,想吃什么啊?让小刘给你做。"

苏叶简简单单要了牛奶、面包和煎蛋,就坐在唐霖身边吃,一面报备道:"爸爸,我昨天晚上把房间换到了二楼南向第二间,大哥同意的。"

唐霖丝毫不觉得这算个什么事:"没事,家里这么多房间,你想住哪间就住哪间。"

苏叶露了个灿烂的笑容:"爸爸最好了。"

唐皑见他们这父慈女孝的亲昵,简直气都气饱了,把盘子一推就站了起来:"我先走了。"

他爹和大哥根本都没理他。

反而是苏叶小幅度地挥了挥手:"二哥再见。"

更气了!

但就算是唐皑,也知道这个时候不能跟她发火,只能沉着脸愤愤地出了门。

杜怀璋等着苏叶吃完早餐,递给她一个小包,当着老爷子,只说是忘在了他车上。

这包倒是个名牌,但看着那土得掉渣的配色以及闪亮亮还带铆钉的款式,苏叶就觉得衣服、鞋帽、包包……大采购真是迫在眉睫。

她跟唐霖打了个招呼,顺便就坐着杜怀璋的车出去了。

杜怀璋对于她说要去逛街买衣服,也没多说什么。反正唐大小姐高兴不

高兴,都喜欢疯狂购物。他都习惯了。

唐夜弦的手机、钱包都在包里。

手机已经没电关机了,她先拿去充上,然后就开始看"自己"的钱包。

有钱有卡,她只扫了一眼,便心中有数——唐大小姐真不缺钱用。

好歹这方面她可以松一口气了。

跟着,她又去开了手机。

唐夜弦只设了指纹开机,没有其他密码。苏叶又松了一口气。

手机桌面是杜怀璋的照片。

一个半侧面,笑容温和,俊美如玉。

苏叶不由得侧头看了看正开车的杜怀璋。

要说起来,他长得真不错。双眉俊秀,鼻梁高挺,瞳仁的颜色稍有点浅,眼形却很漂亮,笑起来温柔如弯月,这时没什么表情,又显得宁静深邃。

苏叶必须要客观地承认,他比许建安好看。

唐夜弦……也许,是真的喜欢他吧?

她看得久了一些,杜怀璋就问:"怎么了?"语气并不太好。

苏叶就暗自叹了一口气,这脾气,可比建安差多了。就算是表面功夫,好歹也做全套啊。

"没什么。"苏叶道,"在前面的凯德广场放我下来就好了。"

"凯德?"杜怀璋挑了一下眉。

苏叶明白他的意思,凯德广场的服装商家品牌基本都是白领名媛淑女风格,可没有以前唐夜弦喜欢的那些花花绿绿非主流,想必以前唐夜弦也不怎么逛凯德。

苏叶略有点心虚,怕他看出什么,不再看他,只垂眸看着手机,淡淡解释:"死过一次了,换换风格去去晦气。"

因为唐霖的关系,唐夜弦其实也挺迷信的。这种说法杜怀璋倒也能接受,他这时才注意到,唐夜弦身上穿的,还是他昨天去接她出院时随便买的一身休闲装。

他已经很久没有关注过唐夜弦的衣着。

没办法，就她那品位，多看一眼都辣眼睛，他又不想多管……总归无非就是件衣服。

但这个时候的唐夜弦……

她今天并没有化妆，也没有戴什么饰品，头发虽然还是五颜六色，却也没有搞什么奇怪的发型，只柔柔顺顺地披下来，有点乱，却越发显得她脸小。

巴掌大的瓜子脸，皮肤光滑柔嫩，水润的双唇色如桃花，这时垂着眼，看不清那双犹如春日湖水的瞳，但那长长的睫羽在白皙肌肤上投下的阴影却格外动人心弦。

即便是杜怀璋对她的厌恶已深入骨髓，也忍不住心脏快跳了一拍。

他深吸了一口气。

其实唐夜弦刚到云城那会儿，穿着打扮虽然土气，但勉强还算正常，大概就是她努力地想模仿那些名媛闺秀却一再被排斥捉弄之后，才索性彻底放飞自我了。

杜怀璋想到这个，到底有几分心软，轻叹了一口气，道："你喜欢就好，我陪你去。"

苏叶没有拒绝的理由。

唐夜弦才刚出院，于情于理，杜怀璋都应该要陪着她的。

在外面，杜怀璋还是那个会让旁观者脸红的体贴男友，陪着她慢慢一家店一家店逛过去，还会替她挑衣服，甚至眼光还不错，至少在苏叶能接受的范围。

苏叶也没想一步就把唐夜弦改造成苏叶，暂时就服装来说，只要正常一点，不那么辣眼睛就好，索性由得他挑。他挑了她就试，他说好看就买。

若被问起来，也正好做个理由。

杜怀璋也很满意她的乖巧听话。

"如果你能保持一个月，乖乖不惹事，我就答应你一个请求。"他这么

说,口气犹如在奖励听话的宠物。

苏叶心头一跳。

他和唐夜弦之间……

她又想起昨天杜怀璋的威胁。

看样子也不是一两次了,他大概都已经习以为常。

她听到的传闻里都说唐夜弦嚣张跋扈,她真没想到,在他们的关系里……唐夜弦竟然弱势到这样几近卑微?

为什么?

凭什么?

就凭唐夜弦喜欢他吗?

唐夜弦敢仗着唐老爷子的宠爱无法无天,每天气得唐皑跳脚,为什么竟然不能辖制一个无根无底依附唐家的杜怀璋?

只是因为喜欢他吗?

因为爱一个人而把自己低到了尘埃里?

苏叶不太能理解这种情感。

她之前那样爱唐皓,但……他若无情她便休,分开就不会再回头。

她视许建安如心中珍宝,但也绝对不可能容忍他用这种口气跟她说话。

她绝不允许有人践踏自己的尊严。

谁都不行!

杜怀璋在唐夜弦的手机联系人里存的名字是"璋哥哥"。

苏叶默念了一下这个名字。

亲昵而信赖的字,在舌尖上打转……她不由得叹了一口气。

唐夜弦是五年前被杜怀璋带回云城的,那时才十四岁。

懵懂单纯,又情窦初开的年纪,遇上了温柔英俊的大哥哥,一手将她拉出了贫民窟那污浊不堪的泥潭。

小女孩子嘛,谁没有一点英雄情结?

但杜怀璋……到底是怎么想的？

她忍不住又看了看他。

"怎么了？"杜怀璋还是这么问，但他这时心情不错，语气就温和了许多。

苏叶索性直接问："你喜欢我吗？"

杜怀璋平日最不耐烦听到这个问题，但这时听到，竟然好像松了一口气。

主要还是这两天的唐夜弦安静乖巧得反常，却又说不上哪里不对，让他总有一种莫名的微妙焦躁。

这时听到她平常问得最多的这句话，他才好像一颗心落了地。

她还是那个一心爱慕他整天患得患失的唐夜弦。这两天的反常，大概只是因为这次"作"得太厉害，真的差点死掉，把她自己吓到了吧。

"当然。"杜怀璋说，"要不是喜欢你，怎么会管你这么多事？"

他答得不假思索。

苏叶却在心中冷笑。

不知道以前的杜怀璋是什么想法，很显然，现在的杜怀璋，对现在的唐夜弦，一丁点情意都没有。

这一点苏叶早有猜测，这时不过是亲自再确认一遍而已。

这对她而言也不算什么。

一个未婚夫而已。

即便是结了婚，也能再离呢。

她不是真正的唐夜弦，不能理解唐夜弦低到尘埃里的爱情，更不会为了一个男人要死要活。

她如今这个处境，能不能活得好，其实跟杜怀璋关系也不大。

真正能一言定她生死的男人，叫唐皓。

但从那天早饭后开始，一连两天，苏叶都没再见过唐皓。

唐总裁真是太忙了，而且唐家老宅离公司太远，他在市区另有住处，每个星期里能回来一两次，就算不错了。

苏叶之前战战兢兢预想的各种尴尬画面，根本都没有发生的机会。

她看着外面那一树繁花,自嘲地笑了笑。

亏她以为唐皓留着这些玉兰,也许是旧情难忘,看起来,说不定只是太忙了没能顾得上而已。

又或者……

他根本已经不在意了。

倒正好便宜了她。

苏叶在阳台上放了一张躺椅,一个小圆桌。泡一壶茶,摆几碟水果点心,沐着春日和煦的阳光,闻着玉兰花香,翻几页书。

悠闲惬意。

第三章
自己的葬礼

"小弦?"

苏叶才走进校园,就有个女生迎了上来,但到了近前,又停下来,皱起眉,不太确定似的又叫了一声:"小弦?"

不怪方明雅犹豫,"唐夜弦"的变化看起来实在太大了。

她今天穿着一件米色的宽松毛衣,配一条咖啡色的半身裙,脚上穿了双带流苏的短靴,看起来随意简单,却又有种青春靓丽的小俏皮。头发梳成了马尾,露出光洁的额头和精致的眉眼,没像之前那样化大浓妆,清清爽爽的,反而更显出天生丽质的迷人风采。

不只是方明雅,周围好些学生都看呆了。

苏叶向着方明雅笑了笑。

她其实并不认识。

毕竟以往她和唐夜弦的交际圈,几乎完全没有交集。

但对方叫得这么亲热,她总要给点儿反应。

方明雅又愣了一下才过来挽了苏叶的手,露了个笑脸:"真的是你啊,我差点没敢认。之前打你电话也打不通,担心死我了。你没事了吗?"她说着还若有所指地看了看苏叶包着纱布的手腕。

她问得含糊，苏叶不知道她对唐夜弦自杀的事到底知不知情，也只能含糊地道："嗯，没什么事，不要紧了，过两天就好啦。"

"那就好，那就好，没事就好。"方明雅一迭声地说着，语气就轻松了几分，再次上下打量她，"今天怎么换了风格啊？好少看你这么穿呢。"

"好不好看？"苏叶问。

方明雅犹豫了一下才道："好看是好看，但……不如平常那么有个性啦。"

可不是？

这种毛衣配裙子打扮的女生大学校园里一抓一大把，像唐夜弦以前那样穿得像个杀马特可真是独此一家，个性十足。

苏叶也没忽略方明雅神色间一闪而过的僵硬，这时忍不住有点为唐夜弦感到悲哀。

生下来十几年都没爹，回来又被大家取笑，大哥基本上是无视她的，二哥完全把她当仇人，未婚夫是那种态度，交的还是这种朋友……

对面的女生身材娇小、面容清秀，衣着打扮也是清新文艺风，看起来淡雅柔美，不管怎么说，好歹审美应该是正常的，却暗示唐夜弦去走杀马特个性风。

呵呵。

但苏叶也不好解释她为什么突然就换了风格，便只笑了笑，露了个羞涩的笑容："我未婚夫买的。"

方明雅应该也是知道唐夜弦对杜怀璋的感情，一脸了然地打趣道："原来是女为悦己者容。我就说，男人嘛，你真出点儿事，他就紧张了。这不都会给你买衣服了？你们合好是不是该算我的功劳，回头可得一起请我吃饭啊。"

苏叶心头一凛，她本以为这女生了不起就是怕唐夜弦长得太漂亮抢她风头，才暗中诱导唐夜弦那么放飞自我，但这句话是什么意思？

难不成唐夜弦自杀，竟然是被这个女生撺掇的？

为什么？

而且……竟然真的会相信这种话的唐夜弦,是有多蠢?

苏叶不由得暗叹了一口气,再看方明雅,目光里就多了几分冷意。

方明雅却丝毫没有注意到苏叶眼神的变化,继续笑道:"你平常不是都叫璋哥哥的嘛,今天为什么反而这么正式说未婚夫了?"

苏叶突然懒得再跟她虚与委蛇,轻蔑一笑:"他就是我未婚夫,订过婚摆过酒的,当然我想怎么叫,就怎么叫。"

她态度突然冷下来,让方明雅不由得怔了怔:"小弦……"

苏叶却把手从她那里抽了回来,自顾自去了教室。

唐夜弦现在在云大念大一,艺术学院,表演系。是唐家花钱塞她进去的。

苏叶想,唐老爷子前半生虽然有点不太负责,但这个决定应该的确是认真为这个女儿考虑过的。

唐夜弦不算聪明,什么都不会,性格又差,还是私生女这种身份,想让她以后进安盛集团管事是不太可能的。就算现在唐霖硬塞她进集团……他这么大年纪,身体又不好,还能给她撑几年腰呢?万一他不在了,看唐家兄弟的态度,还能有唐夜弦的好日子?

留钱给她总有花完的时候,未婚夫也未必真的一辈子靠得住,但如果能捧她进娱乐圈,就算唐皓以后也不管她,只凭唐夜弦这张脸,演些花瓶角色也总能混得下去。

苏叶忍不住又想起了自己的父亲。

或许,天下所有的父母,为儿女打算的心都是一样的。

至于现在换了苏叶,她其实倒也无所谓。

比起规划"唐夜弦"的未来,她目前更在意"苏叶"的后事。

——今天,就是苏叶下葬的日子。

苏叶伤还没好就跑来学校,也正是为了找机会去那边。

唐夜弦自己没有车,出入不是坐杜怀璋的车,就是唐家的司机接送。

她原本跟苏叶又没有交情,贸然说要去苏叶的葬礼,实在不好跟他们解

释，倒不如自己偷偷去了。

所以苏叶进了教室只点了个卯，就找个借口溜了。

她在校门外的小店随便买了件黑外套，打了个车，直接去"苏叶"的葬礼。

参加自己的葬礼……这感觉实在相当微妙。

苏叶在门口踌躇了好半响，才迈步进去。

灵堂布置得庄严肃穆——贴墙一排的花圈，中间是"苏叶"的骨灰盒，前面摆着她的遗照。

照片上的苏叶带着点淡淡的微笑，端庄优雅。

苏叶看着自己的照片，却突然觉得有点陌生。

那是她啊……

她就站在这里，却看着以前的自己……变成了一盒骨灰……

许建安特意验过DNA，绝对没有弄错的可能。

"苏叶"的确已经死了。

她……

看着自己的骨灰盒，苏叶就好像又将车祸的过程重新经历了一遍。

刹车失灵，撞击，翻滚，穿刺，爆炸……

惊慌，剧痛，恐惧，绝望……

一片黑暗……

苏叶闭了闭眼，深吸了一口气，才再次往灵堂中看去。

许建安就站在遗照侧面，低着头，向来吊唁的宾客答礼。他一身黑色的西装，看起来虽然整洁得体，但脸色苍白，眼下两抹乌青，神色间的憔悴更是无法掩饰。

苏叶心中的酸涩就再也忍不住。

那一瞬间，她甚至想直接扑到许建安怀里大哭，却又偏偏移不动脚。心底残存的一丝理智在提醒她——她已经不是以前的苏叶了，她如今这个状态……真扑上去，那可就热闹了。

大概会直接把这场葬礼变成一出可笑的闹剧。

她反正都已经死了,可是她不能不顾许建安。

所以,再怎么样,她也只能无力地靠在墙角,看着许建安和自己的骨灰盒,泪流满面。

好在这是葬礼,情绪激动的也不止她一个。

苏叶的人缘还不错,又热心慈善,今天有好几个她当初资助的学生到场,一个个哭得比她自己还厉害。

反而是许建安红着眼睛,安排人把他们一个个劝到旁边去休息,连带苏叶也被误会是跟这些学生一起的,被人扶起来安置。

苏叶泪眼蒙眬,向许建安伸了伸手,但到底还是没说什么。

这里人太多,真不是说话的地方。

许建安上完洗手间出来,顺便又洗了把脸,然后就听到有人叫他。

"建安……"

他转过头,看到一个女孩子站在门口。

她十八九岁的样子,皮肤白皙,即便是哭肿了眼睛,也看得出来漂亮得不像话。五官轮廓分明,眼睛还带点儿绿色,颇有几分异域风情,只是松松束在脑后的头发挑染了七八种颜色,身上又穿了一件明显过大的廉价外套,看起来有点不伦不类。

他并不认识这个女孩子,但这女孩子不论是刚刚叫他的口气,还是这时看他的眼神,都十分熟稔的样子。

许建安皱了一下眉:"抱歉,请问你是?"

"我……"女孩子抿了一下唇,又深吸了一口气,才好像下定决心一般道,"我有话想跟你说,单独说,能不能找个合适的地方?"

许建安再次上下打量这个女孩子。

首先确认了,他真的不认识她。

毕竟她这么漂亮,也许还有点混血,哪怕之前只是见过,应该都不会轻

易忘记。

但他的确一点印象都没有。

他甚至迅速梳理了一遍苏叶那边的人际关系,也找不出类似的人物。

何况苏叶的朋友圈里,应该也没有人会把头发弄得这么乱七八糟的,更不会穿这种做工低劣的地摊货。

但……他的目光下移,略过女孩子笔直修长的腿,落在她的靴子上。

那倒是一双好鞋,价值不菲。

这就有点矛盾了。

漂亮的年轻女孩儿,低俗的发型,廉价的外套,加一双昂贵的好鞋……堵在洗手间门口,跟他说要找个合适的地方单独说话。

许建安淡淡地笑了笑,道:"抱歉,今天是我妻子的葬礼,我这边还有很多事忙。如果不是什么很重要的事,还是以后再……"

"很重要!"女孩子急切地打断了他的话,"是我……是跟苏叶有关的事。"

许建安又皱了一下眉,第三次审视这个女孩子。

他记得今天有一些苏叶资助的贫困学生到场,这难道也是其中一个?

但是,她找他做什么呢?

她知道什么跟苏叶有关的事?

"拜托,真的很重要,我……只能跟你说……"女孩子见他犹豫,再次开了口。

她大概并不经常求人,这种话说得十分艰涩。但这双眼含泪,声音哽咽,面露哀求的样子,的确让人大动恻隐之心。

许建安叹了一口气,擦干了手,道:"你跟我来。"

苏叶跟着许建安到了一间休息室。

关上房门,再转过头来,气氛就有点不太一样了。

许建安随便拖了一张椅子坐下,抬了抬下巴:"说吧,到底什么事?"

苏叶却怔了怔。

她认识的许建安，一向温文尔雅、彬彬有礼，但这个时候的许建安，看似随意，却浑身都散发着上位者的倨傲，目光里甚至有一丝阴鸷，打量她的时候，就好像在评估什么货物。

这种感觉让她十分陌生，准备好的话一时竟然说不出口。

许建安的嘴角勾出一抹轻蔑的冷笑："说是苏叶的事，其实只是为了接近我找的借口吧。现在只有你和我，你想要什么，可以直说了。"

苏叶皱起眉，但她还没说话，就听到了敲门声。

不疾不徐的三下。

许建安回头去看了一眼，犹豫了一下，敲门声便又接着响起来，还是那样的三下。听起来虽然好像并不着急，却透着一种坚持，就好像会继续敲到门开为止。

许建安做了个深呼吸，调整了一下表情，开了门。

门外的人他认识，却完全没预料到会在这里看到。

"唐总？"许建安一时都不能掩饰自己声音里的惊诧。

安盛集团总裁唐皓。

他站在门口正中，英俊的面孔上没什么表情，但只那高大笔挺的身姿就给人带来无穷的压迫感。

唐皓冷冷地看了许建安一眼，目光就转到了他身后的少女身上，淡淡道："我来带我妹妹回去。"

许建安更加意外，也转头看向那女孩子，甚至惊叫出声："你妹妹？"他迅速地意识到这是谁，"唐夜弦小姐？"

这女孩子怎么会是唐夜弦？

唐夜弦是云城富豪圈子里公开的笑料，他当然听说过。还有人把他和杜怀璋放在一起比，多数是羡慕他，同情杜怀璋，又有人说唐夜弦人丑多作怪，那样杜怀璋都肯要，可见是一心冲着唐家的钱。

他真是万万没想到，唐夜弦竟然是这个样子的。

但这时他也没心情感慨唐夜弦的漂亮和流言误人，只心念电转地回想他刚刚到底有没有说什么不恰当的话，还能不能补救？

而且……既然对方是唐夜弦，那就肯定不是什么试图找金主的流莺。

她找他做什么？

难道真的是为了苏叶的事？

唐夜弦什么时候认识了苏叶？

唐夜弦知道苏叶什么事？

他下意识又看了一眼唐夜弦身上那件外套，好歹也是唐家的小姐，审美奇怪也就算了，怎么这种地摊货也往身上穿？不然他也不至于误会。

唐皓没理会他有多少小心思，依然淡淡道："原来许总不认识？"

他对许建安丝毫不假辞色。

许建安倒也能够理解，虽然唐皓和苏叶分手在前，他追求苏叶在后，但当年云城富豪圈人人都说唐、苏两人金童玉女天作之合，结果苏叶却嫁给了他。唐皓对他能有好脸色，那才不正常。

所以，许建安这时也只是尴尬地笑了笑："今天第一次见。这不还误会了，以为她是来吊唁的学生……"他转头向房间里一直很安静的少女点点头，"抱歉，我只是……心情不太好，又不想看到苏叶费心费力资助的学生走上歧途，刚刚语气可能严厉了一点，还请唐小姐不要介意。"

这样的确也能解释他刚刚的态度。而且，虽然许建安在苏叶面前一向温柔体贴，但在外面，到底也是苏氏的总经理，面对一个穷学生，也真不能要求他非得平易近人。

苏叶一时接受不了，多半还是因为她还没有真正地接受自己的身份转换。

苏叶不由得暗叹了一口气，她已经……不是那个苏家大小姐了啊。

许建安又温声道："不知唐小姐找我有什么事？"

苏叶不知道要怎么回答，因为唐皓就站在那里，并没有要回避的意思。

她根本没想过唐皓会来。

她现在经历的事情虽然匪夷所思，但许建安性格温和，又耐性细致，只要她能拿出足够的证据,他就会相信她。而他们夫妻几年,多的是只有他们自己才知道的亲密事件,要说服他并不难。

但换成唐皓?

唐皓会更相信自己的想法和判断,何况她现在还是前科累累的唐夜弦,喝醉酒时什么荒唐事都做过。她要当着唐皓的面说,虽然我现在的身体是唐夜弦,但其实芯子里的灵魂是苏叶,他会直接送她去精神病院。

就算他信……

应该说,万一他真的信了,事态会变得更麻烦。

不欢而散的前女友,变成了自己的妹妹……苏叶觉得自己想一想都得疯,更何况唐皓?

所以她根本不可能对唐皓说这件事。

至于找别的借口……一时间她也想不出什么能够糊弄住这两个男人的理由。

毕竟他们又不傻。

苏叶只能沉默不言。

好在唐皓并没有多说什么,只向她招了招手:"过来。"

苏叶抿了抿唇,还是乖乖走到唐皓身边。

唐皓转身离开。

苏叶回头看了许建安一眼,还是跟了上去。

许建安目送那兄妹俩走远,若有所思地微微眯起眼来。

苏叶一向知道唐皓这个人是强势而霸道的。

但七年不见,她真没想到他如今的气场能强硬到这个地步,甚至他一路上不说话,她就只能闭嘴跟在他身边,连大气也不敢出。

唐皓身高腿长,步子迈得又快,她甚至要小跑才能跟上。

唐皓看到了,但并不在意,直到走到自己车前,才停下来。

"上车。"他说。

苏叶应了声，乖乖开门上去。

唐皓上了驾驶位，但并没有发动车子，只静静坐在那里。

苏叶只觉得心都提到了嗓子眼儿。

她飞快地思考着，如果唐皓问起她为什么在这里、为什么认识许建安、她在那里跟许建安说什么，她要怎么回答。

但唐皓什么都没问。

他似乎只是一时沉浸在自己的情绪里，像是好一会儿才记起旁边还有个唐夜弦。

他扫了她一眼，只道："以后离许建安远点儿。"

唐夜弦为什么会来这里、为什么去找许建安，他一点兴趣都没有。他刚刚带她出来，也只是不想她在那种场合闹出什么笑话来而已。

毕竟姓着一样的唐，他在场，总归要替她收拾烂摊子。

再者……

他……不想看到苏叶的葬礼出什么岔子。

苏叶侧头看着他。

唐皓的侧脸很好看，从发际到下巴，曲线完美，额头饱满，长眉乌黑，鼻梁高挺，长长的睫毛更是又浓又密。

她不由得呆了呆，甚至一时忘记自己想说什么。

唐皓并不在意她的目光，自顾自开车，目视前方，表情平静，看不出喜怒。

但刚刚在休息室门外，他对许建安的敌意是明明白白的。

他厌恶许建安。

苏叶倒不至于自恋到以为他余情未了。

她在感情上是很干脆的人，分手就不会再回头，唐皓只会比她更决绝。

何况苏叶嫁给许建安，是在和唐皓分手几年之后，他就算对许建安心存芥蒂，也应该不至于到厌恶的程度。

所以……为什么？

许建安后来什么时候又得罪他了吗？

在苏叶的立场，真不太好问前男友为什么讨厌自己的丈夫。

但她现在是唐夜弦，所以她小声地试探着问："大哥讨厌许建安吗？"

唐皓专心开车，连眼都没侧，淡淡道："那不是个好人。"

语气敷衍，就好像随口糊弄小孩儿。

苏叶有点气闷，一是因为他这个态度，二是……许建安怎么就不是好人了？

许建安在公司做事勤勤恳恳，对她父亲恭恭敬敬，在家里对她温柔体贴，在外面连应酬的花酒都没喝过，怎么就不是好人了？

她七年没见过唐皓，唐皓自然也没见过她，跟他们苏家一点交集都没有，怎么就知道许建安不是好人了？

她好不容易才按下心头的不忿，又问："大哥很了解他吗？"

唐皓这才扫了她一眼，却没有回答，只是再次道："离他远点儿。"

毋庸置疑的命令。

苏叶只觉得这人的脾气比当年更臭了，气得也不想理他，索性转头看向窗外。

也不知过了多久，突然又听到唐皓轻轻道："我十四岁认识苏叶，她那个时候就会开车，她是个细心冷静有规律的人，如果说只是因为下雨路滑，就出了车祸，我是不信的。"

苏叶唰地扭过头来。

那一瞬间，她的心几乎都要从胸腔里跳出来，却又有点分不清，到底是因为唐皓不信她出车祸的原因，还是因为唐皓对她的评价。

他……

唐皓依然专注地看着前方的路况，就好像说的只是一件毫不在意的小事。

"她出事到现在，还不到十天，车辆的残骸已经被处理了。"

苏叶睁大了眼。

这件事，她还是第一次听说。

像这种交通事故的报废车辆，一般会有专门的回收公司拉走解体销毁。

但每年那么多报废车,处理场简直堆积如山,为什么到她这辆,就处理得这么快?只是巧合吗?

还是……因为那个失灵的刹车?

苏叶突然觉得一阵寒意从背脊升起,连手心里都沁了汗。

唐皓从眼角的余光瞥到她突然煞白的脸色,不由得微微一挑眉。

他本来只不过是觉得她扭着头气呼呼的样子,莫名有些熟悉,便不自觉有几分心软,又想着她这几天似乎真的有所长进,不如索性挑明,免得她真的惹出什么事来,这才开口解释的。

又或者,只是因为这些话已经在他心里憋了很久,刚刚又去了苏叶的葬礼,一时情绪不稳,才忍不住想说一说。

其实才说出口,他就后悔了。

身边的女孩儿安静乖巧的样子,让他一时忘记了唐夜弦是个什么德行,跟她说这个,她怎么听得懂?

但很显然,她的确已经听明白了他的言外之意,所以才在害怕。

这就……有点意思了。

唐皓不由得在想,自己这个便宜妹妹是这几天突然开了窍,还是之前这么长时间,一直在装傻?

他之前,是不是对她关注得太少了?

前面路口红灯,唐皓停了车,索性转过头来打量旁边的女孩儿。

苏叶被他看得后背发毛。

他是发现了什么吗?自己哪里露了马脚吗?

还是说果然不应该改变唐夜弦的习惯?

她不由自主地瑟缩了一下,怯怯地叫了声:"大哥?"

唐皓看着她,到底也没多说什么,只第三次强调:"离许建安远点儿。"

苏叶其实想,虽然她的车祸可能另有隐情,但也不能证明就跟许建安有关啊。

但唐皓这样一而再再而三、郑重其事地交代,她到底也不敢还嘴,只闷闷地点了点头。

唐皓直接把苏叶送回了唐家,但自己都没留下来吃个饭,只跟老爷子打了个招呼就又走了。

唐霖倒是也习惯了,还跟苏叶说:"你大哥真是越来越忙了。"

苏叶应了一声,却忍不住在想,这么忙,连回家吃饭睡觉的工夫都没有,今天却去了"苏叶"的葬礼……

不,不止葬礼,他还调查了"苏叶"的死因,不然不会知道车子已经被处理的事。

这真是……

她忍不住叹了口气,心情又复杂起来。

鬼使神差地,她顺着唐霖的话就试探地道:"大哥忙成这样,岂不是连谈恋爱的时间都没有?"

"可不是嘛!"说到这个,唐霖也犯愁,"你大哥都过了二十七岁的生日,眼看要二十八岁了,不要说谈恋爱结婚了,身边连个女人都没有。还不让我管,你说我还能活多久,只怕到死那天也看不到他结婚生子……"

"爸爸千万不要这么说,您一定会长命百岁的。"苏叶连忙安抚,"大哥这么聪明,长得又帅,怎么会没有女人?他大概只是一时还没找到喜欢的吧。"

"他以前倒是有个喜欢的女人。"唐霖长长叹了口气,"可惜……说起来也怪我,要不是我当年投资失误,自己又病倒了,导致唐家一落千丈,说不定现在孙子都上幼儿园了。"

苏叶道:"那怎么能怪您?生意嘛,哪能没有个起起落落?"

唐霖拍拍她的手:"都像乖女儿你这样善良体贴就好啦,但人家不但嫌弃了我们家,还落井下石……你大哥当时啊,真是差一点就缓不过来……"

等等……

苏叶愣在那里,什么嫌弃唐家?什么落井下石?

这都是什么时候的事？

这说的是谁？

唐皓当年，还喜欢过谁？

她不由得追问："是谁啊？么么过分？"

唐霖却摆摆手："唉，算了，现在说这些也没什么意思了。那家的老头儿死了几年啦，听说女儿前些天也死了……说不定就是报应吧。"

报……报应？苏叶有点回不过神，这到底是怎么回事？

她忍不住想要确认："爸爸说的是苏叶吗？苏家大小姐？"

"对，没错，你也听说啦？"

苏叶一时不知道应该点头还是摇头。

她当然知道唐皓和苏叶交往的事，但那些嫌弃唐家落井下石又是什么？她为什么一点印象都没有？

"具体是怎么回事啊？"她急切地问。

唐霖却又说不太清楚："唉，当时我病着嘛，那么大事你大哥也没跟我说，还是你二哥漏了口风我才知道的。要说具体的事，只怕还是得问他们啦。不过……"他顿下来，心有余悸的样子，"你大哥不喜欢别人说苏家的事，你最好也不要在他面前提起。"

苏叶应了一声，心情却越发混乱起来。

她记得她当时知道唐家出事，还特意跟唐皓说她可以帮忙的，她有点积蓄，苏家她也可以做一半主……结果唐皓斩钉截铁地拒绝了，说他还没有到靠女人吃饭的地步。

为什么在唐霖这里，反而成了她嫌弃唐家？她落井下石？

中间到底哪里出了问题？

又不能问唐皓，难道要去问唐皑吗？

苏叶想想唐皑对唐夜弦的态度，就有点头痛。

然而，头痛的事还不止这一件。

苏叶的车祸是不是真的另有隐情？

许建安到底怎么得罪了唐皓？

唐皓对苏家……对苏叶……

苏叶突然有点茫然。

她明明是苏叶本人，却好像对苏叶身边的事，并不是那么了解。

苏叶的葬礼上了本地头条。

纸媒网媒一片深思默祷，沉痛致哀。苏叶认识的、不认识的人，都在写文怀念她。

许建安反而保持了沉默。

他那种沉默，配上媒体拍到那些他在灵前答谢时憔悴失神的照片，倒显得格外悲伤，令人心疼。

但是没有人提起唐家兄妹也去了葬礼现场。

苏叶对这一点也有点意外。

唐夜弦就算了，她换了身打扮之后几乎没什么人能认出来，但唐皓如今可真是跺跺脚就会地震的大人物，再加上他和苏叶的关系，他去了葬礼可算是大新闻了。

是真没人发现，还是他背后使了力压下来了？

看起来唐皓真是不想再跟苏叶有所牵连啊。苏叶自嘲地咧了咧嘴，但是……既然如此，又何必悄悄跑去她的葬礼呢？

她想起唐霖的话，那自嘲就变成了苦涩。

是去看她的报应吗？

她自认作为苏叶，她的记忆完整清晰，却根本想不起来当年到底发生了什么事让唐家对她对苏家这样深恶痛绝，都用上了"报应"这个词。

是父亲瞒着她做了什么吗？

但……苏承海对唐皓，一向也很满意啊，每次见到他都挺高兴的，会对他怎么样？

苏叶满心困惑，可是这件事，想要问也要看时机。

她才跑去苏叶的葬礼被唐皓抓回来，跟着又追问当年他和苏家的事，肯定会被看出问题来。

然后……估计也就没有什么然后了。

第四章
不一样的"唐夜弦"

苏叶以唐夜弦的身份生活了几天,就觉得,一旦接受了这样的设定,竟然有一种轻松的感觉。

是的,就是轻松。

没有责任,没有压力,没有看不完的报表、开不完的会,没有各种让人身心俱疲的无聊应酬,也没有什么形象包袱,不必担心哪里会影响自己影响苏氏的声誉——唐夜弦这个人,本身就已经毫无形象。

她不过是正常生活,唐霖却已经开心得不得了,大有女儿终于懂事了的老怀欣慰。

老爷子当然也好奇女儿突然改变的原因,苏叶就用"跟杜怀璋打了个赌"搪塞过去。

这是事实,杜怀璋本就说过保持一个月就答应她一个要求的话。

也合情合理,唐夜弦本身就最听杜怀璋的话。

所以唐霖也没有怀疑,只乐呵呵地表扬了苏叶又表扬了杜怀璋。

苏叶心安理得地受了。

她都已经死过一次了,这一回……活得随心所欲一些,又有什么关系?

又过了两天，苏叶在杜怀璋的陪同下回医院复查。

其实唐霖请了家庭医生，平常就住在唐家，她那点儿小伤，在家里就能处理。当初缝合用的又是可吸收的胶原蛋白线，连拆线都不用，换过几次药就差不多好了。

只是唐霖不放心，非让她再去医院检查一遍。叫杜怀璋陪她时，唐霖还略显顽皮地挤了挤眼，似乎是特意在为小两口制造相处机会。

苏叶也没办法。

她跟杜怀璋的关系，目前也没办法一下子断开，总得找到机会再慢慢地剥离。

唐家小姐这种身份，到了医院自然有专人接待，一应检查也都开了绿灯，她很快就做完了，出来时却不见了杜怀璋。苏叶左右张望了一下，外面的护士连忙道："杜先生出去接电话了。"

苏叶点点头，道："那我自己走一走，如果你看到他回来，麻烦你叫他打我电话。"

护士应了声，苏叶便出去了。

这座玉和医院，苏叶熟悉得很。

抛开苏、沈两家的关系，她父亲苏承海也曾经在这里住院治疗，后来也是在这里去世……苏叶有很长一段时间，都是每天处理完公事就往医院跑。

其实算起来也就只过了一年多时间，可现在想来，却已然恍如隔世。

苏叶叹了口气，才发现自己不知不觉间，竟然又走到当初父亲住过的病房门口来了。

她站在走廊里，看着那扇门，满心怅然。

"你在这里做什么？"

冷冷的男中音从身后传来。

苏叶转过身，看到沈弘行站在那里，皱着眉，眼镜后面一片冷光。

"呃……我……"苏叶也不知道要怎么回答，半晌才勉强找了个借口，"我找人。"

"找谁?"沈弘行嘴角那抹嘲笑简直都快要实质化了,唐夜弦在这里能找谁?他倒要看她能说出什么来?

苏叶有点无奈,想了想,报出了之前负责照顾她父亲的护士的名字:"王思思。"

若是王思思真的在,她就说在外面被别人拜托的好了。至于外面有没有人……那就不归她管了,还不能等太久自己先走了吗?沈弘行也不至于闲到为了这种事去调监控吧?

沈弘行没想到她真能报出个名字来,王思思这个名字他还真有印象,因为他当初……

他不由得也看了一眼前面的病房,因为是苏承海,他那时还特意交代过护士长挑一个温柔细心业务好的护士,当时护士长就推荐了王思思。王思思也一直都做得很好,只可惜……

苏承海的手术很顺利,情况也一直在好转,明明应该可以痊愈的,却不知为什么突然就恶化了。苏承海的死,苏叶那时看他的眼神……一直像扎在沈弘行心头的一根刺,想忘都忘不掉。

这时骤然又听到王思思的名字,就好像又在他心口狠狠扎了一下。

他脸色一沉,都没再理会苏叶,转身就走了。

苏叶看着他的背影,只觉得莫名其妙。

所以,他到底来做什么?

专程来怼她一下?

说到底,她又在这里做什么?

旁边有个看了全过程的护士见苏叶站在那里发愣,就主动道:"王思思一个月前就已经辞职了。"

"哦……谢谢。"苏叶回过神来,她也不是真要找王思思,无非就是随便找的借口而已。她连忙向那护士道了谢,也下了楼。

苏叶给杜怀璋打了个电话,然后就坐在住院楼外面的小花园里一面玩手

机,一面等着杜怀璋来接。

唐夜弦的微信ID,叫"夜微凉の忧伤"。

苏叶也是挺忧伤的。

她叹了口气,把后半部分给删了,直接改成了"夜微凉"。

唐夜弦几个微信群都挺活跃,消息跳个不停。苏叶看了一会儿,只觉得简直是群魔乱舞,直接都屏蔽了,慢慢再找借口退吧。

她翻了翻通讯录,并没有她认识的人。这也正常,她们本来就不是同一个圈子,年龄还差这么多。

苏叶正翻着朋友圈的照片,努力把唐夜弦的朋友们的名字和长相对上号。方明雅打了电话来,电话一通就叫道:"小弦,你知道学校论坛那个帖子的事了吗?"

"什么帖子?"苏叶问。

方明雅道:"就是有人贴了你前几天的照片,问这个美女是谁。后来又有人贴了你之前的照片做对比,就……很多人不相信是同一个人,然后就吵起来啦。还有人说你去整容了,总之真真假假好多爆料。"

"所以呢?"苏叶皱了一下眉。她向来是不怎么关注这些八卦的,也没觉得这种事值得专程打电话来说。

方明雅被她的语气噎了一下,但还是道:"陈老师好像都被惊动了,刚刚来找你,不是很高兴的样子,你小心一点。"

虽然苏叶觉得这个女生在跟唐夜弦的交往之中大概没少耍心机,这个电话也不知道是真的好心提醒,还是别有居心,但人家特意打来,她还是道了谢:"谢谢,我会注意的。"

方明雅那边好像松了一口气般,又问苏叶什么时候回学校,关心了几句才挂。

这时杜怀璋刚好过来,还顺便带来了苏叶的检查结果。

"基本上没什么问题。"他说,"走吧,我先送你回去。"

苏叶才刚应了声,手机又响了。

这回显示的名字是"班导陈"。

果然方明雅才提醒过,这位陈班导的电话就打过来了。

苏叶按了接听,一声"班导"还没叫完,那边已经劈头盖脸厉声道:"唐夜弦,你还有没有一点组织纪律性?上课时间不好好学习,跑到哪里去了?"

苏叶被问得愣了一下,还没有回话,那边已经继续道:"你什么态度?作为班导,我还不能说你了?你自由散漫不求上进,还不尊重师长?"

苏叶一脸蒙,她都没说话……怎么就不尊重师长了?

她记得她上大学的时候,班导都是大三大四的学长学姐,偶尔有一两个会端着架子,但这么严厉的就很少了。

唐夜弦以前那副德行,不讨人喜欢这很正常,但不管怎么说,班导这个电话也太奇怪了,根本就没给她说话的机会,简直好像在唱独角戏一样。

陈班导那边声音很大,苏叶没开免提,旁边的杜怀璋都听到了。

他皱了一下眉,伸手就把苏叶的手机拿了过去:"陈班导是吧?我是杜怀璋。唐夜弦这几天没去上课的事,我记得我应该跟学校请过假的,现在你打电话来说这个,是什么意思?"

竟然毫不给情面地怼了回去,苏叶不由得睁大了眼看着他。

但电话那端的陈班导很显然服了软,声音直接就小了下去,苏叶都听不到了,只见杜怀璋又皱了一下眉:"星美娱乐?特意找到学校来的?"

那边又说了句什么,杜怀璋扭头看了一眼苏叶,问:"说是有人想找你拍电视。"

苏叶挺意外的,呆呆地伸出手指了指自己的鼻子:"找我?"

唐夜弦以前那形象……找她演"葬爱家族"少主吗?

杜怀璋又跟陈班导确认了一遍,才向苏叶点点头:"说是在网上看到了你的照片,觉得外形跟他们一个角色比较契合。先去见一面吧。"

他用的是肯定句,并没有征求苏叶的意见,直接就带着她回学校。

他在面对"唐夜弦"的时候,习惯性就站在了主导的位置,包括刚刚直接就拿走了她的手机。

对唐夜弦算不上真关心，却很自然地包揽了她的事……苏叶看着他，不禁想，难道这位，是"我的人我爱怎样怎样，但是外人欺负就不行"的人设吗？

据说很多少女都吃这一套，怪不得唐夜弦这么多年都被他吃得死死的。

唐皑这时也正在看校园论坛的那个帖子。

他是被同学拖去看的。

"看看，你们唐家的人，你最有发言权。"潘景翔指着手机上的那张照片问，"这真是你那个便宜妹妹啊？"

照片是偷拍的。高挑的少女走在校园里，初升的阳光透过树叶的间隙斜斜照在她身上，将她白皙的皮肤映得几近透明，那双苍绿色的眸更像是春天的湖水，清澈透亮。

这是唐夜弦吗？

当然是。

虽然她多数时候都是把自己整得人不像人鬼不像鬼，但唐皑跟她在一个家里住着，还三天两头吵架，她的素颜也不是没见过。

的确是那张熟到厌烦的脸，但照片上少女专注地看着手里一张什么纸的表情，却又让他十分陌生。

要说唐夜弦真的洗心革面、改邪归正什么的，打死他都不会信。

唐皑沉着脸，把潘景翔的手机还给他，转身就走了。

潘景翔连忙追上去："哎哎，你倒是说句话啊，到底是不是？"

唐皑没好气地说："是不是关你屁事！"

"哎哟，我这不就是好奇嘛！总听你说她丑人多作怪，这美得都要赶上天仙了，还丑？"

要真的单说外表，唐皑都不能昧着良心说唐夜弦不好看，只能死鸭子嘴硬地反驳："肤浅！一个人的美和丑是来自内心的判断，灵魂污浊的人长成什么样子都是丑陋的。"

"是是是，我肤浅，我庸俗。不过，她真是很漂亮啊，我就喜欢看这一款的妹子。"潘景翔是知道唐家的情况的，但因为熟，也不怕唐皑翻脸，他用手肘拐拐唐皑，"不如下次介绍给我认识？"

唐皑停下来。他不喜欢唐夜弦，但有人用这么轻佻的语气说她，他也一样不喜欢。

潘景翔被他盯得有点发毛："嗳，行就行，不行就不行，这么看着我干吗？"

唐皑哼了一声，也没说行或者不行，只道："她已经订婚了。"

潘景翔就有点泄气："哎，你说你们家……这都什么年代了，还玩老封建那套？她才多大？为什么这么早订婚？"

为什么？唐皑冷哼了一声，当然是因为老头子怕自己万一真死了没人管那个宝贝女儿。

什么垃圾堆里捡回来的野种，也当个宝！

而且，唐夜弦只比他小了半岁！

这个年龄差就注定她的出生就带了不可饶恕的原罪！

而且她还……那些恶行恶状，简直罄竹难书！

唐皑想到上次在吃早餐时，她还装乖卖巧，就简直恨得牙痒痒。

没想到在学校里也开始装文艺小清新了。

他倒要看她到底能装到什么时候！

陈志杰觉得自己今天真是出门忘记看皇历了。

做大一的班导，说是为了锻炼自己的能力，其实永远是些吃力不讨好的事，好不容易想以权谋私一次，还被抓了现行。

电话那端杜怀璋的语气虽然并不严厉，但他还是忍不住冒了冷汗。

虽然他平常也会看不起杜怀璋这种靠婚姻上位的男人，但人家毕竟是安盛集团的经理，唐家的女婿，要整他还不跟玩儿似的。

他要知道杜怀璋跟唐夜弦在一起，在电话里绝对不敢那么说。

但……这世上哪有什么早知道呢？

就好像他也不知道星美娱乐的人抽什么风，竟然会看上那个非主流的唐夜弦啊。

他那个在星美娱乐实习的同学徐盛找到他问起唐夜弦时，他简直都以为对方疯了。他觉得自己的女朋友陆海薇比唐夜弦漂亮多了，既然都能找唐夜弦去试镜，那陆海薇的希望不是更大？

所以徐盛带着星美娱乐的黄导来了之后，他就叫了陆海薇来刷存在感，又明里暗里说了些唐夜弦的小话，暗示这个女生成绩不好，人品也不行，试图推荐陆海薇。

结果没想到竟然就把杜怀璋招来了。

杜怀璋进来的时候，他连腿都在发抖，但看到跟着进来的"唐夜弦"，却又整个人都怔住了。

她穿了身休闲牛仔装，衣襟上也没有平常那些零零碎碎，只简单地钉了两颗木质纽扣做点缀，干净纯朴，还有种简约的美感。五颜六色的头发细心地辫成了小辫子，看起来俏皮可爱。脸上没有那些乱七八糟的大浓妆，只素面朝天，却已是风华绝代。

星美娱乐的黄导直接就跳了起来，急切地道："没错，就是她。我们要找的就是这个女生。"

陈志杰这也是第一次看到唐夜弦这个样子，即便陆海薇悄悄掐了他一把，他也必须得承认，这样的唐夜弦一进来，十个陆海薇也刷不出存在感了。

而且当着杜怀璋的面，他也不敢再玩小动作，和和气气地给双方做了介绍。

黄导向两人递上名片，苏叶看到上面写的职务是"助理导演"，叫黄云凯。

苏叶低头看名片的时候，黄云凯又细细打量了她一番。

那张脸……即便是黄云凯这种见惯美女的圈内人，也只能说，真是得天独厚。怪不得刘导只看了一眼照片，就非要他们把人找出来。

黄云凯道："唐小姐，我们觉得你很适合我们现在在拍的一部电视剧里的一个角色，如果你愿意的话，请你明天去试下镜。"

苏叶微微皱了一下眉，他们来学校找人，又当着杜怀璋的面，骗子的可能性应该不大，但这个人表现得未免太过急切了。

杜怀璋显然也有同感，先问："是什么电视剧？什么角色？"

黄云凯便介绍："我们这个剧叫《宫墙月》，是部大型古装宫斗剧，导演是刘仕南，男主角是孟修，女主角是柳玟君，女二号是罗竹容。"

这些都是广大群众耳熟能详的名字，就算苏叶以前并不追星，也没少听，甚至苏家有一款产品还是孟修代言的。

"这是剧本，唐小姐可以先看。你放心，我们绝对不是什么不正经的剧组。"黄云凯向旁边的徐盛抬了抬手，后者连忙从公文袋里拿出一份剧本递给苏叶。

应该只是角色剧本，只薄薄的三四页。

苏叶一目十行扫了一遍，情节相当简单，大致就是番邦进献了一名绝色美人，在万寿节一舞惊天下，一时圣宠无双，但很快就被弄死了。在她拿到的这份剧本里，甚至都不知道凶手是谁。

苏叶算了算，最多就是几十分钟，可能不到一个小时的戏份。

说是个角色都抬举她了，看起来也就是比群众演员多几个特写，因为是番邦美人，语言不通，连台词都没有。

黄云凯一面打量着苏叶的神色，一面继续道："这是我们公司今年的重点剧目，大投资、大阵容、大制作。所以我们刘导对演员也非常挑剔，精益求精。唐小姐不要看这角色小，已经试过几十个人了，其中不乏二三级的知名演员，但刘导都不满意。昨天我们无意中看到你的照片，觉得外形十分契合，所以才特意来云大找你。"

黄云凯没说的是，其实这戏现在都已经开拍了，偏偏只有这个番邦美人的角色还没定，刘导倒是还想慢慢挑，但多拖延一天，那就是一天的钱啊。刘导德高望重，公司上层不敢对他怎么样，火只能冲他这个主要负责演员统筹的助理导演发，他能有什么办法？这些天真是急得嘴角都起了燎泡。

真要说起来，这个美人其实也不是什么多难演的角色，说白了，就是个花瓶。可单那一条"美"，要达到刘导的标准，就已经很不容易了。

娱乐圈这么多女演员，其实也并不是真的没有刘导能看得上眼的，只是长得比柳玟君、罗竹容还漂亮的女演员……人家能来演这种不到一集就死的龙套吗？

所以，当"唐夜弦"的照片出现在黄云凯的视野里，他简直就像是捞到了一根救命稻草。

唐夜弦的外形的确很合适，尤其她本身就是混血儿，五官立体轮廓分明，加上那双带了点儿绿色的眼眸，活脱脱就是剧中那位祸国殃民的番邦美人。

至于陈志杰说的那些什么性格恶劣、行为乖张、胸无点墨、不敬师长……那都不是事儿，只要有她那张脸就好了。甚至连那段舞蹈，都可以用替身后期剪辑。只要试镜时能过刘导的眼，那就一切万事大吉。

但面前这个女孩子的反应，却让他心里有点没底。

她太平静了。

平静地看完了剧本，又平静地看了看陈志杰，看了看陆海薇，看了看星美娱乐的人。

完全没有这个年纪的女孩子对待这种事情的兴奋与期待。

反而是黄云凯自己在她那双碧清清的眸子扫过来时，下意识便紧张起来。

那感觉……就好像刚刚工作时，等着上司看自己提交的报告一样。

黄云凯自己都觉得这简直莫名其妙。

估计是因为这一阵找演员找得都快疯了，而且大概也再找不到这么合适的人选了吧。他想。

好在苏叶也没让他紧张多久，便笑了笑，道："好啊，明天什么时候？在哪里？"

黄云凯松了口气，连忙道："明天上午十点开始，就在星美娱乐七楼。"

苏叶点了点头："我一定准时到。"

而那边的陈志杰却又被女朋友悄悄掐了一把。

陈志杰有点无奈，现在这种情况，看看黄云凯的态度，看看"唐夜弦"的脸，还想去抢她的机会，根本就是自取其辱吧？

陆海薇却不停给他使眼色，他只当没看见。

陆海薇索性就自己开了口，向黄云凯甜甜笑道："黄导，这次的试镜会还有别人参加吗？"

黄云凯在这行混了多年，哪有不明白她的心思？眼下番邦美人的事算是定了一半，他的心情也算好了一些，就跟徐盛道："你问问小赵，他那边还缺不缺群演。"

陆海薇的笑容不由得微微一僵，但只短短一瞬就收了起来，依然笑眯眯地去跟徐盛要电话交换微信什么的。

等其他人都走了，她才转头向陈志杰发火："太看不起人了，凭什么特意来找她去试镜，到我就只有群演？"

凭她美啊。陈志杰心里这么想，却不敢直接对女朋友这么说，只能道："群演其实也行，那可是刘导的戏，哪怕只露一面呢，好歹也是个资历。"

陆海薇一口银牙都几乎要咬碎了，狠狠拧了陈志杰一把："你到底是站哪边的？是不是看上那个小妖精了？"

陈志杰一脸无奈："姑奶奶你别闹了，没看到人家未婚夫就在旁边吗？你不要多事，那就不是我们能惹得起的人。"

陆海薇不以为然地撇了撇唇："说是唐家的小姐，但从来也没见她出席过唐家的正式活动啊。唐家二少也在我们云大，这么久了，根本连看都没看过她一眼。不过是个唐家根本不认的私生女，有什么可担心的？"

陈志杰知道她不服气，他原本也是这么想的，所以今天才敢这么做。但今天的唐夜弦，给他的感觉真是和以往不一样了。以前她是嚣张，却总有种色厉内荏的心虚，今天不怎么说话，却有了一种云淡风轻的底气。

突然之间，这底气哪里来的？

只可能是唐家给的啊。

一个私生女，唐家不认的时候，她当然没什么了不起。但如果唐家真的

认了，不说远了，至少在云城，她就是个小公主。

再去惹她？

是嫌自己日子过得太舒坦吗？

他跟陆海薇解释了一番，又道："你长得漂亮，自己又用功，以后自然会有自己的一番成就。有些事能做我也会尽力帮你争取，但是不能做的，你就不要给自己惹麻烦了。"

陆海薇嘴里应着，眼中却还是闪过一丝不忿。

一上了车，杜怀璋就又变了脸，丝毫没有在外人面前的温柔体贴，而是微微眯起眼，审视地打量着"唐夜弦"。

苏叶心中不由得一凛，她今天的表现，是不是太不像唐夜弦了？

她不知道真正的唐夜弦会怎么样，而传言里的那个……骤然有人找上门请她去拍戏，大概会有一种小人得志的猖狂吧？

苏叶学不出来。

她的表情里就没有那些词。

她作为苏家的独生女，虽然学过不少才艺，但"表演"真不在其中。对苏家大小姐来说，才艺什么的不过是陶冶性情锦上添花，可从来没有想过要靠这些吃饭。

现在真的要去演戏……她想想其实也挺有趣的。

"你今天怎么回事？"杜怀璋突然问。

苏叶眨了眨眼："什么怎么回事？"

"看起来……"杜怀璋想想她刚才那个样子，突然又觉得不太好形容，最终只道，"跟平常不太一样。"

她就知道！

但这时也没办法弥补了，苏叶只应了一声："哦。"

哦什么哦！杜怀璋皱起眉来："你……"

苏叶伸出一只手："第五天了。"

杜怀璋一时没有反应过来:"什么?"

"你说的一个月,已经过了五天了。"苏叶道,"还有二十五天,你就要答应我一个要求,不要赖。"

原来是说这个。杜怀璋还真忘了。

所以,她是因为跟他打了赌一个月不闹事,才一直按捺着自己的脾气?

杜怀璋将信将疑,却也没有别的解释了。他这才放软了声音:"放心,既然说好了,自然会答应你。"

苏叶向他笑了笑。

杜怀璋转头去开车。

苏叶这才算松了口气。

打赌这个借口,还真是好用啊。

第五章
写我的名字

唐霖听说苏叶要去试镜,开心得不得了,立刻就叫小刘做女儿爱吃的菜,又要叫唐皓兄弟回来庆祝。

苏叶连忙拦了,道:"只是去试镜而已,成不成还不知道呢,就先不惊动哥哥们了。"

"也是。"唐霖拍拍她的手,"不用担心,明天我陪你去试镜。那个电视叫什么来着?让你哥去投资。"

苏叶:"……"

她担心的不是试镜,而是"惊动哥哥"这件事好吗?

葬礼那天之后,她就没见过唐皓。

唐总裁忙成这样,她为了一个龙套角色去找他拉投资?

至于吗?

不要说"唐夜弦"在唐皓那里有没有这份面子,就算有……也不是这么用的好吗?

至于让安盛集团的太上皇亲自陪她试镜,那就更夸张了。

唐霖身体不好,一直在家里静养还得有家庭医生看着,他要出个门那可就真得兴师动众了。到时乌泱泱一群人跑去星美大厦,知道的是陪女儿去试镜，不知道的还当安盛集团想收购星美娱乐呢。

苏叶只好故作生气道："爸爸你这样难道是不相信我的实力吗？一个小龙套而已，我肯定自己就能拿下啊。"

唐霖立刻就瞪起了眼："什么？只是龙套？我家乖女儿怎么能只演龙套？这怎么行？你刚说哪个公司来着？星美？"说着就要去打电话。

苏叶哭笑不得地拖住他。

怪不得唐夜弦会长歪，这老爷子在宠女儿这件事上，真是毫无原则啊。

她好说歹说、撒娇卖痴才打消了唐霖要砸钱捧女儿演个女主角的念头。

苏叶现在毫无演技，对这行也完全不熟，从这种花瓶龙套开始反而是最好的。

父女俩正说着话，唐皑回来了。

苏叶笑着打了个招呼："二哥。"

唐皑丝毫没有被她的主动讨好，扫了她一眼，帅气的浓眉就皱了起来，没好气地哼了一声："看你都做了些什么事！丢人现眼！"

苏叶还没说话，唐霖已经先替她骂了回去："臭小子怎么说话的？妹妹跟你打招呼你就是这么回的吗？你就见不得妹妹一点好？小弦好端端要去试镜拍电视，怎么就丢人现眼了？"

"拍电视？"唐皑冷笑了一声，"可不就是拍电视惹出来的？智商低就乖乖卖蠢，非要学人家炒作，'炒煳'了还破口大骂，结果反被人扒皮爆料，闹得满天风雨，还不够丢人？"

苏叶一脸茫然："什么炒作？"

唐皑用鼻子嗤了一声："这会儿倒会装傻了？"

苏叶只能搬出杜怀璋来："我一直都跟杜怀璋在一起，上午在医院，后来又去见了星美娱乐的人，根本没有上网。"

唐霖气呼呼地骂小儿子："你个臭小子，相信网上都不知道是人是狗的话，都不信你妹妹！你这样也算是做哥哥的吗？"

唐皑心想，他本来就不想做这个哥哥，但想着大哥再三交代不要惹老头子生气，忍了又忍，没有回嘴，愤愤地上楼回房间去了。

唐霖还是气得不行，手都有点发抖，吓得苏叶赶紧把家庭医生叫过来。

好在唐夜弦跟唐皑三天两头吵架，在外面的名声也一向不好，唐霖对这种事也算是有了免疫力，过一阵就好了，还反过来安抚苏叶："不要在意网上那些人乱说话，他们都是嫉妒我家乖女儿长得漂亮。"

苏叶心头一暖，又搂着唐霖撒了一会儿娇，把唐霖哄得眉开眼笑。

吃完晚饭回了房间，苏叶才算第一次看到那个连唐皑都惊动了的帖子。

跟方明雅说的是同一个。

一开始的确是普普通通的找人。就是有人在云大看到一个美女，惊为天人，偷拍了照片发在校园论坛，问有没有人知道是谁。

然后就像方明雅说的，有人认出是唐夜弦，有人不信，又有人贴出唐夜弦之前的照片做对比，后面还有一些是化妆还是整容之类的讨论。

到了下午，风向就突然变了。

突然有人出来把唐夜弦夸得是天上有地下无。但是，唐夜弦以前的德行又不是没人知道，这么不要脸地吹捧，自然会引起反弹，于是又是一顿狠掐。

等把唐夜弦以往种种劣迹都差不多全翻出来之后，又有人扒皮说那个猛吹唐夜弦的，其实就是她本人的小号，跟着说好话的，都是她花钱请的水军。

更有人说，这个帖从一开始"找人"，就是唐夜弦的炒作，因为她用不正当的手段拿到了《宫墙月》的试镜机会，所以要先制造些噱头。

说得有鼻子有眼，吃瓜群众就沸腾了。

这事发展到现在，已经完全不局限于云大的论坛了。

甚至有人直接去微博@了星美娱乐和《宫墙月》剧组，要求证这个"不正当手段"，为什么一个人品如此低下、劣迹斑斑的还毫无演艺经验的人会得到他们的青睐？

星美官方虽然还没有回应，但网友们已经自发开始抵制起来，并开展了更大范围的"人肉"，挖出各种跟唐夜弦相关的八卦，脑补出各种"内幕"

和"真相"来。

"唐夜弦"这回可算是真的出名了。

如果说她以前只是云城小圈子的笑料,现在大概已经变成全国范围的大笑话了吧。

怪不得唐皑会气成那样。

苏叶看到这里,不由得叹了一声。

炒作什么的,当然不是她自己做的。

那个人这么做的目的也很明显,她都还没去试镜呢,就曝出这么多丑闻,哪个公司还会用她?

够狠。

而且这番操作还不需要什么成本,借着一个本来就有不少热度的校园帖,注册几个匿名小号一煽动,就成了大势。

真不错。

苏叶饶有兴致地勾起了嘴角,倒生出几分好胜心来。

知道她要去试镜的人,也就是那么几个。

星美娱乐的人不可能自己这么做,杜怀璋也不可能。

剩下的就不用说了。

苏叶决定要去打听一下那个人是谁。

至于试镜的事……

还是先看星美娱乐那边是什么反应吧,如果没打电话来通知她取消,明天她还是按时过去。

如果取消了……也无所谓。

她背后有唐家呢,真考虑一下老爷子的建议,自己砸钱来拍个剧也不是不行。

苏叶可没有什么非得靠自己白手起家的想法。

她是苏家唯一的继承人,从小就是作为商人培养的,天生就会利用一切能利用的东西。

她既然接手了唐夜弦的人生，也不能只接烂牌不要好牌不是？

合理合法的资源，为什么不用？

黄云凯果然在第二天一早给苏叶打了电话来，但并不是通知她取消试镜，只是又跟她确认了一遍时间、地点。

星美娱乐看起来并没有受流言的影响，又或者他们对这个角色真是没了别的选择。

于是，苏叶依然按时出发。

唐霖自己不能送女儿去，但还是安排了杜怀璋陪同。

杜怀璋做了唐霖很久的助理，一直以来几乎都可以算是唐霖的代言人了，让杜怀璋陪着，也算是他的一种态度。

杜怀璋现在在安盛集团也只是个闲职，倒也没有不乐意，在车上的时候，甚至还破天荒地安慰了苏叶几句。

"不必担心。黄云凯昨天急切成那样，可见他们真的为这个角色犯难，既然看中了，没有什么特殊情况，不会轻易取消的。再者说，一个小龙套角色，现在有人免费为他们炒一波热度，只怕娱乐公司还求之不得呢。"

这还是苏叶第一次见他态度平和地跟"唐夜弦"说这么多话，不由得多看了他一会儿。

果然，杜怀璋立刻就不耐烦地皱了眉："怎么？"

真是好不过三秒。

苏叶应了一声"没什么"，便收回了目光，低下头开始玩手机游戏。

杜怀璋侧目看了她一眼，但也没再说什么，一路安静地开到了星美大厦楼下。

今天星美娱乐这边，其实还有一些别的演员别的角色一起来试镜。但苏叶一走进去，几名考官就互相交换了一下眼神，在彼此的眼中都看到了惊艳。

就连一心想用自家艺人的星美艺人总监李明瑞也不得不承认，他推荐的那个小女星，从长相上来说，真比不上这个女孩。

苏叶走到中间，向各位考官问好，作了自我介绍。

仪态优雅，落落大方。

苏叶这时已换上了戏服，是一套颇具波斯风情的长裙，色彩鲜艳，绣花精美，还缀着各式亮闪闪的珍珠宝石。但即便是如此艳丽的服装，也压不住她本身的美貌。眉眼精致，轮廓分明，恰到好处的妆容让她青春靓丽的面孔又多了几分妖娆媚惑，令人看起来眼前一亮，只觉风情万种、明艳无双。

丽姬这个角色，戏份本来就少，若不是刘导的坚持，都犯不着搞出这么大阵势来。而刘导的标准，最主要的一点，就是一定要漂亮。

而这时的苏叶，已将这个词展示得淋漓尽致。

看着坐在当中的刘仕南微不可察地点了点头，黄云凯就松了口气。

苏叶回答了一些常规的问题，又摆了几个舞蹈动作，试镜基本就算结束。

正当黄云凯要叫她先回去等消息的时候，李明瑞又突然开了口，问："这两天网上盛传唐小姐是用不正当手段得到这次试镜机会的，唐小姐知道吗？"

黄云凯刚想解释，李明瑞却抬手拦住他，似笑非笑地看着苏叶："不知道唐小姐自己怎么看？"

黄云凯心头不由得一凛，徐盛刷校园论坛看到唐夜弦的照片，跑来告诉他，他又给刘导看过，这才去云大找人，这个过程李明瑞其实应该知道的，这算什么不正当手段？

但现在他又说这种话，什么意思？

是还在因为刘导否了他提出来的人选而不忿，所以故意刁难唐夜弦吗？

但……若是因为网上的流言就把唐夜弦也刷了……他上哪儿再去找这么合适的人选？

他不由得转头看向刘导，却见刘仕南也正摸着自己胖胖的双下巴，饶有兴致地等着对面的女孩子回答。

黄云凯就只能把到了嘴边的话又咽了回去。

但对面的女孩子并没有解释辩白，也没有委屈求助，更没有像网上爆料

的那样坏脾气破口大骂。

苏叶只是笑了笑,微微一挑眉:"败犬之吠,需要在意吗?"

语气平淡得连个起伏都没有,却偏偏透着种令人不敢置疑的霸气。

配着她现在这一身,不像是流落异乡的舞女,倒像是白龙鱼服的女王。

李明瑞略愣了愣神,刘仕南却笑起来:"说得好。若说你是用什么不正当的手段,那也只能是因为老天爷给了你这张漂亮到作弊的脸。"

苏叶笑着向刘仕南道了谢,温婉得体,就好像刚刚那浑身的气势,只是大家的一个错觉。

黄云凯却知道不是,他这算是第二次领教了,刚刚真是几乎连后背都要沁出汗来。再看现在表现得好像人畜无害的少女……他都不知道应该说她不愧是唐家的小姐,还是她真的天生演技好了。

接下来的事情,就非常顺利了。

苏叶卸了妆换回衣服,就被请到楼下去谈合同。

杜怀璋又很顺手地就把这事接过去了。

苏叶在旁边听着,没觉得有什么问题,就索性只微笑着不插话。

杜怀璋跟了唐霖多年,又在安盛集团任职,能力的确还是有的,来谈这种合同,真是大材小用。没多久,就敲定了。

苏叶确认了一遍,拿起签字笔,却在落下第一笔的时候顿住了。

她习惯性地先写了一横。

——那是"苏"字的起笔。

苏叶的心脏猛然多跳了几下,还好悄眼看过去,杜怀璋和黄云凯都没有注意到。她连忙改了过来。

好险。

提心吊胆地签完了"唐夜弦"的名字,她自己又多看了两眼,深吸了一口气,暗自告诫自己,以后一定要再小心一点才行。

"怎么了?"杜怀璋问。

苏叶摇了摇头:"只是觉得我的字好像有点丑。"

她其实还是有点担心。

因为她成为唐夜弦的时间尚短,还没来得及模仿练习唐夜弦的笔迹。

她甚至就没见过唐夜弦写的东西,没有日记,没有作业,唐夜弦的书本都像是新的,一点痕迹都没有。

但杜怀璋只是扫了一眼,道:"没有,挺好看了。"

在外人面前,他还是不吝于夸奖她的。

合同都签了,黄云凯也算完成一件大事,心情也好了几分,凑趣道:"但唐小姐也是得好好练练签名才行。你这么漂亮,肯定可以一炮而红的。这以后啊,可不知道会有多少人找你签名呢。"

苏叶可没想过能靠一个连台词都没有的角色就红到什么程度,但连杜怀璋都没有发现她笔迹的问题,这倒让她松了口气。

还好,以后也不必特意再去找唐夜弦的笔迹了。再被问起来,就当她悄悄练了字吧。

唐霖知道苏叶顺利得到那个角色,高兴得不得了。

他自己的身体状况自己清楚,唯一放心不下的,就是这个半路找回来的女儿了。

虽然他已经尽力在为女儿打算,但之前唐夜弦实在是不争气,现在看到她变得乖巧上进,他真是非常开心,也恨不得告诉所有人,他女儿变好了。甚至直接就给唐皓打了电话,叫他晚上回家来吃饭庆祝。

苏叶根本都来不及阻拦。

但转头想想,唐霖也是好几天都没见到大儿子了,说不定只是想找借口叫他回来见一见。她跟唐霖相处这些天,也从家庭医生那里了解了他的病情,人到了这个时候,也许就特别渴望天伦之乐,以前她父亲也是如此。

所以她也就没再坚持,反而开心地帮着准备起来。

到唐皓回来的时候,唐霖就很高兴地拉着他,指了那些菜说这个是小弦做的,那个也是小弦做的,直把女儿夸得上天。

苏叶都忍不住脸红,她顶多就是打个下手,洗洗菜递递盘子而已。

她想切个菜厨师小刘都没让,一来怕她伤到,二来也实在看不过去她那刀功。

不论是唐夜弦还是苏叶,都是一辈子没做过饭的人。

唐皓看了她几眼,并没有多说什么。

唐皑有点看不过去,但在大哥的眼神压制下,也就只能憋回去,坐在那里闷头吃饭。

唐霖兴致一直很高,还努力想拉近儿子和女儿的距离,叫苏叶把合同拿给唐皓看:"让大哥给你把把关。"

苏叶心想签都签了,还把什么关?

但老爷子这么说了,唐皓也破天荒地没有反对,她只能去拿了合同过来,递过去的时候还小声地说明了一下,是杜怀璋谈的。

合同当然没什么问题,唐皓虽然看不上那点片酬,但如果剥开唐家的背景,唐夜弦作为一个从来没演过戏的新人,这种条件已经相当不错了。

唐皓微微点头,附和着唐霖夸了一两句,翻完了合同,目光落在最后的签名上,瞳孔就突然一缩。

他唰地抬起眼来看向苏叶,目光凌厉得甚至令苏叶下意识就往后退了一步。

刚刚气氛还很好的,突然之间怎么……苏叶这么想着,目光飞快地扫了一圈,试图找出哪里不对。

然后就看到了唐皓手里的合同,正翻在最后一页。

——那上面有她的签名。

苏叶心头咯噔一下,但还勉强有点侥幸。

杜怀璋都看不出来,难道唐皓能看出来?

他们都七年没见了,她的字迹跟当年多少也有点不一样,唐皓怎么能看出来?

067

好在唐皓的异样也只是短短一瞬，他很快把合同合起来，递回给苏叶：
"合同没什么问题，不过，你等下跟我到书房去一趟。"

苏叶的心就越发提了起来，试探地问："大哥找我有事？"

唐皓道："你既然要正经出去工作，有些事我还是要交代一下的。"

苏叶还没说话，唐霖已经很欣慰地点点头："一家兄妹，正该如此。以前小弦还小，她现在懂事了，阿皓你好好教她。"

唐皓点头应声。

苏叶也只能跟着应了一声，心头却越发忐忑起来。

唐皓的书房是他一贯的风格，简单大气。

靠墙一面书柜，侧面是办公桌，另一面放了组小沙发，其他便别无他物。

苏叶跟着唐皓进去。

"坐。"唐皓向小沙发那边微微抬了抬下巴示意。

苏叶就立刻坐好，双腿并拢，双手交叠搁在腿上，肩背挺直。

但她这样的文静乖巧并没有讨好到唐皓，反而让他英俊的脸上闪过一丝明显的厌恶，微微眯起了眼，眼神越发深沉危险。

苏叶都觉得有点不寒而栗，大气都不敢出，只能安静地等着。

好半晌，唐皓才轻咳了一声，道："知道之前我为什么不管你吗？"

能是为什么？

苏叶想，无非就是没把唐夜弦当一家人看呗，不是唐家的人，管什么管？就当是讨老爷子高兴养条狗，只要不咬死人，乱拉乱吠都由它去。

何况唐夜弦那个性格，真的严格管教了，到时她反在老爷子面前告状或者出去乱说话，倒显得唐皓苛待异母妹妹。

唐总裁的时间都是要按秒来算的，何必浪费在这种费力不讨好的事上？

反正大家都知道她是个私生女，了不起等唐老爷子去世后给一笔钱自生自灭，已经算是仁至义尽。

但唐皓直接这么问她，她就直接一脸茫然地摇头。

唐皓看了她一会儿，竟然也没回答，直接就跳过了这个问题，又问："我听说你最近是在跟杜怀璋打赌？"

苏叶点点头，突然就想起他之前跟她说许建安不是好人的事来，鬼使神差地，竟然问："杜怀璋是好人吗？"

唐皓根本没想到她会突然问这个，皱了一下眉，抬起眼看着她。

她没化妆的时候，看起来似乎比实际年龄更小一点，大大的眼睛睁圆了看着他，就像一只好奇的小动物。

那眼神里，甚至有几分期待和信赖。

唐皓有点意外。

她是真的在问自己意见吗？

那个会为杜怀璋去死的唐夜弦，竟然会问他这个？

是因为上次提醒她许建安的事？

她……又到底是怎么回事？

唐皓第一次对自己已经确定的判断有了一丝动摇，不由得又咳了一声，道："你是唐家的小姐，就不必担心他。"

不知为什么，苏叶总觉得他这话说得有点别有深意。

什么叫她是唐家的小姐就不必担心，她现在难道不是？

还是在暗示她要先得到唐家——也就是他唐大总裁的承认？

苏叶盯着唐皓看，他却已经转过身去，拿了笔和纸，放到沙发边的小茶几上。

"写我的名字。"他说。声音很轻，却是毋庸置疑的命令。

苏叶顿时什么心思都被吓飞了。

他果然看出来了？

也是，她当年可没少写他的名字，那个"唐"字……

苏叶握着笔，却半天不敢落下去。

她并没有练过另一种字体，何况仓促之间，哪怕她故意写差，也会有迹可循。

"写。"唐皓面无表情地再次命令。

苏叶深吸了一口气。

算了,缩头一刀,伸头也是一刀,早死早超生吧。

她认命地在纸上写下了她曾经用了无限的深情写过无数次的那两个字。

唐皓。

唐皓伸手把那张纸拿过去看了看。

苏叶握紧了手里的笔,不敢抬头。

"果然还挺像的。"唐皓说。

苏叶没看到他的表情,但这个语气里,显然满满的都是嫌弃和讽刺。

她忍不住悄悄地抬了抬眼。

唐皓正把那张纸拍到了桌上,微微一挑眉:"说吧,谁教你的?"

苏叶都已经在打算怎么跟他解释她变成唐夜弦的事了,但完全没想到他竟然会问出这句话。

她不由得抬起头,睁大眼看着他:"什么?"

谁教她?教她什么?

唐皓斜靠在办公桌上,双手环胸,是个很悠闲的姿态,但他看起来却全身都散发着一种致命的压迫感,眼神冰冷,就好像暗夜里盯紧了猎物的野兽。

苏叶不由得打了个寒战。

唐霖之前为唐夜弦筹划未来的时候,唐皓其实是有点不以为然的。

唐夜弦那张脸虽然漂亮,但如果没有唐家撑腰,她那个性和智商,在娱乐圈里混,只可能被吃得连渣都不剩。

只是基于老爷子这种明显的不信任,他也懒得多说什么。

唐霖在唐夜弦这件事上,天然就有一种心虚,不论是对女儿,还是对儿子。

唐夜弦是他在外面生的,到临死才想起要找回来,所以总觉得对不起她,想补偿她。

但私生女就是他对不起原配的证据,在一力支撑着唐家的大儿子面前,他又做不到那么理直气壮。所以不要看他每天训斥小儿子,但在唐皓面前,

到底也不好提太多要求。

唐皓看着他暗戳戳地想绕开自己做那些安排，既不支持，也不反对。

他其实就是无所谓。

对这个突然冒出来的异母妹妹，他根本就不在意。

但现在看起来，唐夜弦说不定还真是适合去当演员，至少这装傻的演技，可谓炉火纯青。

唐皓不屑地冷哼了一声："表情、动作、神态、喜好……"他扫了一眼桌上那张纸，"连字迹都像……不是这几天的事了吧？哦，上次甚至偷偷跑去她的葬礼。有趣吗？听说你最近很关心父亲的病情，知道他情况不太好，所以心急了吧？这都可以理解，但……"他的声音骤然一冷，"到底是谁教你这样模仿苏叶的？"

苏叶简直有点欲哭无泪。

这都什么跟什么？

她模仿苏叶？

她就是苏叶本人好吗？

不过，很显然，唐皓虽然很少回来，但这里一点风吹草动都瞒不过他。

所以她平常有些不经意流露的小习惯他肯定早都知道了，今天那个签名，不过是个导火索而已。

苏叶很快就理解了他的思路。

安盛集团几年前已经完成了重组，唐皓大权独揽，唐霖已经算是彻底退位养老了，手头只有一些拿分红的干股。就算唐霖去世之后，把遗产全给唐夜弦，其实也不算太多。相比起来，当然还是继续靠着唐家——主要是抱住唐皓的大腿——好处更大。

但唐皓还会跟她吵架，唐皓却是一向都无视她，连看都不带看一眼的。所以她必须得先在他面前刷刷存在感。

比如装乖，比如突然要换房间，比如……模仿苏叶。

好嘛，套用时下总裁文里那句热门的话——很好，你成功地吸引了我的注意。

这……

换位思考一下之后,苏叶突然觉得,这个可能的确比去和他解释真相可信得多,可操作性也强得多。

苏叶原本虽然的确是想要抱唐皓的大腿的,却真没想到中间种种会让他想得这样偏。

她这时也只能解释:"不是这样的,也并没有人教我……"

"那你是想让我相信,一个蠢了这么多年的人,突然间开了窍,却又给自己选了一条死路吗?"唐皓淡淡地打断了她的话。

说到"死路"两个字的时候,苏叶甚至觉得周围的空气似乎都瞬间降了好几度,从足底泛起寒意来。

她从没见过这样的唐皓。

她第一次见到唐皓的时候,还在上初中。

她代表学校参加一个演讲比赛,唐皓是另一个学校的代表。

那时的唐皓神采飞扬意气风发,站在演讲台上就好像会发光。

而他们在一起之后,更是只有风一般的和煦,火一般的热情。

那个时候,只怕打死她,她都想不到,有一天,那个笑起来还会露一口洁白牙齿的阳光少年,会变成这样只看一眼,就让人汗毛倒竖的可怕男人。

即便她的理智很清楚,唐皓在这个时候不会真的对"唐夜弦"怎么样,但身体还是在这种恐怖的气场里不由自主地瑟缩起来。

而且……

唐霖说唐皓不喜欢别人提苏家的事,到了他自己这里,"模仿苏叶"就直接是一条"死路"了。

苏叶很想直接问,她到底怎么了?

分手是他提出来的,说再无瓜葛的也是他,她不过就是照做了。

他怎么就能恨她到这个地步?

但……

既然这样恨她,为什么还要去她的葬礼?为什么还要追查她的死因?

但在这样的气氛里,她却根本张不了口。

苏叶一时没说话,唐皓也就静静看着她。

若是单论长相,唐夜弦和苏叶当然不像。

苏叶是那种端庄秀丽的长相,她更吸引人的是她的气质,优雅高傲、冷静果决。

唐夜弦要漂亮得多,明艳奔放,有种让人过目不忘侵略性的美。

所以,在这样一张脸上,出现苏叶的神态,总让唐皓的心情变得格外复杂。

比如现在。

以前……苏叶有什么事并不认同他,但又不好反驳的时候,就会这样安静地抗议。

他看着这样的唐夜弦,突然觉得有点没意思,嗤笑了一声:"看不出来嘛,你还挺讲义气。行吧,不说就不说。不过,能做到这一步,也就证明你没有之前表现得那么蠢。那么我接下来说的话,你最好记清楚。"

苏叶点点头。

"你现在能在这里,锦衣玉食,只因为你是唐夜弦。所以,不要再煞费心机去做这种无聊的事。"唐皓拿起写了他名字的那张纸,随手撕了,"你想去拍电视当明星也好,只想像之前那样混吃等死也好,都行。老爷子在不在,唐家都不缺你这口饭吃。但是,你心里要明白,有我在,有唐家在,才有你的好日子过。不要再做蠢事,懂吗?"

苏叶只能继续点头。

唐皓对她这时的态度还算满意,那一身的冷气就稍微收敛了一点。

"不管你跟杜怀璋打赌的事,是真的也好,假的也好,你最近的表现的确让老爷子挺开心的,就这么保持下去吧。"唐皓说完这句,就不再看她,抬了抬手让她出去。

苏叶也不敢多话,乖乖告了辞。

第六章
她当年，是不是失忆过

第二天，《宫墙月》剧组的官微就放出了苏叶试镜的视频，作为之前网传她用"不正当手段"得到试镜机会的回应。

这视频一出，本来吵得沸沸扬扬的吃瓜群众很快就分成了两派。

一派迅速倾倒在唐夜弦的美貌之下。

"刘导说得对，要说作弊，长这种脸就已经是作弊了。天生这么美的长相，演个龙套角色还要什么不正当手段？"

"美美美，突然觉得屏幕有点脏，默默舔屏。"

"这么美真的只是龙套吗？"

"连这种小配角的演员都要求这么严格，突然对这部戏期待起来。"

另一派则坚持人品不行就是什么都不行。

"长得漂亮难道就能洗白她骄奢淫逸酗酒闹事仗势欺人吗？"

"就她以前做的那些事，就不该让她有出道的机会。"

"等戏拍到一半她又闹出丑闻来，你们剧组就等着后悔吧。"

"嚣张恶女一生黑。"

果然免费又炒了一波热度。

而苏叶那句"败犬之吠，需要在意吗"更是被截成了表情包到处转发，

连苏叶自己都收到了好几回。

黄云凯又特意给苏叶打了个电话，说把她的定妆照发给她，让她自己微博贴几张，紧跟着这个气势宣传一下。

这事原本当然用不着他来做，但苏叶也没个经纪人，他想了想就把这些事都接过来了。

他就是有意向苏叶示好。

唐家的小姐呢，平常他这种小助导哪里够得上？再加上单从演员的发展潜力来说，他也还蛮看好"唐夜弦"的，有颜有气场有潜力有背景，这个时候不烧冷灶刷好感度，还等什么时候？

唐夜弦的微博名叫"夜落无声弦自鸣"，充斥着各种非主流自拍、炫富、悲风伤秋小鸡汤……苏叶随便扫了一眼都觉得辣眼睛，但她也懒得删了，毕竟这个微博之前就已经被扒了出来，现在还是网友们的"战场"，该知道的大家都知道了，她也没办法一夜之间把唐夜弦的形象洗成完美无缺，倒不如索性坦荡一点。

黄云凯让她贴照片，她就延续了"唐夜弦"一贯的风格发了一条。

夜落无声弦自鸣：#宫墙月#我，丽姬，不服来战。【图】【图】【图】

才刚发出去不到两分钟，就已经有了好些评论和转发。

同样的好坏参半。

"颜粉"大叫又美又霸气，"黑粉"则回敬又蠢又嚣张，你来我往唇枪舌剑。

但这些苏叶都没有再管，她这会儿正忙着补课呢。

虽然唐霖给唐夜弦的打算和她刚接下的角色定位都是花瓶，但苏叶又不是唐夜弦。

她要么不做，既然要做，当然就要尽力做好。

不但小时候学过的舞蹈要捡起来，其他形体、表演、台词、理论等等都得要重新学。

她正靠在镜前努力压腿的时候，方明雅凑了过来，带着点讨好，小心地叫她:"小弦,压腿呢。"

苏叶虽然不太喜欢她,但她之前特意给苏叶打电话说陈班导的事,这时又主动打招呼,姿态都放得很低,所谓伸手不打笑脸人,她也不好直接怼人。

再有一点,唐夜弦的"朋友"真是太少了。

之前唐皓的警告,让苏叶意识到自己可能真是"变"得太突然了,习惯喜好,全是"苏叶",马脚实在太多。

她觉得自己可能还是要参照一下唐夜弦的习惯,再慢慢"改造"成一个适合自己的状态。

她想打听唐夜弦以前的一些事情,目前最好的人选,也就只有这个方明雅了。

所以就算知道方明雅小心思挺多,苏叶还是露了个笑容。

方明雅顿时就灿烂起来,羡慕地问:"你真的要去拍电视了啊?"

她们这些表演系的小女生,哪个不盼着做明星?但在大一就能拍戏的人,到底还是少数。

苏叶应了一声:"嗯。"

"什么时候进组?"

"月底吧。"

苏叶要演那种小角色,总共也没几场戏,顺利的话一两天就能拍完,当然没必要一直跟组,差不多轮到她的戏时再去就行。

苏叶也正好用这点时间先做准备。

"啊,真好。"方明雅双手合十,请求道,"小弦,到时你能带我一起去吗?"

苏叶这才转过头正眼看她。

方明雅带点撒娇的语气道:"就当我是你助理,我保证绝对不给你添乱。好不好?"

苏叶也没一口答应,只道:"回头我先问问,能带我就带你去。"

方明雅点头如捣蒜:"应该的,应该的。毕竟听说刘导非常严格呢。"

苏叶想想试镜时见过的那个胖乎乎的老头儿,老实说真有点看不出来哪里严格。不过既然成了知名导演,想来肯定有他的过人之处。

她对娱乐圈以前真没太关注,苏家是做食品起家的,后来又多了饮料和保健品,除了拍广告之外,跟这圈子基本搭不上边。而苏叶打小就是做继承人培养,只恨不得每天有四十八小时。看电视追星?不存在的。

正好方明雅凑过来,苏叶就引着她聊一聊圈里的八卦,尤其是《宫墙月》这些主创,从侧面先熟悉一下。

方明雅被"唐夜弦"冷落了好些天,好不容易有机会凑上来,当然也很乐意。

她不知道"唐夜弦"怎么突然就不理她了,但唐夜弦的脾气,喜怒无常也是有的。

方明雅虽然不太喜欢跟比自己长得漂亮的女孩子在一起混,可唐夜弦又不一样。

虽然好多人都说唐家根本就不认她,唐二少还非常讨厌她,甚至有传言说只要唐老爷子一死,唐夜弦立刻就会被扫地出门。但她现在毕竟还是姓唐,还是会有更多人冲着唐家的背景来接近唐夜弦,其中不乏暴发户或者二三线的小富公子。方明雅跟唐夜弦交好,这些人当然也高看她一眼,她也很乐于这样扩展自己的人际圈。

退一万步讲,唐夜弦脾气虽然不好,但对朋友还是很大方的。

唐家是不是真的不认她,方明雅不知道,但反正唐小姐手头就没缺过钱,自己花天酒地之外,送她礼物也是毫不眨眼。

所以,"唐夜弦"今天既然愿意搭理她了,她就恨不能使出浑身解数来哄好她。

苏叶一面继续练着基本功,一面有一搭没一搭地听方明雅讲八卦,很快就到了午饭时间。

苏叶道:"中午一起吃饭吧,就去我之前喜欢的那里好了。"

方明雅当然求之不得:"馔玉楼吗?这时去不知还有没有位置呢。"

馔玉楼啊。

苏叶微微挑了一下眉。

好吧,她和唐夜弦,总算能有一个共同点了。

她也挺喜欢那家饭店的。

苏叶和方明雅到的时候,馔玉楼果然已经没位置了。

这家饭店是云城的老字号,百年老店。第一任的老板据说当过御厨,手艺不必提,但脾气也略古怪。馔玉楼开了这么多年,一直就仅此一家,别无分号,所以到现在每天都是门庭若市人满为患。如果不提前预约,排两个小时队都不一定能吃得上。

而且馔玉楼对食客也并不搞太多特殊化,毕竟以他们的价格,本身就已经划出线来了。

即便苏叶以前有馔玉楼的贵宾卡,但每次要来,还是得至少提前一两天订位置,而且还不一定能订上包厢。

至于唐夜弦,据方明雅说,从来不等的,即便是没订到,也能砸钱让前面的人让出来。

苏叶真是……完全不知道怎么评价。

"那咱们现在怎么办?"方明雅看着前面等位的人群,充满期待地看着苏叶。

"去拿号,等吧。"苏叶说。

方明雅有点小失落。

虽然她以前每次都在心里偷偷笑话唐夜弦没素质,但其实能用钱砸出这种便利,她跟在旁边,心里也是挺能满足那种虚荣感的。

没想到现在要乖乖拿号排队,这么多人,真是一两个小时都不一定轮得上吧?

可是"唐夜弦"这么说了,她当然不好挑事。只是……她不由得多看了"唐夜弦"一眼,觉得"唐夜弦"似乎没有之前那么蠢了?

苏叶注意到了她的眼神,心知自己的"唐夜弦"人设大概又要崩,连忙补救了一下:"我马上就要是公众人物了,现在网上还掐架呢,不能再给别人更多黑料了。"

"也是哦。"方明雅立刻就收起了自己的情绪,安抚道,"其实小弦你也不必太在乎网上那些话啦,他们根本就是嫉妒你。"

苏叶点点头:"我爸也是这么说的。"

方明雅被噎了一下,一时竟然有点接不上话。她现在都已经有点分不清,唐夜弦到底是真蠢还是假蠢了。

而苏叶已经找了个地方坐着,自顾自低头玩起手机来。

"唐小姐?"

这个声音真是太熟了,苏叶唰地抬起头来,果然看到许建安就站在她面前。

许建安穿了身深灰色的西装,看起来比葬礼那天精神好一点,但比起之前,还是瘦了不少,就连这身原本是量身定做的衣服都有点撑不起来的感觉。

苏叶有点心痛。

上次她陪许建安去做衣服,他还开玩笑地抱怨过已经开始发胖了,又抽不出时间来健身。她还应和着说胖点才有福相。

这才多久,有没有一个月?

他已经瘦得脱形了。

苏叶不由得鼻腔一酸,就微微红了眼圈。

许建安笑容温和,向苏叶点了点头:"老远就看着像,果然是唐小姐。"

苏叶今天穿得也挺普通,细条纹衬衫、牛仔裤,但她那头五颜六色的头发辨识度实在太高了。

苏叶把情绪强压下去,都没站起来,就随便打了个招呼:"许先生也来吃饭?"

她现在是唐夜弦了,苏叶提醒自己,唐夜弦可不是什么有礼貌的人,更不会为许建安哭。

许建安也不在意,看了看苏叶,又看了看前面排队的人,微微皱了一下眉,问:"唐小姐一个人吗?"

"不,跟同学一起的。"苏叶说完介绍了一下方明雅。

许建安也和气地问了好,又道:"两位小姐今天是什么特殊的饭局吗?"

苏叶摇摇头:"不,就是突然想吃这里的菜。"

许建安笑起来,道:"那不如就跟我一起吃吧?我订了包厢。"像是怕苏叶不答应,他顿了一下,又补充,"就当是为上次我误会唐小姐的赔礼好了。"

虽然唐皓说许建安不是好人,但对苏叶自己而言,在看到确实的证据之前,她是不信的。

毕竟是那么长时间举案齐眉、相濡以沫的枕边人。

她本来还想什么时候再找机会去见许建安,既然今天碰巧遇上了,那也不错。

虽然有方明雅在不太好多说什么,但能见见面,一起吃个饭……也是好的。

苏叶点了头,方明雅当然更是求之不得。

那是许建安呢。

苏家的驸马爷。

何况现在苏叶都死了,苏家偌大的家产,全都要改姓许。许建安这时的身价可比平常跟唐夜弦套近乎那些不着调的富几代高得多。而许建安本人才不过而立之年,温文尔雅,风度翩翩。结过一次婚之类的问题,完全可以忽略不计啦。

方明雅表现得十分殷勤。

苏叶静静看着,突然觉得可笑。

方明雅那点小心机,都差不多全写在脸上了,当初的唐夜弦到底得蠢到

什么程度才能看不出来？又或者只是没别的朋友才只能忍受？

而许建安……

她才"死"了几天？竟然就有人这样迫不及待地往许建安身边凑了。

好在许建安的态度虽然温和有礼，却又明明白白地跟方明雅拉开了距离。

苏叶不由得想，至少在这方面，许建安真是无可挑剔，唐皓到底发现了什么就觉得他是个坏人了？

许建安客气地把菜单递给苏叶，请她点菜："唐小姐既然是突然想吃这里的菜，就尽管点自己想吃的好了。"

苏叶一面翻着菜单，一面顺口问："现在就点？不等其他客人来吗？"

许建安道："没有别人了。"

苏叶有点意外。

也就是说，他如果没有邀请她们，就是一个人来吃饭的。

这很少见。

许建安并不是一个重口腹之欲的人，没有应酬的时候，他不是在公司吃工作餐，就是跟她一起吃，极少自己来饭店。

方明雅更是直接就问了出来："许先生自己一个人来吃饭？"

"嗯。"许建安垂下了眼，低低道，"我夫人生前，最喜欢这里的菜。"

生前。

呵呵。

苏叶本以为自己已经适应了"唐夜弦"的身份，但今天意外地遇上许建安，才觉得那也不过是自欺欺人。

她到底也不过还是一个换了壳子的苏叶。她还是会心痛许建安，会在意有女人接近他。

而这时只一句"生前"，就能让她将那天车祸的死亡时刻再经历一次。

痛彻心扉。

这时方明雅已经乖巧地问："许先生是为了缅怀亡妻的话，我们来打扰……是不是不太好?"

"不,我很庆幸正好碰上唐小姐。"许建安又笑了笑,笑容温和而落寞,"否则的话……我也不知道这顿饭还能不能吃得下去。"

可不是吗?许建安以前来馔玉楼,每次都是陪苏叶一起来的。当时有多温馨,现在就该有多难受吧。

方明雅柔声劝道:"许先生伉俪情深,真让人感动。但……我虽然是今天才认识,但还是觉得,您也不该一直沉浸在悲伤里,苏女士若在天有灵,想来也不想看到您这样。还是要节哀顺变,努力往前看才好。"

虽然劝人都是这些话,但苏叶心头还是涌起一阵不快。

什么在天有灵?

她就坐在这里看着好吗?

她……

苏叶现在的心情有点矛盾。

虽然她都"死"了,看许建安憔悴蹉跎她也会心痛,但若是他真的这么快就放下了……她大概会更不高兴。

"多谢方小姐。"许建安道,"虽然大家都是这么劝我,但是……有时候,大家都回避苏叶的名字,不在我面前提起她,反而让我觉得更不好受。那就好像……她一死,就应该被人从生活中抹掉,大家都要遗忘她一样。"他顿了一下,声音越发低哑,就像被哽住了一样,"她那么好……不该这样……"

苏叶跟着就红了眼圈,甚至有一种当场不顾一切地告诉他自己还活着的冲动。

但方明雅的戏比她还多,眼睛一眨,泪花儿就盈了眶,却不看许建安,只拉着苏叶梨花带雨地小声道:"呜呜呜……我真是太感动了……怎么办?"

苏叶:"……"

这表情,这神态,这无缝切换……

苏叶觉得她要收回之前的评价,方明雅哪里蠢?简直全世界都欠她一个奥斯卡!

但她那点冲动,也就被压下去了。

这个时候,这个地点,还有外人……真不适合说。

这时,许建安也收拾了自己的情绪,勉强笑了笑:"抱歉,一时失态,让两位见笑了。"

方明雅连忙道:"不,是我们要说不好意思才对。我之前也没想到,您对夫人那么深情,是我不会说话……"

许建安看了一眼从进来就一直没说过话的苏叶,对这位方小姐抢戏的本事也是心服,只是碍于她是"唐夜弦"的朋友,也不好太强硬,索性直接点了名道:"那天唐小姐说认识苏叶,其实我还挺意外的。"

"是吗?"苏叶勉强笑了笑。

"我觉得,我这个丈夫真是不称职,竟然连她有些什么朋友都不知道。"许建安问,"唐小姐是怎么认识苏叶的?"

其实这个真不怪许建安,苏叶"生前"的确跟唐夜弦没有什么交集,偶尔在一些应酬场合碰上,也就只是远远见到而已,根本没说过话。

她只是刚巧在唐夜弦的身体里重生了而已。

但现在还不能说。苏叶垂眸喝茶,心里飞快地思考着要找什么样的借口才能合理,毕竟许建安对她那么了解,胡扯肯定不行。

许建安给苏叶续了茶,一面轻轻道:"是因为唐总吗?"

他的声音一如既往的轻柔,苏叶却差点连杯子都拿不稳。她唰地抬起头来,惊诧地看着他:"什么?"

他在想什么?

他在怀疑什么?

"不然呢?"苏叶的反应似乎正在许建安的意料之中,他很平静地喝了口茶,"我想来想去,唐小姐跟苏叶之间,唯一可能有的联系,就是唐总了。"

这的确是个最有逻辑的联想,再加上"唐夜弦"和唐皓还一起去了葬礼,总比重生这种说法合理。

苏叶刚刚还觉得方明雅可笑,这时却觉得,自己才像个笑话。

她在费尽心机想怎么跟许建安说明她现在的状态，但是许建安也好，唐皓也好，却都已经得出了他们自以为"最合理"的结论，甚至连她的解释都不用听。

苏叶自嘲地笑了笑："那许先生现在是在怀疑，你刚刚还在深切缅怀的亡妻，其实一直跟她的前男友私下里有联系吗？"

"不，我只是……"

许建安的话没说完，包厢的门突然被人重重推开，门页撞在墙上，发出"砰"的一声巨响。

包厢中几人不由得都看向门口。

一名年轻男子气势汹汹地走了进来。

他身材高挑，穿了一件蓝灰色的薄夹克，头发理得很短，看起来干净利落，但这时英俊的脸上却怒气冲天，一脸几乎要吃人的凶狠。

许建安不认识这个人，皱了一下眉，刚要开口问，旁边的方明雅已经先叫了出来："唐二少？您怎么来了？"

是的，唐二少唐皓。

苏叶很无奈地叹了口气。

今天的皇历是不是写了不宜来馔玉楼？

先是许建安，又是唐皓，吃顿饭都不得安宁。

包厢里就这几个人，唐皓当然是来找"唐夜弦"的，他沉着脸指着苏叶："给我出来。"

但年轻的唐二少可没有唐总那种气势，唐夜弦都敢跟他对吼，何况是苏叶。

当年苏叶跟唐皓在一起的时候，唐皓还是个小屁孩，整天跟在她后面，先是叫姐姐，后来叫嫂子，只差没长个尾巴摇起来撒欢了。

所以，即便他现在在摆出"超凶"的样子来，对苏叶也根本没什么震慑力。

苏叶只是微微挑了一下眉："有事？"

唐皓简直要咬牙切齿："叫你出来就出来，还坐在那里做什么？"

"吃饭啊。"苏叶道。

"吃什么吃?你知道他是谁吗?你竟然跟他一起吃饭?"唐皑气急败坏地直接上手来拖苏叶,"你要不要脸?给我回去!"

苏叶皱了一下眉,反驳:"我正正当当跟人吃个饭,还有第三人在场,怎么就不要脸了?"

许建安虽然不知道这对兄妹是怎么回事,但总不能眼睁睁看着一个男人当着自己的面对女孩子动粗,便也起身来拦了一下:"唐少爷,有话好……"

"闭嘴!"唐皑对他的态度甚至比对苏叶更愤怒,"苏家的一条狗,有什么资格跟我说话?不过是捡了我哥不要的破鞋,就以为自己……"

唐皑的话也没说完,断在一个响亮的耳光里。

他被打得偏了偏头,甚至怔了怔才转过来,看着苏叶扬起来还没有收回去的手,不敢置信地瞪大了眼:"唐夜弦,你敢打我?"

"打你了怎么样?"苏叶毫不示弱地瞪了回去,"你听听你自己说的都是什么话?身为唐家的少爷,像个泼妇骂街一样口出秽言,你不要脸,唐家还要呢!"

"你!"唐皑捂着脸,连眼睛都被怒气烧红了。

唐夜弦的无法无天他是领教过的,但真跟他动手,这还是第一次。这样义正词严地训斥他,更是前所未有。

他甚至愣了愣才反应过来,他怎么能够被唐夜弦压制?

唐皑咬着牙,正要说话,苏叶已经勾了一下嘴角,冷冷道:"你在外面这样乱说话,大哥知道吗?"

唐皑顿时就觉得背后冒起一阵阴风,后面的话就一个字也说不出来。

苏叶叹了口气,向许建安告辞:"抱歉,下次我再请许先生吃饭赔罪吧。"

闹成这样,这顿饭也的确吃不成了。许建安微笑着点头:"没关系。唐少爷可能对我有点误解,唐小姐也不必太在意。下次有机会再见。"

"你还敢下次……"

苏叶一把拖住还要放狠话的唐皑:"闭嘴,回去了。"

"放手！"唐皑挣开她的手，但到底也没有再怎么样，跟着她一起往外走。

苏叶走到门口，才记起还有一个方明雅，又转头道："我先回家一趟，明雅你自己回学校吧。"

方明雅还没从这突如其来的变故中回过神来，只呆呆地点了点头。

这到底怎么回事？唐二少冲进来的时候，明明是想带走唐夜弦的，怎么感觉反被唐夜弦带走了？学校里传闻唐二少和唐夜弦关系恶劣，现在看来，恶劣的确是恶劣，但跟传言中那种似乎又有点不一样？

许建安看着那对兄妹走远，微微眯了一下眼，转过头，就向方明雅笑了笑，道："既然菜都点了，不如方小姐还是吃了再走吧？等下我送你回学校？"

方明雅当然求之不得："那就多谢许先生了。"

"不必客气，反正……我一个人也吃不下。"

"嗯，真没想到唐少爷和小弦……结果搞成这样……"方明雅有点不好意思的样子，小心地打量着许建安的神色。

许建安倒没有什么不高兴，只是问："他们平常就这样吗？"

方明雅摇了摇头："我不知道，我跟小弦在一起的时候，这还是第一次见到唐二少，估计也是凑巧。"

"唐小姐时常会……"许建安斟酌了一下用词，暗示性地扬了扬手，"这么豪爽吗？"

是说一言不合就动手吧？方明雅眼中闪过一丝鄙夷，却还是掩饰地笑了笑："她就是……唔，性子比较直吧。"

许建安露出了解的笑容，又给方明雅倒了茶："方小姐也不容易啊。"

许建安这样的人，竟然亲手给她倒茶，又想想唐皑刚刚骂他是苏家一条狗的话，方明雅心头不由得真的涌出一股暖意。

这世上最暖心的事，莫过于有人真的理解你的委屈。

如果那个人还年少多金，那便更好不过。

方明雅抿了抿唇，半真半假地倒起苦水来，怎样在唐夜弦面前小心翼翼伏低做小，怎样被她牵连受尽无妄之灾，怎样苦心相劝却费力不讨好。

许建安静静听着,适时地给出一点反应,以便她能接下去。

茶杯氤氲的热气后面,他的眼神却越发深沉。

唐皑一直到跟着苏叶走出了馔玉楼,才突然反应过来。

他被唐夜弦打了一耳光,竟然没有跟她算账,反而被她牵着鼻子走了,不由得恼羞成怒,一把抓住前面的少女:"喂,你……"

"二哥,"苏叶并没有反抗,只是轻轻叹了口气,"你真的要在这里跟我吵架吗?"

此时正值饭点,馔玉楼前人来人往,门庭若市。一个唐皑这样的年轻男子突然抓住一个美貌少女,不知有多少人看向了这边,甚至有人已经摩拳擦掌准备英雄救美。

唐皑只能讪讪地松了手,压低声音道:"回去跟你算账!"

"嗯。"苏叶一脸平静地整理了一下衣服,"但……你生什么气呢?你想叫我出来,我不是出来了吗?"

唐皑怔了怔,好像也是……不对!他咬紧了牙,恨声道:"你竟敢打我。"

"你想想你说的那些话,不该打吗?"

"你算个什么东西,也敢……"唐皑说着说着,情绪不由得又激动起来。

但他还没怎样,旁边立刻有人走过来,问苏叶:"这位小姐,需要帮助吗?"

苏叶不好意思地笑了笑:"谢谢,不用的。这是我哥哥,我们……就是……随便闹一闹。"

唐皑也只能把后面的话咽下去,但依然脸色不善地瞪着她。

苏叶觉得这样的唐皑,简直好像一条气鼓鼓的河豚,莫名有点可爱,让人忍不住想戳一戳。

"好啦。"她主动过去挽了唐皑的手,"二哥,对不起。我错了。我不该动手的。"

明明是她服了软,唐皑却不知道为什么更气了。

她只是不该动手吗?

她简直……

苏叶悄悄地伸出手指戳了戳他的腰:"差不多行了啊,是不是真的要打电话叫大哥来评理啊?"

唐皓直接跳了起来。

说不上到底是她要叫大哥还是她本身的小动作让他受到的惊吓更大,总之这时他真是看都不想再看"唐夜弦",逃也似的飞快走向自己的车。

苏叶跟了过去,很自然地坐进了副驾驶座,很自然地问:"回学校还是回家?"

唐皓扭头看着她,气到了极点,反而笑了。

"唐夜弦,你真够可以啊,你怎么这么……"唐皓突然觉得自己的词汇量有点贫乏,竟然不知道要怎么形容这样的"唐夜弦",最终也只能咬牙道,"死不要脸!"

苏叶笑了笑:"对自家哥哥耍耍赖皮又有什么关系?"

唐皓哼了一声:"谁是你哥哥?给我下去!"

"哎,不是要带我回去算账吗?"苏叶眨了眨眼,问。

唐皓被噎了一下,索性不说话了,赌着气发动了车子,马达轰轰作响。

苏叶笑起来:"你为什么这么生气啊?因为我打你?还是因为我跟许建安吃饭?"

唐皓扭头看着她:"你知道他是谁还跟他一起吃饭?"

"苏氏的许建安啊,怎么啦?跟你有什么过节吗?"苏叶原本还想怎么找机会打听许建安和唐皓的事,唐皓自己送上门来,她当然顺口就问了。

唐皓却又抿紧了唇,一言不发地开车。

苏叶放轻了声音,道:"你不跟我说,我怎么知道能不能跟他接触啊?"

唐皓烦躁地皱着眉:"总之你记得他对不起我们唐家,对不起大哥就行了。"

"啊……因为苏叶吗?"苏叶一脸茫然,"我听说苏叶是跟大哥分手好

几年之后才接受他的啊,怎么就对不起大哥了?"

"你是不是傻?他说什么你就信?"唐锴咬牙切齿道,"总之苏家没一个好人,下次要再让我看到你跟他们在一起,我就……"

他就……怎么样?

打断她的腿吗?

他一个大男人,要真跟女人动手,好像也挺跌份的。她刚打了他一耳光,他都没办法打回来。

骂她?

从唐夜弦回来,这么些年了,他们隔三岔五地吵,他也没赢过。

他就不管她?

他本来也没管过她。

跟大哥告状?

……

算了吧。

唐锴很悲伤地发现,他其实也不能把她怎么样。

于是狠话也就说不下去了,他胸中憋着一口气,一脚油门踩到了底。

苏叶也没有心情继续跟他吵架了。

她在想唐锴的话。

所以,在唐锴看来,她跟许建安是很早就在一起了,甚至可能在和唐皓分手之前?

为什么会有这种误会?

她第一次见许建安,是在五年前,许建安大学毕业,刚进苏氏上班。

许建安是她父亲的助理。

但那时她跟唐皓已经分手两年了。

父亲不时会给她安排相亲,跟许建安也只是单纯工作上的接触。

苏叶真的注意到许建安,是很久之后的事了。

相亲失败也好，工作遇挫也好，不高兴的时候，一转头，总能看到他默默守在那里。保持着让人放心的距离感，却又恰到好处送上熨帖温暖的抚慰。

再后来就发现，其实开心的时候，他也在，只是会站得更远，安静地微笑。

那样温柔体贴的一个人，为什么会让唐皑这样误解？

当初发生过什么？

苏叶有点头痛，她为什么根本想不起来相关的事？

她突然很想去问问她的医生沈弘行，她当年，是不是曾经失忆过？

唐皑和苏叶一起回来，而且还没有吵架，让唐老爷子十分开心，表扬了他们不算，还打电话去给唐皓"报喜"。

于是，唐皓晚上又特意回来了一趟。

他也许还不够了解唐夜弦，但他了解自己一母同胞的亲弟弟。

唐皑能跟唐夜弦和睦相处，那真是太阳都要从西边出来了。

所以，一家人"和和美美"地吃了晚饭之后，唐总裁把弟弟和妹妹分别叫进了书房谈话。

苏叶不知道唐皑跟唐皓说了什么，总之她进去之后，唐皓第一句话就问："我上次说过什么？"语气并不太好。

苏叶想了想，试探地小声回答："不要做蠢事？"

唐皓脸色不由得一黑，但想想的确是他自己问话的方式有问题，也不好怎么样，压着脾气道："再上次。"

那就是叫她离许建安远点的话。

如果中午抓到她不听话的是唐皓本人，她说不定还要惶恐一下，但现在过了一下午，她不但早就冷静下来，连借口都已经找好了。

"因为许建安跟我说了大哥的事。"

这倒让唐皓有点意外，挑了一下眉："哦？什么事？"

"他怀疑苏叶一直跟大哥私下里有联系。"苏叶一面说着，一面悄悄地打量着唐皓的神色。

唐皓明显僵了一瞬间，然后两道浓眉就皱了起来，上下扫了苏叶一眼，问："你怎么回他的？"

声音虽然还像平常一样，但语速却稍快了几分。

——他很在意这件事。

苏叶这么想着，摇了摇头："大哥的事，我又不清楚。何况我还没说话，二哥就进来啦。"

唐皓沉默下来。

他不说话，书房里就好像整个被一种低气压所笼罩，压抑得让人喘不上气来。

苏叶勉强支撑了一会儿，还是忍不住主动开口认错："大哥我错了，我不该被他几句话就骗过去的，下次就算再见到他，也一定绕着走……"

"不用。"唐皓却说，"许建安要是有心非找你套话，你只躲是躲不过去的。"

苏叶反而愣了一下："啊？"

唐皓坐在那里，修长的手指轻轻敲着自己的膝盖，淡淡道："如果他下次再问你我和苏叶有没有联系，你就告诉他有。"

"啊？"

这一声苏叶几乎是叫出来的。

她什么时候跟唐皓有过联系？

唐皓看着她，突然觉得这个便宜妹妹这瞪着眼张着嘴一脸见鬼的表情似乎还挺有趣的，至少比他爹给他安排相亲的那些名媛淑女有趣得多，怪不得能把老头子哄得高高兴兴。

苏叶也意识到自己的失态，轻咳了一声："那个，我就是……有点意外……大哥……真的跟苏叶有联系啊？"

唐皓没有承认，也没有否认，只道："那就不是你该问的了。"

"可是……万一许建安问到细节怎么办？"

其实是苏叶自己想知道的。

091

她明明七年来都没见过唐皓,不要说私下,就是有些公事上的应酬,听说唐皓会去,她都推掉了。

他们怎么可能有联系?

难道她真的失过忆?

唐皓却随意地一摆手:"你就随便应付一下好了。"

"那要是被他发现我在说谎呢?"

"那也没关系,真真假假才正好。"

苏叶看出来了,唐皓也许并不是真的跟苏叶有联系,他只是要给许建安挖个坑。

他……

苏叶的心情突然复杂。

如果她真的是唐夜弦,那当然唐皓想做什么,她都举双手双脚赞成。

但,她是苏叶。

现在唐皓要给许建安挖坑,就是要对付苏氏……这坑还是利用他和她的关系……

她心中一痛,他们……怎么就走到这一步了?

但……更深一层想,如果许建安对苏叶有足够的了解和信任,就不会跳这个坑。

如果在今天之前,苏叶肯定是相信许建安的。

只是,今天许建安亲口向她问出了那句话,由不得她不动摇。

许建安……真的会怀疑她吗?

要……赌赌看吗?

苏叶抿了抿唇:"我能问一下……如果……许建安会付出最严重的代价……是什么吗?"

她并不知道唐皓具体的计划,中间只能含糊过去。

但就是这样含糊的问法,也让唐皓微微眯起眼,目光再次锐利起来。

看起来,在苏叶的葬礼那天回来的车上那次,并不是他的错觉——他这

个妹妹……在某些方面,真是很敏锐啊。

唐皓倒是生出几分兴致来,索性挑了挑眉,直接道:"苏氏。"

果然。

苏叶满心悲凉,连眼神中也不由得带出几丝,轻轻道:"大哥还真是讨厌苏家啊。是因为苏家做了对不起大哥的事吗?"

她这样哀伤的眼神让唐皓再次皱起了眉,但她的话又勾起他心底埋得最深的情绪,一时反而顾不上追究。

唐皓沉默了很久,甚至微不可察地叹了口气,才缓缓道:"不,苏家没有对不起我,只是我没办法答应他们的要求而已。"

苏叶又怔了怔。

什么要求?

她什么时候跟唐皓提过要求?

还是她父亲提过什么没有告诉她?

但这时唐皓已经抬了抬手:"你可以出去了。"

苏叶动了动嘴唇,到底也没敢再问什么,乖乖起身告辞。

出了唐皓的书房,转身关门的瞬间,苏叶看到唐皓坐在那里一动不动,英俊的面孔在灯光下一半明亮一半阴暗,犹如一座沉默的雕像。

异常孤清。

第七章
第一次拍戏

《宫墙月》的拍摄地点在云溪影视基地,离云城不太远,开车过去两三个小时。

苏叶过去的时候,带上了方明雅。

杜怀璋开车送她们。

苏叶跟方明雅一起坐在车后座。

方明雅一路都很兴奋,抱着苏叶的手叽叽喳喳说个不停,猜剧组会是什么样子,猜会碰上什么明星。末了,她好像不经意地加了一句:"哦,对了,许先生说,他如果有空的话,说不定会来探班。"

苏叶一皱眉:"许先生?"

"就是许建安许总嘛,上次一起吃饭的时候……"方明雅说着突然瞄了一眼前面开车的杜怀璋,瞬间睁大了眼,捂了嘴,干咳了一声,掩饰地道,"那个,是我跟他吃饭的时候,说了我要跟你去剧组的事。他说可能会去看我。"

苏叶:"……"

这浮夸的演技和生硬的转折……其实根本就是想暗示杜怀璋,她跟许建安的关系不一般吧。

果然,本来一直在专心开车的杜怀璋忍不住从后视镜里往后看了一眼。

苏叶也懒得陪方明雅演戏,嗤笑了一声:"你可以直接告诉他,我什么时候跟许建安见的面、说过什么。"

方明雅一怔,连忙道:"我不是那个意思,我没有……"

苏叶根本不想听她解释,侧了侧身子靠在车座上,闭了眼:"我睡一下,到了再叫我。"

方明雅讪讪闭了嘴。

杜怀璋又往后看了一眼,也并没有说什么。

车内彻底安静下来,但苏叶并没有睡着。

她这会儿心头有点烦躁,当然并不是因为方明雅。

自从知道唐皓要对付许建安,她的心情就一直不太好。

她当然不希望许建安有事,但也没办法提醒他。甚至……因为她现在的身份和许建安的怀疑,她已经失去跟许建安解释她目前状态的最好时机。

如果这个时候,她去说她其实不是唐夜弦,而是苏叶,许建安更加要怀疑这是唐皓的阴谋了。

怎么会搞成这样的?

唐皓就算了,毕竟这么长时间没有见过,他所处那个环境,他的身份……人有了变化也很正常。

但是,许建安怎么会怀疑她?

他们朝夕相处,和谐融洽,他竟然在她"死"后就说出那种话来。

他是不是……从来都没有相信过她?

这念头一生出来,就抓心挠肺般难受。

这时她甚至真的希望许建安能来,让她好好地问一问。

到了云溪,苏叶把剧组订的房间让给了方明雅,自己在同一间酒店要了最好的套房——无论是苏叶还是唐夜弦,都不是会亏待自己的人。

黄云凯自己走不开,特意让徐盛过来接待苏叶,陪着她安顿好,又约好了明天早上去片场的时间,苏叶就直接回房间休息。

方明雅则和徐盛这位同校的学长套上了近乎，跟着他熟悉环境去了。

杜怀璋跟着苏叶进了套房。

苏叶知道他大概有话要说，也没有拒绝。

她看了看吧台里的饮料，问："喝点什么吗？"

这时没有外人，杜怀璋的态度就一点婉转都没有，直接问："你跟许建安到底怎么回事？"

苏叶的目光在一排饮料上划过，最后只拿了瓶矿泉水，打开喝了一口，才斜了杜怀璋一眼，轻笑了一声："你在意吗？"

她本来就长得漂亮，这一眼，真是烟波横生、风情万种。

杜怀璋都不由得为之一愣，但他很快就反应过来，板着脸呵斥："愚蠢！"

苏叶闭嘴看着他。

"许建安是什么人？你以为他是你以前找的那些小男生那样，你想沾就沾，想放就放的吗？那么大一个苏家都被他吃下了，你去惹他？是不是想找死？"

苏叶只能继续沉默。

为什么杜怀璋也这么说？是他们对许建安有误解，还是她一叶障目从来没看清过自己的枕边人？

杜怀璋叹了口气，稍微放缓了声音道："我上次是不是跟你说得很清楚？我很忙的，不一定每天都能陪你，也不是每次都能给你回应，但我不会离开你的，只等你一到年龄，我们就结婚。你还想要怎么样呢？"

所以，他以为她接近许建安，是为了刺激他，让他吃醋吗？

呵呵。

苏叶又笑了笑："既然这么勉强，又何必非得娶我？"

杜怀璋真没想到她会说出这种话来，微微眯起眼来盯着她："你难道不想跟我结婚？"

"不，只是觉得……有点累。"苏叶想着从方明雅那里听来的"唐夜弦"的感情历程，缓缓道，"喜欢你真是……太辛苦了。就算结婚，又怎么样呢？

跟现在又有什么区别？你不喜欢我还是不喜欢我……"

"胡说。"杜怀璋道，"我哪有不喜欢你？"

苏叶笑出声来："现在又没有外人在，何必再自欺欺人，你喜欢不喜欢我，你自己清楚，我也清楚。璋哥哥，我已经不是小孩啦。"

从她自杀后到现在，杜怀璋还是第一次听她再叫"璋哥哥"，但同样的称呼，却根本没有往日的亲昵亲密，反而带着无尽的讽刺。

他抿紧了唇。

苏叶道："明明并不喜欢我，还要在外面装出深情的样子，也太难为你了。既然大家都累，不如就这样吧，好聚好散，各自欢喜？"

杜怀璋静了片刻，表情就变了，他冷哼了一声："你是觉得你得了唐皓几句好话，又拿下这么个拍戏的机会，搭上几个有钱人，翅膀就硬了？就能飞了？"

"怎么会……"

苏叶话没落音，杜怀璋已经到了她面前，伸手捏住了她的下巴，道："这就想撇开我？想得倒美。我能把你从那个烂泥潭里弄出来，就能把你再丢回去。"他就贴在她身边，声音低沉，却透着一种阴冷，令人不寒而栗。

苏叶打了个寒战。

杜怀璋低下头，在她唇上亲了一口，声音越发阴柔："所以，乖一点，不要再打什么奇怪的主意，知道了吗？"

苏叶只觉得像被一条冰冷的毒蛇缠上，既恐惧，又恶心，却偏偏一动都不能动。

杜怀璋却对她的反应很满意，拍拍她的脸，放开了她："我明天送你去片场之后再回去。"

苏叶应了一声。

"好好休息。"在她听话的前提下，杜怀璋还是愿意对她好一点的，交代了一声就出去了。

苏叶转身去了洗手间，洗了脸洗了手，还狠狠刷了牙，然后抬头看着镜子里漂亮的女孩子，露出了一丝自嘲的笑容。

她本来只是想顺着话提一提，看有没有解除婚约的可能，没想到却得到了这样的"意外之喜"。

她总算知道为什么杜怀璋对"唐夜弦"是这种态度。

很显然，是因为唐夜弦的身世有问题。

那么，唐家的人知不知道？

苏叶想着那天晚上唐皓的若有所指。

他大概……多半是知道的吧？

所以，她也好，真正的唐夜弦也好，杜怀璋也好，在唐总裁眼里，不过是一群跳梁小丑！

第二天，杜怀璋给全剧组的人买了早餐，上上下下全都招呼到。

苏叶去化妆的时候，化妆师都忍不住一直夸她未婚夫又帅又体贴又会来事。

苏叶只能微笑。

她突然想到许建安。

她那时也觉得他又体贴又会办事。

也许做助理出身，就是习惯把这些琐事都做得面面俱到？

那么……许建安会跟杜怀璋一样，其实真的有另一张面孔吗？

但上完了妆，她就把这些都抛到了脑后，专心进入角色。

签了合同之后，苏叶就拿到了完整的剧本，这才知道丽姬这个角色虽然戏少，却是开启后宫好几场争端的导火索，在整部剧里，也算得上是一处关键节点。怪不得刘导会那么慎重。

所以，虽然黄云凯说只要负责美美美就好了，苏叶自己还是做了点功课，人物分析都写了几万字。

孟修过来的时候，就看到那个漂亮的小姑娘坐在那里，闭着眼，嘴里念念有词不知道在嘀咕什么。

他觉得有点好奇:"你在念什么?"

苏叶被打断,有点不悦地皱起眉,抬头见是孟修,倒有点意外,垂下眼问了好:"孟老师。"

孟修是这几年红遍大江南北的年轻演员,长得帅不说,还是难得一见的演技派,主演的电视剧收视居高不下,电影也拿了不少奖项,是当之无愧的一线大咖。

苏叶其实不是第一次见他。

苏氏有款能量饮料就是孟修代言。当时签的时候他还没现在红,去年他拿到影帝大奖时,大家还开玩笑,说当年签下孟修真是赚大了,要搁现在,能不能找上他这个咖位的明星不说,价格也得翻几倍了。

身价地位虽然都很高,但孟修本人倒没什么架子,之前给苏氏拍广告时也是,这时也是,甚至会主动跟"唐夜弦"这种小配角搭话。

"我记得……你应该没有台词?"孟修问,"刚刚在背什么?"

"啊,没有背什么,就是……"苏叶想了想,"算是祈祷吧。"

"祈祷?"孟修打量她几眼,笑起来,"第一次拍戏太紧张吗?"

"紧张是有的,不过不是我,是丽姬。"苏叶索性就跟他聊起自己的理解,"我是这么想的,丽姬没有台词是因为她语言不通,而不是她不能说话。她被当成供品进献给皇帝,背井离乡,前途未卜,内心大概也挺矛盾的,一面想努力表现,一面忐忑不安。但是她在夏朝举目无亲,连话都没人说,也只能向神灵祈祷了,祈求家人平安,祈求自身顺利……"

这就真的让孟修意外了,丽姬这个角色选演员的时候,在网上闹成那样,几个主创多少都关注了一下。他当然也是知道的。

按网上那些爆料,这位唐小姐嚣张跋扈、不学无术,刚刚她那一番话是不是真的符合剧情他不好评价,但至少可以看得出来,她对角色是有自己的思考的。

孟修还没说话,旁边另一个女演员朱佳容已忍不住笑了出来:"但剧本里并没有这些,你一个连台词都没有的角色,就那几个镜头,想得再多,也没有你发挥的空间啊。"

"嗯，我知道。"苏叶也笑了笑，"只是对我自己来说，我觉得不管镜头怎么拍，丽姬首先是个有血有肉的人，不是那薄薄两页纸一带而过的花瓶人偶。"

"有血有肉"几个字，说起来简单，但真能做到的演员又有多少呢？

一个新人就敢说这样的话，未免也太过狂妄了。

朱佳容嘴角闪过一丝不屑，但碍于孟修在场，也不好说什么太难听的话，只笑了笑道："那你可要加油啊。"

孟修倒也没说好或者不好，只跟着说了句："加油。"

苏叶也不管他们是不是真心的，反正照收，笑眯眯道："谢谢，我会的。"

苏叶说得豪气，但事实上第一场戏就用了替身。

没办法，舞蹈这种事，真不是她临时抱几天佛脚就能有成效的。

剧组也是早有准备，找了专业的舞蹈演员来拍这场戏，然后让苏叶摆几个动作补拍一下。

接下来，就是孟修和苏叶的对手戏。

第一次演戏，又是被皇帝看上招去侍寝这种对新人来说很容易尴尬的戏码，加上对戏的还是孟修这种气势十足的影帝……

黄云凯比苏叶本人还要紧张，却不停地安抚苏叶："不要紧张，就像你们上课那样就好。孟老师人很好，我已经跟他说过了，他会带着你的。"

苏叶想，虽然上次选角的事，剧组是借着风炒了一波热度，但压力也不是没有，如果她真的演砸了，网上的舆论肯定会加倍反弹。

只是她也没办法保证什么，她的确是毫无经验，连理论知识都是这些天现补的。

所以这时也只能笑着点了点头："嗯，谢谢黄导。"

好在刘仕南对这个自己力排众议定下来的丽姬也挺照顾的，走位时专门安排了人教她，怎样判断镜头的范围、怎样站位走位、怎样向镜头展示自己

最漂亮的一面。

苏叶学得很认真。这都是没有经历过就不可能会懂的经验，正是她目前最为缺乏的。

到了真正开拍的时候，苏叶扮演的丽姬一出场，坐在监视器后面的刘仕南就不由得眼前一亮。

外形漂亮还在其次，关键是这姑娘眼里有戏。

那表情，那神态，那双碧波荡漾的眸，或嗔或喜，紧张、期待、惶恐、快乐……即便是没有台词，也能让所有人的视线不由自主地受她牵引，心情为之变化。

刘仕南不由得暗自赞叹，这回可真是捡到宝了。

跟苏叶对戏的孟修感触更深。

他甚至觉得自己面前的就是一个活生生从异国而来的少女，明艳热情，又带着对陌生环境、陌生君主的不安，小心翼翼地试探着他的脾性，试探着自己的位置。

他很快就入了戏。

到导演喊"卡"的时候，孟修甚至还有一瞬间恍神。

黄云凯在开拍之前请他来带着唐夜弦，他却觉得，这一场戏里，被带进去的，反而是他自己。

唐夜弦的功课和思考没有白做。

在这部剧里，她就是丽姬本人。

苏叶事先做了足够的准备，在表演上又很有悟性，拍摄十分顺利，不到三天，所有的戏份已经全部拍完了。

本来她这种龙套，拍完就拍完了，自己走就是，但黄云凯还是给她张罗了一个小小的杀青宴。

刘仕南和几位主创都很赏脸。

毕竟大家都清楚，在片场，苏叶虽然只是个小新人，但离开片场，她就是安盛集团的唐小姐,关系搞好一点又不是什么坏事。

饭桌上气氛很好,轻松愉快。

最开心的反而是刘仕南,甚至直接跟苏叶说开新戏一定再找她,下次一定要给她一个更好的角色。

一个新人,能得到刘导这样的赏识,几个演员心态不一,有真心替她高兴的,也有羡慕眼红的,大家半真半假地敬苏叶酒。

苏叶自己兴致也不错,不论她以后会不会继续走这条路,一番努力能够得到这样的肯定就是一件足够让人高兴的事,又有人起哄,不由得就多喝了几杯。

结果还是孟修替她拦了一下,道:"差不多行啦,唐小姐是明天就可以回去了,咱们还得继续拍戏呢。"

其实苏叶这时还挺清醒的。

她之前酒量就不错,唐夜弦……既然有过酗酒的经历,估计也是能喝几杯的。只是苏叶以前是那种越喝眼睛越亮的类型,唐夜弦则极容易上脸。

这时一张巴掌大的小脸红扑扑的,双目盈盈,看起来已是醉态可掬。

不过,孟修一片好意,她当然也不会不领情。

苏叶借口去洗手间出了包厢,先去把单买了,然后才去了洗手间,洗了把脸出来,就在走廊里看到了许建安。

许建安的表情有点诧异,但很快就变成了温和有礼的微笑:"唐小姐?真巧。"

苏叶的心却微微一沉。

如果是一个星期以前,许建安这么说,她可能的确会当成巧合。

但现在……

方明雅说许建安要来探班,原本苏叶并没有当一回事。"唐夜弦"跟许建安并没有那种交情,不过只是见过两次,而且还两次都不太愉快,他吃饱了撑着要来探她的班?

但是他竟然真的来了。

苏氏在云溪没有任何产业，也没有合作的生意，他来这里做什么？

只可能是专程来找她的。

许建安为什么要找"唐夜弦"？说到底，不过是在意苏叶和唐皓之间的关系。

如果他直截了当地问也就算了，偏偏还表现得很意外。

苏叶整颗心都有点发冷。

有方明雅在，她的行踪，还有什么可意外的吗？

所以……也许她以前真是看走了眼，至少许建安的心思的确不如在她面前表现出来的那样温良。

苏叶看着许建安没有说话。

许建安却皱了一下眉，伸手来扶她："怎么喝成这样了？"

苏叶就索性装醉，偏起头打量他："啊……许建安？你怎么在这里？"

许建安有点无奈："来这边有点事。唐小姐住在哪里？不如我送你回去？"

"嗳，没劲。"苏叶打开他的手，嘟哝道，"我还真以为你是来看方明雅的呢。"

看她连路都走不稳的样子，许建安只能追过去再次扶住她。

苏叶看着他笑得明媚灿烂："啧啧，我以前真以为你对苏叶有多深情，没想到她才死了你就出来撩小姑娘……"

许建安哭笑不得："唐小姐，你喝醉了。这都什么乱七八糟？我跟方小姐只是那天吃过一顿饭而已，都算不上认识，怎么会特意来看她？"

苏叶又突然眨着眼问："那你认识苏叶多久？"

这问题跳跃得太快……但也不好跟喝醉的人计较，许建安只能一面应付着，一面扶着她往外走："八年多啦，老夫老妻了。"

八……年？

苏叶心头一凛。

许建安认识她八年？

她怎么不知道？

他是之前对她说了谎，还是这时在对"唐夜弦"说谎？

"唐小姐。"

许建安扶着苏叶，还没走完这截走廊，就被人叫住了。

苏叶抬起头，看到孟修正急匆匆地走过来。

许建安也认识孟修的，停下来点点头："孟先生。"

"啊，许总？"孟修这才是真的吃惊，"怎么会是您……我是说，您怎么在这里？"

"在这边谈点事情，正好看到唐小姐，她好像喝醉了。"许建安解释。

"是，今天唐小姐的戏份杀青，大家聚个餐，一时高兴多喝了几杯。"孟修道，"我也是看她出来有点久，不放心来看看。"

"是跟你们一起来的就好。"许建安索性把苏叶交给孟修，"我还以为她是一个人，正想送她回酒店。"

苏叶倒是想继续跟许建安套套话，但孟修已顺势扶住了她，道："不劳许总费心，我们正要回去。唐小姐还有同学在，会照顾好她的。"

这语气，似乎也若有所指。

何况，以孟修的脾气而言，这样的话，已经算是有点强硬了。

苏叶有点意外地打量着他，孟修也正好低头看她，目光不期然地一撞。

孟修微不可察地皱了一下眉。

苏叶连忙继续装醉："啊，孟影帝！我是你的粉丝，能不能给我签名？"

孟修无奈地叹了口气，许建安笑起来："喝醉的人，想一出是一出。"

"好好好，签签签，咱们回去签，行不行？"孟修哄着苏叶，又向许建安道，"那我们就先告辞了。"

许建安点点头："路上小心。"

孟修把苏叶带回包厢时，大家的确准备要走了。

方明雅赶紧过来，把苏叶从孟修手里接过去："哎呀，怎么就醉成这样了？"

苏叶拍拍她的脸："哎呀，方明雅你在这儿呢？刚刚许建安找你呢，你怎么不出去？"

她语气轻飘飘的，脸色绯红，呼吸还带着酒气，的确像是神志不清的醉话，但方明雅却在那话里听出了一丝尖锐的冷意。

她不由自主地愣了半晌，才慌忙道："小弦，你真的醉得不行了，都开始说胡话了，我们还是赶紧回去吧。"

苏叶没再说话，由她扶着出了饭店。

孟修跟她们坐一辆车，一直把苏叶送回了房间。

苏叶把方明雅打发走，却留下了孟修，闹着要他签名："说好要给我签名的，等我找个笔，哎……纸呢？"

孟修看着她在团团转地找东西，突然道："其实唐小姐并没有醉得这么厉害吧？"

苏叶回头看了他一眼，心中感慨，能在娱乐圈混出头的，果然都很厉害，只不过一个眼神，就被看出了端倪。

她也就不装了，笑了笑，把笔和几张《宫墙月》的宣传照递到孟修面前："想请孟老师签名是真的。"

孟修笑了笑，一面唰唰地签上名字，一面道："一起拍了这么几天戏，这时才想起来要签名？"

苏叶坦然道："那不是怕一开始就要签名你会觉得我不够专业嘛。现在拍完就无所谓啦。"

"装醉又是怎么回事呢？"

"不装怕他们继续灌我嘛，结果后来又碰上许建安……"苏叶撇撇唇，"我大哥不让我跟他说话。"

这半是撒娇半是抱怨的。孟修突然觉得，网上的传闻，真是一条都做不得准。说这位唐小姐脾气暴躁、不学无术，这几天接触下来完全不是那么回事。说她和两位唐少爷关系不好，大概也不是那么回事。

苏叶又问："孟老师之前认识许建安吗？"

"认识，我有苏氏一个代言。"

"你看起来……不太喜欢他？"苏叶又试探性地问。

孟修笔尖一顿，抬起眼来看着她。

苏叶笑了笑："我就随便问一问。"

"说不上喜不喜欢，但……"孟修迟疑了一下，才道，"今天晚上，你出去那么久，我本来是想请方小姐去看看你的，但她一直推托，我就觉得不太对。结果出去就看到许总带你往外走……"他抿了一下唇，语气里带了一丝厌恶，"这种行事，我不太喜欢。"

许建安说"真巧"，方明雅又一直推托不来找她。苏叶装醉是想套许建安的话，但许建安装巧遇找"唐夜弦"，又是为什么？

苏叶心中自嘲地冷笑。

明眼人都能看出问题，全世界只有她苏叶一个瞎子。

第八章
有钱就是了不起

苏叶去云溪，前后不过五天。中间还每天都给唐霖打过电话，但唐霖还是在她回来之后就一直拉着她没松手，又说瘦了，又说黑了，拍戏还是太辛苦了，回来了一定要好好补一补，把厨师支使得团团转，做了无比丰盛的午饭。

苏叶一面说着拍戏的趣事哄唐霖开心，一面不由得想，唐霖这样舍不得"唐夜弦"，对她这样好，若是知道不单现在"女儿"的灵魂换了人，就连这个身体，估计也有可能并不是他真正的女儿，不知道会遭受怎样的打击。肯定会受不了的吧？

苏叶不知道唐夜弦本来是什么人，也不知道杜怀璋当年是怎么操作的，手里到底有什么可以威胁她的把柄，但他的目的并不难猜，无非就是想借"唐夜弦"这唐家小姐的身份，在安盛集团分一杯羹而已。

但……唐皓都知道了，他还可能如愿吗？

杜怀璋不能如愿，被他拿着把柄的"唐夜弦"又会有什么下场？

唐皓现在不说，无非也就是看唐夜弦能哄老爷子开心，装聋作哑而已。

等唐霖去世，要怎么样还不是唐总裁一句话？

苏叶现在对"唐夜弦"的未来真是不太看好，她应该早点给自己谋划另一条出路才行。但看着唐霖乐呵呵的脸，她又有些不忍心。

总归老爷子时日无多，还是先继续扮浪子回头的乖女儿吧。

这几天苏叶在剧组虽然顺利，但那样紧锣密鼓的拍摄，对她这样的新人来说，还是挺累的，加上旅途劳顿，下午她本来拿了本书靠在阳台的躺椅上看，却没翻几页就睡了过去。

迷迷糊糊中，似乎听到有人说话。

"每个月都有？"

"数额呢？"

"许建安的私人账户查到了吗？"

"呵呵，还真够小心的。"

苏叶听到许建安的名字时，已经睁开了眼。

唐皓正在隔壁的阳台打电话，手里夹着一支刚点燃的香烟。

大概是因为想抽支烟才出来的。

苏叶睁大了眼，他今天怎么有空这么早回来？

唐皓也没想到苏叶会在这里，看到她的时候，明显地皱起了眉。

苏叶也没办法，只能举起手里的书，示意她并不是故意要偷听，而是早就在这里的。

"行，那就这样，你继续查，有消息再通知我。"唐皓先讲完了电话，放了手机，才抬眼看着她。

这事当然也不怪她，他其实早知道她空闲时会在阳台上看书，只是刚刚她那边太安静，他又有点心烦，出来时没有注意而已。

苏叶见他并没有立刻就走的意思，便试探着问："虽然我不是故意的，但听都听到了……大哥这是在调查许建安？"

唐皓也没否认，点了点头："对。"

苏叶连忙追问："有什么发现吗？"

唐皓却没直接回答，只微微眯起眼来看她。

苏叶也意识到自己表现得太急切了，轻咳了一声，补救道："昨天晚上，

我在云溪碰上他了。"

唐皓挑了一下眉:"许建安?"

"是。"

看起来唐皓并不知道这事,也许他的"了如指掌"也就只局限于唐家。或者说,人家关注的始终只是老爷子,她不过只是一个附带的而已。

身边并没唐皓的眼线,原本应该是件庆幸的事,但苏叶这么想着,却不知为什么又有点失落。

她抿了一下唇,把情绪压下去,简单说了一下碰上许建安的事,没说自己装醉,只说多喝了两杯。

唐皓抽着烟,静静地看着她。

到她说完了,他也没有出声。

苏叶被他看得有点不安,又轻咳了一声:"大哥?"

唐皓按熄了烟,淡淡道:"把酒戒了。"

苏叶:"……"

重点是这个吗?

是不是哪里有点不太对?

苏叶迟疑着道:"但是……"

"戒了。"唐皓直接打断她的话。

苏叶也不敢让他再说第三次,点了点头:"哦。"

唐皓的语气缓和了一点,道:"不管什么场合,唐家的小姐都不需要看别人的脸色喝酒。"

"哦。"苏叶又应了一声,心中却忍不住想,她现在已经算是"唐家小姐"了吗?他真的承认她的身份?这么简单?

有一个瞬间,她很想直接问唐皓,到底知不知道唐夜弦的身世问题?

那边,唐皓很快又接着道:"以后尽量不要单独跟许建安见面,回头我会给你安排一个真正的助理。"

苏叶刚刚还在因为她身边没有唐皓的眼线纠结,结果他这就光明正大地派了一个来，她还不能说不要。

一是不敢违抗唐皓的命令，再来，她也真需要一个助理。

她以前不知道，拍过一次戏算是有所体会了。戏里戏外那么多事，真靠方明雅吗？只怕不出三天就会被坑死。

所以，她只能点头，乖乖地跟唐皓道谢："多谢大哥。"

唐皓又看了她几眼，突然道："从一年多以前开始，许建安负责的项目里，每个月都有数额不等的资金去向不明。"

"什么？"苏叶一惊，几乎要跳起来，"你是说他挪用公款？怎么可能？"

唐皓没有接话，目光里却明显多了几分考量。

苏叶连忙道："我是说，他是苏叶的丈夫啊，苏氏的钱不就是他的吗？做这种事有什么意义？"

唐皓只淡淡道："但他又不姓苏，他姓许。"

那平淡的声音，犹如尖刀冰刃。

苏叶被扎得又冷又痛，甚至顾不上伪装，下意识地摇着头："不，我不信，不会这样的。"

唐皓并没有再说话，深深地又看了她一眼，然后转身回书房去了。

他没必要向她解释，事实上她也清楚，唐皓手里若是没有证据，肯定不会说这种话。

但是……

许建安……

苏叶在躺椅里蜷缩起来，双手捂住了脸。

春日的阳光暖洋洋地晒在她身上，她却只觉得满心冰凉。

第二天，唐皓安排的助理就出现在了苏叶面前。

助理叫夏千蕾，二十五六岁的年纪，短发，中等身材，五官清秀，但一副略显老气的黑框眼镜又抹掉了那份柔美，看起来只余干练、理性。

她原本是安盛集团公关部的，自己并没有说职务，但从谈吐、气质都能

看得出来，地位应该不低。

唐皓把她派来做苏叶的"保姆"，大概也算得上大材小用了。

苏叶没问几句话，就接到黄云凯的电话。

黄云凯在那边有点兴奋，说星美娱乐的丁总想见她，谈谈签约的事。

苏叶也没有直接答应，只说先考虑一下。

她挂了电话，就问夏千蕾："关于星美想找我签约的事，你怎么看？"

夏千蕾迟疑了一下，才道："如果您问我的意见的话，我觉得，暂时还是不要签的好。"

"哦？"苏叶微微挑起了眉，"为什么？"

夏千蕾扶了一下眼镜，道："我看过唐小姐的履历，包括您在学校的成绩单，也看了您这次试镜的视频和最近放出来的片场花絮，请恕我直言，您演戏的时候，灵气是有的，但基础实在太差了。我觉得，比起现在匆匆忙忙签约出道，不如先沉住气好好磨炼学习。毕竟您还年轻，等您准备好的时候，机会有的是。"

苏叶打量着夏千蕾，她不知道唐皓是怎么跟夏千蕾说的，又给夏千蕾开了什么条件，但这么短时间，夏千蕾能把找到的资料都看了一遍，至少应该是个认真的人，而且胆子也挺大。既然看过资料了，就应该知道"唐夜弦"是个爱听奉承，而且一言不合就可能动手的人，她竟然还是直接说她基础差。

有点意思。

苏叶笑了笑，又问："还有呢？"

夏千蕾也多看了苏叶一眼，她这样的反应真是在自己意料之外。

漂亮得好像误坠人间的妖精少女随意悠闲地坐在那里喝着茶，平静得甚至好像在听什么跟自己毫无关系的事。

夏千蕾顿了一下，才继续道："至于星美这个时候想签您，还是他们老板亲自出面，很显然，并不单单是看中您的潜力，可能更多的，是看中了您的背景。您是唐家的小姐，这一点就有足够的话题性，签下来之后他们再做宣传都可以事半功倍。而目前他们能给您的，却十分有限。无非是一些演艺资源而已,但您现在能做什么呢?就真的给您一个大制作的女一号,您真的能演吗?到时如果连台词都说不好,只会变成一个笑话。至于说他们培养艺人的那些课程……就算您觉得学校里的不行,唐家也有能力给你找更好的师资、更好的环境,为什么要浪费时间去签星美?您又不缺那点钱。"

这段话挺长的,苏叶就静静坐在那里听她说完,然后才倒了杯茶过去。

夏千蕾这回明显地怔了一下。

苏叶也没有非得让她接下,就放在茶几的那一边,端起自己那杯茶来喝了一口,才问:"你现在过来为我工作,算是借调吗?工资还是安盛那边开?"

夏千蕾看了看茶杯,又看了看一派悠然自在的苏叶,抿了一下唇,才道:"算借调,职务保留,但薪水是唐先生私人发。"

她说的"唐先生",当然是指唐皓。

他还真是公私分明。

苏叶点了点头:"你不会不甘心吗?"

夏千蕾到这时才第一次露了笑容:"我喜欢有挑战性的工作。"

"正好,我也是。"苏叶也笑了笑,"不过,我脾气不太好,相信你应该听说过。所以,有几点我先说在前面。"

她长得真是漂亮,笑起来时,即便是夏千蕾同为女性,也不由得为之目眩,但这看似平淡的笑容后面,又透着一种从骨子里散发出来的高傲气势,让夏千蕾不由自主地挺直了腰。

苏叶竖起了一根手指:"第一,我不喜欢别人替我做主。你有意见,可以跟我商量讨论,但不要自作主张。第二,你既然来见了我,就是决定要做这份工作,我希望你能忠于这份工作,我不想看到吃里爬外的事。"

夏千蕾皱了一下眉,扶了扶眼镜,正要说话,苏叶又轻轻晃了晃手指:"放心,我也不会让你难做,既然是大哥给你发工资,你的工作当然他说了算。"

所以,她说的是忠于这份工作,而不是忠于她。

夏千蕾看着苏叶,目光中又多了几分考量。

苏叶却看着自己的手指,第三根伸出来,又缩了回去,然后叹了口气,

道:"暂时就这样吧,其他的想到再说好了。"

夏千蕾点点头:"是。"

苏叶向她伸过手:"那么,希望咱们能合作愉快。"

夏千蕾也伸过手去,轻轻一握。

没等她表什么决心,苏叶就道:"你的第一个工作,就是去替我回绝星美。该用什么态度,我想你应该比我更清楚?"

夏千蕾再次点下头:"是。"

苏叶摆摆手:"那就这样,我上课去了。"

夏千蕾微微躬身,送苏叶出去。

夏千蕾这时才明白为什么唐皓突然关心起这个便宜妹妹来。

传言里说这个女孩子嚣张愚蠢、不学无术,但刚刚有一些瞬间,她甚至都觉得她面对的是唐总裁本人。

真不愧是一家人啊。

夏千蕾深吸了一口气,拿出手机来,给黄云凯打电话。

对于苏叶拒绝跟星美娱乐签约,黄云凯有点遗憾,但并不意外。

就算传言里唐家两位少爷对这个妹妹并不怎么在意,也从来没有带她出席过什么正式场合,却也并没有公开说不认她。所以哪怕"唐家私生女"的身份有点尴尬,她目前也依然是唐家小姐。

只要唐皓愿意,单开一家娱乐公司专门用来捧她都行,又怎么会看得上星美娱乐?

对于苏叶自己来说,除了夏千蕾的那些理由之外,更重要的是,她目前有更急切的事情要做。

她得去想办法查许建安的账。

在这件事上,苏叶有一个比别人更方便的地方,就是"苏叶"虽然死了,但她的账号和权限到现在为止,还没有被注销。

她很轻易地进入了苏氏的数据库,调看了最近的报表。

单从账面上来看，并没有什么问题。

但这也很正常，如果许建安是个在挪用公款后连账都做不平的废物，又怎么可能蒙蔽她这么多年？

苏叶这么想着，心中不由得有些悲哀。

她之前对许建安真是全身心信赖着，甚至觉得他们是相依为命的唯一。即便是换了个身体，她也只想去找他。唐皓说许建安不是好人，她满心只想反驳。

可是……

一旦真的种下了怀疑的种子，不过短短几天，就已经发展成了这样……她的感情、她的信任……竟然如此不堪一击。

"唐夜弦。"

才刚出了教室，苏叶就被人叫住。

她转过头，是两个男生。一个白净斯文，一个高高瘦瘦，是她班上同学，看着能认出来，但从没有说过话。这两位看起来都是认真上学的好学生，之前大概不屑跟唐夜弦打交道。苏叶来了之后，也并不热衷于跟同学拉关系，所以连班上同学的名字都叫不全。这两位，她就不知道叫什么。

开口叫她的是那个高瘦男生，但她回了头，他却不说话了，只拿手肘拐拐自己的同伴。

白净男生挠了挠头，清了清嗓子："那个，你刚刚真是表现得特别好。"

"谢谢。"苏叶很大方地道了谢。

白净男生又道："最近你的进步真大。"

苏叶又说了声"谢谢"，但已微微皱了一下眉。

白净男生还想再夸她几句的，高瘦男生却看出来了，索性一把拉住他，自己红着脸，开门见山地道："是这样的，我们周末有个小演出，在龙华广场，情景广告剧，想问你要不要一起来？"

"好啊。"苏叶几乎连想都没想就答应了。

她现在的演技,如果真的去演电影电视剧,可能会变成个笑话,但平常这种小演出,却是正好拿来刷经验,她正求之不得呢。

结果一去了才发现这个利用假期四处接活走穴的小团体不止他们大一的,还有大二大三的师兄师姐。

其中就有苏叶曾经见过一面的陆海薇。

陆海薇见苏叶跟两名男生一起进了排练场,先是愣了一下,然后就叫起来:"高敏、梁晨光,你们怎么回事?不是跟你们说过很多次,不要把乱七八糟的人带过来吗?"

苏叶停了一下脚步,左右看了看,指了指自己的鼻子,问带她过来的两位同学:"乱七八糟的人,是说我吗?"

才刚进门,就被陆海薇呵斥,又当着这么多人的面被这样问到头上,明明是他们主动邀请"唐夜弦"过来的,"唐夜弦"被这样质疑,就是他们被质疑,两个男生也有点下不了台。高高瘦瘦的高敏当即就沉了脸:"唐夜弦是我们的同学,是我邀请她来参加排练的,你这么说什么意思?"

"她?排练?"陆海薇嗤笑了一声,"是来搅场的吧?她在学校什么名声你们两个难道不知道?"

白净斯文的梁晨光也不太高兴地道:"人是会变的,我们天天一起上课,的确再清楚不过。她很适合这次的角色,也完全有实力演好。"

"人品不行,有实力又怎么样?到时指不定还会闹出什么事来呢?"陆海薇瞥了苏叶一眼,"总之我不同意。"

高敏也嗤笑了一声:"常姐和袁哥都点了头,还要你同意?你算哪根葱?"

他们这个小演出团,团长是常晓嘉,负责演出编排;副团长袁博文,负责日常杂务,包括跑业务、联系场地等等。其他成员的关系其实比较松散,并没有什么严格的上下级关系。根据演出内容临时去找人的情况也经常有,毕竟艺术学院就是这点方便。

陆海薇长得漂亮,又能歌善舞,算是这个小团体的常驻演员,在外面演出时,反响也比较好。虽然略有点傲气,但平常没什么大矛盾时,大家也还算能接受。

可今天她这火真是发得莫名其妙，两个男生被扫了面子，当然也就懒得给她面子了。

陆海薇气得手指发抖，但还是指着苏叶道："总之我绝对不会跟这种人同台演出，有她没我，有我没她！"

排练场里原本就有五六个人，见来了新人，还没等看个新鲜，就先看了场热闹，只觉得都没回过神，他们话赶话的，竟然就说成了这样。

有个性格稳重点的师兄就苦笑着过来，想打个圆场，但他还没开口，被陆海薇指着的苏叶便笑了笑："真巧，我也想这么说。"

陆海薇愣了一下。

这个唐夜弦……竟然敢在这种地方这种场合跟她对着来？

师兄也皱起了眉，这个新来的师妹看起来脾气的确不怎么样，怎么能这样说话？但他依然没捞到开口的机会，苏叶已打量着排练场道："不如这样好了，作为入团的见面礼，我赞助两万块给团里做活动经费吧。眼看着就要夏天了，至少空调要装一装嘛，看师兄师姐们这满头汗。"

师兄到了嘴边的话生生又咽了回去。

其他人已经开始鼓起掌来了。

两万块……多不多？

对唐家小姐来说，当然不算什么，但这个演出团里可都是一些利用课余时间来跑穴的学生。虽然对外美其名曰积累演艺经验，其实还不就是为了挣钱？

像龙华广场这样的演出，他们排练一星期，演出两小时，回头大家分一分，也不过就是每人几百块。

现在有一个人唰地扔出两万来做见面礼，怎么能不开心？

排练场里的气氛瞬间就不一样了。

陆海薇当然也能感受得到。她咬了咬牙，眼睛都红了，哽着声音道："你……简直无耻！有钱了不起吗？"

苏叶听到这句，突然就想起网上流传颇广，甚至被改了无数个版本的那个"有钱就是了不起"的动图，不由得就笑起来。

"你还敢笑！"陆海薇眼泪真的盈了眶，哽咽道，"简直欺负人！"

她在这里这么长时间了，毕竟也还是有点交情的，这时梨花带雨的样子，也的确惹人同情。有跟她要好的同学过去劝她，也有人开始用不赞同的目光看向苏叶。

苏叶叹了口气："我刚进门，什么都没说的时候，你指着我鼻子骂，难道就不是欺负人？"

"那是你……你本来就……"

"我本来就如何呢？我打你骂你了吗？还是杀父之仇夺夫之恨？我旷课碍着你的事了？还是我喝完酒上你家撒酒疯了？"苏叶一连串地问下去，"如果我没记错的话，这还是我们第二次见面，你怎么就对我这么大意见？在网上造谣还不算，连我想跟同学一起演出都不行？"

陆海薇眼中闪过一丝慌乱，下意识道："造什么谣？我不知道，跟我没关系！"

苏叶点点头："唔，师姐你很会抓重点嘛。"

陆海薇一怔，突然意识到自己好像被套进去了，但还是争辩道："你那副嚣张跋扈的德行，看不惯的人多了去了，凭什么说是我？"

"因为你跳出来了啊。"

苏叶也有点无奈，这么沉不住气，也想学人操纵舆论？上次纯粹是运气好吧？她索性就说得更明白一点："星美的人找我去试镜，不到两个小时，网上爆料的帖子就提到这一点。不是我自己，也不是星美的人，你说除了当时在场知道这件事的陈班导和陆师姐，还会有谁呢？"

当时的帖子从校内闹到校外，又是身边耳熟能详的人，在场的同学们几乎都围观过，这时听到这样的内幕，各自心头自然都多了几分考量，毕竟能考上大学的，谁也不可能真蠢。

陆海薇隐隐觉得不妙，却只能咬牙不认："你这是污蔑！明明是你自己想炒作的，结果'炒煳'了你就想推给别人！"

"嘴长在你身上，随便你怎么说喽。"苏叶耸耸肩，"我今天本来也不是来跟你争辩这事的是非对错，我就是跟高敏他们来排练的。要不是你心虚，先跳出来针对我，谁管你怎么样？又不是你妈。"

高敏噗地笑出声来，点了点头："没错。你看不惯唐夜弦，就指着人家骂，人家看不惯你只是顺手捐点钱，你就说别人欺负你，这世上哪有这种道理呢？"

苏叶给了他一个"上道"的眼神，顺便补刀："想想拿钱砸人也的确挺欺负人的，不如还是算了吧。"

"哎，唐小姐你这么热心地为大家着想，怎么算是欺负人？"

这次不用高敏，旁边的师兄已经先接了话。

苏叶不提那两万块还好，提了又说算了，可就让人不太好接受了。

这时什么脾气不好、什么演技不行都可以靠边站，要知道，他们不止排练场没空调，服装每次都是租的，乐器也不全，音响就更不用说了，真是哪儿哪儿都是要钱的地方。总之，金主爸爸一定得先留下才好。

至于陆海薇……今天这事，真是她自己作死。而且听起来，之前网上那个黑料帖，只怕也真的是她在作死。

看在这么久交情的份上，能劝就私下里再劝劝，要是实在劝不了……

这可是云大艺术学院，要再找一个年轻漂亮、能歌善舞的女生还不简单？

云大艺术学院云清艺术团是一个由学生自己成立的表演团体，副团长袁博文长了一张国字脸，浓眉大眼，如果时间倒退几十年，就是标准的主角脸，但现在这种长相却并不吃香了。他今年都大四了，也没碰上什么好机会。他自己也很清楚这一点，比起半死不活地等着拍戏，倒不如带着这帮学弟学妹，接些商演赚钱。

所以高敏说想找"唐夜弦"的时候，他二话不说就答应了。

不用看长相，不用看演技才艺，只要她是唐家小姐，就能给他以后拉业

务增加无数便利。

他以前那是搭不上话，现在既然高敏说他们去邀请，他为什么不同意？人嘛，谁会跟钱过不去呢？

而看起来文文静静的团长常晓嘉却比袁博文更多了几分书生意气，本来一心只管编排节目的她，破天荒地关注了这件事。

她不太喜欢"唐夜弦"的"捐款"，尤其是在那种情况下。

她又不傻，平常只是懒得去管那些日常琐事而已，何况"唐夜弦"也根本没有隐瞒自己的别有居心。

"这简直是带坏我们团里的风气。本来大家不过是聚在一起多些练习和积累，顺便赚点零花钱，她这样一闹，算是怎么回事？让以后的新成员怎么办？"常晓嘉这么跟袁博文说。

但她的脾气其实一向还算不错，并没有强硬地说不要"唐夜弦"参加，而是先去跟"唐夜弦"见了一面。

"你跟陆海薇的冲突，我已经了解过了。"常晓嘉开门见山地说，"不管怎么看，她都不是你的对手，你为什么一定要选择这样侮辱人的方式报复她？"

"侮辱？"苏叶笑了声，抬眼看了看旁边的袁博文，"袁师兄也这么认为吗？"

袁博文当然不觉得，只是也不好在别人面前拆常晓嘉的台，只能打了个哈哈："这个嘛，的确是过激了一点……"

苏叶道："那么你们觉得我应该怎么样？也去收集陆海薇的黑料，去网上骂她，搞臭她的名声？"

常晓嘉被噎了一下。她来的时候，是觉得自己占着理的，但被这么一说，又好像并不那么理直气壮。

上次网上那个帖子的事，虽然从结果上看来，"唐夜弦"好像并没有太大损失，毕竟还是顺利地去演了那个角色，网上虽然还是有人黑她，但也的确因为这个而火了一把。

可是那个背后挑起这一切的人的目的明显就是要搅黄"唐夜弦"的试镜，最后没有成功，只能归功于"唐夜弦"的实力和运气，并不能抹掉他一开始策划这事的恶意。

让"唐夜弦"放弃报复的话，常晓嘉说不出口，她自认都没圣母到那份上，何况这位恶名在外的唐小姐？

她只是不赞同这样的方式。

可若是问她应该怎么样，她一时却又说不上来，毕竟事情并没有发生在她身上，她也不知道要怎么处理才算是最好的方式。

苏叶继续道："能用点小钱就解决的事，我为什么要在她身上浪费时间？何况钱花在云清艺术团，既没有违法乱纪，又能让她不高兴，你们得利，我自己也有好处，三全其美的事，有什么不行？"

她说得好像很有道理，但常晓嘉还是觉得不对，反驳道："你这都是歪理，你就是在拿钱收买人心挑拨离间。何况，那又不是你自己挣的钱，拿着长辈的钱这么挥霍，又有什么了不起？"

"师姐这就有点不讲道理啦。出生在什么家庭又不是我自己能选的。"苏叶淡淡笑了笑，"何况，钱就是拿来用的，能简单高效地解决问题，就不算乱花。不过呢，师姐你要是真这么介意的话，别收就是了。我也不是非得加入你们这个艺术团，只是正好高敏他们邀请了我而已。我拿这两万块自己另组个团来玩儿，也不是不行啊。"

这回常晓嘉还没说话，袁博文先急了："嗳，大家随便聊聊嘛，这样的气话，师妹就不要再说了。我们都是很欢迎你来的。梁晨光、高敏看人的眼光还是很好的，这次的戏真很适合师妹，你先来试试看嘛。"

苏叶再次看向他，嘴角微微一翘。

果然比起认死理的艺术家，她还是更习惯跟只认钱的商人打交道。

第九章
我是苏叶

苏叶很快就跟袁博文谈妥了捐赠的事，不单这一次，以后团里有服装、道具之类的，只要需要，再找她出钱都没问题。她也不干涉团里的管理，唯一的要求，就是能让她有足够多的演出机会。

袁博文当然求之不得，却也不免有点好奇："师妹你才大一，为什么这样急切？"

唐家不缺钱，甚至只要她愿意，也不缺能正经拍戏的机会，非得跟他们这草台班子刷经验，实在有点奇怪。

苏叶看着他，笑而不语。

袁博文自己轻咳了一声，道："抱歉，是我问了多余的话。那从今天下午开始，唐师妹就一起来排练？"

他觉得这位师妹并没有传说中那样嚣张暴躁、粗俗无礼，气势却比传闻中更盛。甚至……袁博文曾经在校学生会见过唐皑，觉得唐二少都没有她这份不动声色就能掌控全场的气度。

她只这样看着他，就能让他心中发毛，战战兢兢地反省自己是不是做错了什么事。

果然当初网上那个试镜视频里，像女王一样傲视天地，才是这位唐师妹真正的本性。

苏叶这么急切地想积累实地演出的经验，其实也并不是为了自己，而是因为唐霖的时间已经不多了。

唐夜弦的身世也好，唐夜弦的死也好，其实跟苏叶都没有什么关系，但毕竟是她接手了唐夜弦以后的人生，对这位老人的关怀备至，就总有点心虚。

只是她也没有什么能够补偿，所以，就想看能不能在唐霖去世之前，拿出点真正能称得上是作品的东西，也算是对老人家一片爱女之心聊表慰藉。

不过，这些东西就没必要跟一个外人提起了。

既然袁博文没有再问，她也就顺势点了点头："好。"

真正拿到剧本，苏叶才发现，高敏说的那个情景广告剧，要做广告的产品，是苏氏新出的罐装粥。

而且，正是苏叶才看过账的许建安负责的项目之一。

当然正式的广告是请了大明星拍的，袁博文他们这个，应该只是卖场促销搞的活动。

但是……

苏叶的手指轻轻点了点附在剧本里的产品照片，这真的只是巧合吗？

苏叶旁敲侧击地打听了一下，袁博文签这个演出合同是在她和许建安接触之前，高敏、梁晨光找上她也的确是因为看到了她最近的认真进步。

苏叶才刚松了一口气，却又在演出当天重新提了起来。

因为许建安竟然到了演出现场。

卖场负责人十分激动，袁博文他们也很激动。

苏叶心头却涌起一股冷意。

苏叶"死"了之后，许建安就是苏氏唯一决策人了，说是日理万机都不为过。他竟然有空亲自来这种卖场周末促销的小活动，显然就跟上次去云溪一样，醉翁之意不在酒。

他……到底想做什么？

云清艺术团的演出还是很成功的。

现场气氛热烈,观众反应极好。

苏叶饰演一个得了厌食症的神经质小公主,在历经种种波折和误会之后,被一罐银耳百合粥拯救了。

许建安在台下看着。

看得出来,苏叶的肢体语言其实还是有点青涩僵硬,但情绪十分到位,也不怯场,表演相当有张力。正经时,就像一个高高在上的真正的公主,搞笑时,却又完全放得下身段,夸张滑稽。

观众不时爆发笑声,到结束时,更是掌声雷动。

即便是这样路边的演出,演员们有没有用心,有没有努力,大家都看得出来。

苏叶很认真。

许建安觉得有点奇怪。

他的确是知道"唐夜弦"要在这里演出,临时特意赶来的。

他对这位唐小姐真是好奇得很。

好奇她当时在苏叶的葬礼找他到底是想说什么,也好奇她在唐皓和苏叶的关系里,到底扮演了什么角色。

最初他真没把唐夜弦当回事。私生子女这类事,在有钱人的圈子里并不少见,每家的处理方式可能都不一样,但说到底,总归还是要看本人争不争气了。

他以前也听过唐夜弦不少笑话,觉得她可能是蠢到没指望的那一类。

只是现在看起来,真是传言误人。

第一次见面的时候,她在苏叶的葬礼上哭得眼肿声哑,那一片伤心绝对不是假的。而她找到他时,甚至让他有一瞬间的熟悉感。

但到第二次见面,她就已经表现得很坦然。即便是他故意提起苏叶,她都显得很平淡,就好像上次哭成那样的,是另外一个人。至于她后来打唐皓那一耳光，倒的确像传闻中一样嚣张霸道，他却并不认为那是什么暴躁粗俗。

他看得很清楚，那一刻，唐夜弦是冷静的。

接下来的发展更证明了这一点。

唐夜弦是可以压制唐皓的。

这让他不由得开始重新审视唐夜弦在唐家的地位。

他仔细打听了唐夜弦的事，但并没有什么新发现。

而这时……她竟然会跟着一群穷学生，在这样路边临时搭建的简陋舞台上，对着一群来往的路人，如此认真地表演。

许建安看着这时正在舞台上谢幕的"唐夜弦"，唐小姐神采飞扬，光芒四射，漂亮得让人移不开目光。

他不由得想，到底哪一面，才是这位唐小姐最真实的性情？

或者以前那些可笑的传言，就是她最好的保护色。

而从什么时候开始，她就不需要了呢？

从他打听到的结果来看，大概就是苏叶死后。唐夜弦住过一次院，对外说是酒醉失足，但其实是自杀。

方明雅说是为了杜怀璋，许建安有点不太相信。

随手就敢甩唐二少耳光的唐小姐，会为了杜怀璋那种货色自杀？呵，也就是骗骗方明雅这种小女孩吧。

那么，到底是为什么呢？

这个时间点，跟苏叶到底有没有关系？

许建安很想跟唐夜弦好好聊一聊，却一直没有找到合适的机会。

上次在云溪，唐夜弦喝醉了，又有孟修出来搅局。而在那之后，唐皓就在唐夜弦身边放了人。

其实之前在苏叶的葬礼上，唐皓出现得也相当及时，显然是一直在防备着什么的。

能让唐总裁这样……还能是什么？

许建安深吸了一口气，又缓缓吐出来。

他早知道苏叶对唐皓的感情。

但……

八年。

就是一块石头,也早该焐热了。

有时候,有那么一些瞬间,他会觉得苏叶的确是爱他的。

但到头来……不过也是一场笑话。

演出结束之后,许建安让卖场负责人去招呼云清艺术团的人,说他对今天的演出效果很满意,要请他们吃个饭。

袁博文当然求之不得。

就连那些没什么功利心的团员,知道有人请吃饭,也都挺高兴的。

在一群欢欣雀跃的年轻人中,安安静静还明显皱了眉的苏叶就显得有点格格不入了。

"唐夜弦。"高敏递了瓶水给她,问,"怎么了?不太高兴的样子?"

"没什么,我哥不太喜欢苏家,这顿饭我就不去了。"

挪用公款的事还没有查出眉目,苏叶现在对许建安的观感有点微妙,这个时候也不知道应该用什么态度来面对许建安,索性直接拿了唐皓出来当挡箭牌。

袁博文心里其实很清楚,许建安再平易近人,毕竟身份、地位在那儿,要请他们吃饭,还不是看在唐小姐的面子上?现在"唐夜弦"说不去,未免就有点尴尬了。可人家说是唐总裁不喜欢,他也不敢多劝,犹豫半晌,只能问:"你回学校还是回家?我找人送你?"

"唐小姐这就要走吗?"

许建安过来,正好听到袁博文这句话,顺口就道:"不如我送你?"

苏叶心里暗叹了口气,表面上还是笑了笑:"不必了,多谢许先生好意,我助理已经去开车了。"

夏千蕾今天的确来了,但临时有点事请了假,苏叶只是拿来糊弄一下许建安而已。

许建安虽然没有坚持一定要送她，却温和地笑着，执意要陪她一起等，要安全地把她送上车才放心。

"唐小姐今天演得真好。"许建安赞叹道，"我真是没想到，原来你真是有演戏的天分。"

"许先生过奖了。我也是刚刚开始学，所以这不正跟着师兄师姐们出来刷刷经验。"

"挺好的。下次再有这样的活动，我还找你们来吧？"

"那你得找我们袁师兄，业务什么的事，我是不管的。"

"唔，一心只钻研演技也挺好。说起来，上次去云溪没能看到你拍电视的样子，也挺可惜的。"

"啊，说到云溪，那天我喝醉了，听说给许先生添了麻烦，真是抱歉。还有上上次馔玉楼的事……今天不太合适，下次我单独再请许先生吧。"

苏叶一面跟许建安有一搭没一搭地说着些没营养的话，一面用手机悄悄给夏千蕾发微信，只希望她快点赶来。

"你的助理……"

许建安说到一半顿下来，语调也有点奇怪。

苏叶这边还没收到夏千蕾的回复，正看着手机呢，眼也没抬就道："就快来了。"

许建安却笑起来："只怕不会来了吧？"

苏叶一怔，唰地抬起头来看着他，才发现他并没有看她，而是在看着左前方。

苏叶跟着看过去，心脏忽地就多跳了一下。

唐皓。

他还是一身笔挺的黑西装，身形高大挺拔，面容英俊冷漠，在这人来人往的广场上缓步走来，犹如鹤立鸡群，高傲而优雅。

"大哥。"苏叶扬手叫了起来，声音里有着她自己都没有觉察的欢快。

许建安侧目看了她一眼，也笑着向唐皓打了招呼："唐总。"

唐皓微微颔首："许总。"

"唐总又来接妹妹吗？您对唐小姐，可真是关心。"许建安顿了顿，又补充道，"也是，如果我有这么漂亮的妹妹，大概也是放心不下的……"

他声音微低，话尾拉得挺长，带着一种苏叶从没在他嘴里听到过的轻浮。

她不由得转头看向许建安。

许建安则看着唐皓，脸上带着笑，目光却阴沉如晦。

他故意的。

他就是想激怒唐皓。

只是，唐皓并没有理会他，像上次一样，对苏叶淡淡道："走了。"

"哦。"苏叶应了声，向许建安挥手告辞，就去了唐皓那边。

许建安道："这么急？真怕我把你妹妹吃了啊？"

唐皓这才斜了他一眼："那就要看许总胃口够不够好了。"

许建安依然微笑："唐总的手能伸多长，我的胃口大概就会有多好。"

唐皓微微一挑眉："你尽管试试。"说完也不再理许建安，带着苏叶上了车。

苏叶看得出来，虽然并没有当场发作，但唐皓的确生气了，握着方向盘的手指指节都因为过于用力而微微发白。

而这一路上他都抿着唇不发一言。

苏叶的心情就不由得有点忐忑起来，试探着，主动交代："我跟他说过我助理会来接我。他非要在那里陪我等，我都给夏小姐发微信催了两回了。"

"不，跟你没关系。"唐皓这才长长呼了一口气，轻轻道，"他就是在等我。"

"哎？"苏叶这就有点意外了，"他怎么知道你会来？"

这样的小活动，许建安能来，肯定都是特意抽出来的时间，更何况要负责一个更大的集团公司的唐皓？

唐皓却没有直接回答，手指轻轻敲击着方向盘。

苏叶看着他的手。

唐皓的手很漂亮，手指修长，骨节分明，看起来灵活有力。他思考的时候，就会无意识地习惯性用右手的食指轻轻敲点什么。

苏叶曾经取笑过他，是不是小时候练钢琴留下的后遗症。结果被他这样那样好好弹了一回。

真是奇怪……明明都已经是那么久远之前的事，没有人提起时，似乎根本都已经忘记了。可是这一想起来，就好像近在昨天。

就连他手指的温度与力度，那轻轻敲在她肌肤上又弹起来的微妙触感，都清晰得好像刻在脑海里。

她瞬间红了脸。

唐皓用眼角的余光扫了她一眼。

苏叶顿时就紧张得几乎要跳起来。

她在想什么？

事到如今……她还在想什么？

可是……

在这狭窄的车内空间里，唐皓的存在感那样强烈。

就连他的气息，似乎都能引起记忆深处灵魂的战栗。

苏叶不敢再看他，更缩起了身子，只恨不得整个人都贴到车门上，离唐皓越远越好。

唐皓注意到了，却只觉得莫名其妙。

他……什么都没做吧？

她怎么突然就怕成那样了？

车内的气氛突然就有些尴尬起来。

唐皓想了想，觉得可能是他刚刚和许建安的话吓到她了，轻咳了一声，耐着性子安抚道："放心，不用怕，我不会真的让他对你怎么样的。"

苏叶这时真没担心许建安。

她只担心自己，担心自己对唐皓还有什么奇怪的非分之想。

这样的心思，当然不敢说出来。她只能闷闷应了一声。

唐皓又道："下次再有今天这样的情况，你就直接给我打电话。"他顿了一下，有点不确定地问，"我的电话号码你有的吧？"

他自己应该没给过她，但不知道父亲有没有给，反正她从来没给他打过电话。

苏叶也不确定。

她七年没跟唐皓见过面，根本不知道他现在的电话号码是多少，唐夜弦的手机联系人里也没有"唐皓"或者"哥哥"的条目。

她把手机拿出来："大哥你再告诉我一下？"

唐皓报出了自己的私人号码。

苏叶输入到一半的时候，手机上跳出了提示。

唐夜弦存过这个号码，名字是"大魔王"。

苏叶："……"

视力非常好的唐皓："……"

苏叶干笑了一声："呵呵，那个，我……那啥，我这就改掉。"手忙脚乱地去改。

唐皓倒不是很在意这个，不要说魔王了，叫他阎王的都有。

他也懒得再去看苏叶改成什么，只道："许建安现在也就只能口头上放放狠话。苏氏还有不少元老，未必真的都服他，而且……"他停了很久，神色复杂，最终轻轻叹了口气，才接上去，"苏叶只怕自己也留了后手。"

苏叶一脸蒙。

她死得那么突然，真是完全猝不及防，哪有什么后手？

她连遗嘱都没有。

苏叶犹豫了一下，还是试探着问："苏叶……她做了什么？"

"不知道。"唐皓说，"但是，前几天，有人用她的账号登录了苏氏的系统查了账。许建安怀疑是我，所以应该也不是他。就是说，还有别的人在盯着许建安。"

哪儿来的别人？苏叶一脑门子黑线，那就是她自己好吗？

苏叶当时不是没想过自己登录会留下痕迹，但只是觉得如果许建安真的有问题，那么一个"死人"突然来这么一下，可能会打草惊蛇，但也可以顺着惊出来的蛇摸一摸瓜。

只是她真没想到，会把唐皓绕进去。

她哪儿来的后手？

她最大的后手，就是她还活着好吗？

她……

苏叶想着唐皓刚刚提起"苏叶"时那个明显的停顿和复杂的眼神，忍不住想问一问，当初……到底发生过什么。

但她还没有开口，唐皓已道："这些你也不必多管，做好你自己的事就行。"

苏叶只能把到了嘴边的话又咽了回去，低低应了声："哦。"

唐皓侧头看了她一眼。

她的身体依然靠向车门那边，表情也有些低落，半垂着眼，看向车窗上自己的影子，竟有几分孤寂的意味。

唐皓心头莫名地软了一下，轻轻道："今天的演出不错。"

苏叶唰地扭过头来："大哥看到了？"

那一瞬间，唐皓觉得她那双碧清清的眸中就好像透着星光，明亮璀璨。

他忍不住微微勾起了嘴角："你很努力。"

苏叶的心脏再次不可抑制地狂跳起来。

就好像回到了少女时代。

第一次看到唐皓向她走过来，露出灿烂的笑容，伸出手说："你很不错，认识一下吧，我叫唐皓。"

记忆里的少年和面前的男人渐渐重叠。

苏叶张着嘴，无声地回答——

我是苏叶。

第十章
这才是炫耀

唐皓和苏叶回到唐家时，唐霖正看着一张不知道什么东西，脸色阴晴不定。

苏叶叫了声"爸爸"，凑过去搂了他的胳膊，顺便瞟了一眼，发现是一张请柬。

唐霖也没有要瞒他们的意思，直接就把请柬递给了唐皓："林伯成明天办六十大寿。"

苏叶知道林伯成是谁。

云城就这么大，金字塔顶端的人就那么多，就算没有交际，也都有所耳闻。

林伯成算起来跟唐霖、跟她父亲苏承海，还有沈弘行的父亲沈劭，都是一辈的人。年纪差不多，家境差不多，就免不了会被放在一起比较。

林伯成一直垫底。

长相不行，读书不行，做生意也不行，林家这些年在他手里每况愈下，眼见着都要滑出云城顶层的富豪圈了。

所以从苏叶记事起，就觉得这位林老板十分低调，在同辈人面前更是有一种抬不起头的感觉。

他现在办个寿宴竟然会给唐霖发请柬？

不过是个六十岁……苏叶顿下顿，这么一想，其实唐霖还不到六十岁。

她自己的父亲也没有，去世时才五十四岁。

唐霖更年轻，只是因为身体不好，又早早让唐皓接手事业，唐家换了代，所以大家才"老爷子、老爷子"地叫。

按现在的平均年龄来算，其实还可以说是壮年。但……照他的身体状况来看，大概是很难有过六十大寿的机会了。

苏叶突然觉得那张大红烫金的请柬上，简直满满的全是恶意。

怪不得之前唐霖的脸色那么差。

唐皓显然也是这么想的，两道浓眉皱起来："我们跟林家，以前有过交际往来吗？"

"面子情还是有一点的。"唐霖不高兴地撇了撇嘴，"我还不知道这老小子嘛，他就是想炫耀。觉得沈劭出国了，吴以江死了，苏承海死了，我这么半死不活的……我们这一辈数一数就剩他了，就得意了，就膨胀了。得意个屁！还不是那副烂泥扶不上墙的德行。"

唐皓便把请柬顺手一扔："那就不用管他，不去就是了。"

"去。怎么不去？"唐霖却又伸手捞了请柬回来，"不但要去，我们还得全家一起去。炫耀嘛，谁不会？我这辈子是没什么可说的，但我生了好儿女啊，随便伸个手指头，不比他林家那些混吃等死的二世祖强上百倍千倍？想气我，哼哼，看谁气谁。"

苏叶有点无奈。

她都想收回之前"正值壮年"那句话，老爷子这完全就是一个赌气的老小孩啊。

老爷子发了话，唐总裁没有反对，事情就这么定了下来，就连唐二少也被叮嘱好好准备，一定要在林家的寿宴上把林家小辈全比下去。

基于这个指导思想，第二天苏叶也早早就出了门，试礼服、做造型，力求一亮相就惊艳全场。

杜怀璋在休息区等她。

这种时候，他一向表现得很好，温和守礼有耐心。

苏叶偶尔从镜子里看到他，就会想起许建安。

许建安在她面前一向是体贴的，但很少会专程来陪她做这些，就算来，也会带了工作在那边做。

他从跟着她父亲那时，就一直挺忙的。

许建安在工作上严谨细致、无可挑剔。

苏叶一直挺欣赏他这一点的。

但现在要查他，也有点无从下手。

至少苏叶自己并没有发现什么问题。

这让她的心情十分矛盾，有一点庆幸，希望是唐皓搞错了，许建安并没有侵吞公款。又有一点惶恐，害怕许建安隐藏得比她预料中还要更深。

"好啦。"造型师阿迪夸张地向苏叶飞了个吻，打断了她的思绪，"我敢保证，你绝对就是今天晚上最亮的星。"

苏叶今天挑了件烟灰紫的小礼服裙，领口露出了精致的锁骨，后背则是深V的设计，若隐若现地透出她优美的背部曲线，而肩头和腰间的柔软薄纱又充满了轻盈梦幻的少女感……总而言之，这件礼服将她这个年龄介于女孩和女人之间，既清纯又性感的独特魅力展现无遗。

她的头发在上次拍戏的时候就已经染回了黑色，这时只是烫直了，柔顺地披下。她身上并没有多余的饰品，只耳垂上戴了一对米粒般的珍珠耳钉，妆容也很简单。

阿迪甚至无奈地耸了耸肩："对着这样完美的一张脸，根本没有什么可以让我发挥的空间啊。"

她的五官都长得很好，无需什么修饰就已经足够美艳。唯一的问题是皮肤不够嫩滑，那是唐夜弦之前酗酒、熬夜之类自己"作"的。好在她足够年轻，以后注意点还是能养回来的。这时做了保养上了粉底，看起来还是很不错的。

苏叶对阿迪的手艺和他的恭维都很满意，很大方地多给了小费又约了下次再找他。

她一出来，一直关注着这边的杜怀璋就站了起来。

他本想迎上前的，却在看清苏叶时愣在那里。

杜怀璋算是云城这边最早见到唐夜弦的人。

他早就知道这个女孩长得漂亮，只是这几年实在被她"作"得有点烦，对她的外貌也关注不够，真是没想到，她好好打扮一下，竟然会这样美。

即便是他这样熟悉的人，一时间竟然都能看呆。

他的目光几乎黏在她身上移不开，鬼使神差地，竟然满脑子都是她上次说的那句"璋哥哥，我已经不是小孩啦"。

她的确不是了。

当年那个牵着他的衣角怯怯地不敢放手又脏又臭面黄肌瘦的小女孩，已经长成了这样亭亭玉立、美艳动人的少女。

杜怀璋的目光让苏叶不舒服地打个寒战。

她微微皱了一下眉，伸手在他面前晃了晃："真的这么好看？"

杜怀璋点点头，声音温柔，语气真挚："你真是我见过的最美的女孩子。"

他在外面对"唐夜弦"一向是相当殷勤的，情话什么的，也是张口就能说，但这大概是他第一次发自内心，真正夸奖她。

苏叶能听出来，但心头那种不舒服的感觉就更明显了。

如果说之前杜怀璋可能更在意"唐家女婿"的身份地位和财产，那么从这一刻开始，他对"唐夜弦"本人只怕也有了真正的欲望。

无关感情，只是男人对美丽异性本能的占有欲。

何况他们本来就有"名分"。

苏叶深吸了一口气，压下心底的恶心。

她本来觉得一个名义上的未婚夫而已，暂时放着做挡箭牌也好，现在看来，还是要尽快解决才行。

林伯成的寿宴不单邀请了唐家，所有云城有头有脸的人都被邀请了。林

家包下了整个万豪酒店做会场，张扬高调，盛大隆重。

唐霖嗤之以鼻："他这辈子，也就嘚瑟这一回了。早十年嘚瑟不起来，晚十年……呵呵，他还能嘚瑟给谁看？"

这话真是一针见血。

林伯成五十岁的时候，苏承海还活着，一个个比他优秀比他有钱比他有成就，他只恨不得夹起尾巴做人。再过十年，只怕连唐霖都不在了，小一辈又谈不上什么交情，以林家那点家底，唐皓、许建安这样的新贵会在意他？

唐家人一进门，就成了万众瞩目的焦点。

连苏叶也不得不承认，唐家的基因就是好。唐霖年轻时就是有名的风流倜傥，两个儿子都随他，唐皓的英姿挺拔、仪态非凡不必再提，唐皑也是英俊洒脱、阳光爽朗。就连以未来女婿的身份跟来的杜怀璋，都是难得一见的美男子。他们走在一起，简直比什么明星天团还要引人注目。

然而焦点中的焦点，则是苏叶。

除了本身那无与伦比的美貌之外，更重要的是——这是"唐夜弦"第一次被唐家人带着出席云城上层圈子的活动。加上她造型和服装的改变，认出她的人很少，几乎所有人都在猜测，那个挽着唐老爷子手臂的陌生少女，到底是谁。

唐霖带着儿女一起走到林伯成面前，寒暄了几句，又介绍了小辈们。

有点发福，本来看起来好像一个乐呵呵的弥勒佛的林伯成脸上的笑容就明显有点僵硬。

唐皓、唐皑也就算了，毕竟大家都知道唐家这一对麒麟儿，但唐夜弦是怎么回事？说好的云城上层圈子公认的大笑话呢？

这样漂亮、乖巧的女儿还是笑话，他家那几个混世魔王算什么？

唐霖拍着林伯成的肩，叹道："说起来，我们这代人吧，我就最羡慕林老哥了，什么好都比不上身体好。你说赚那么多钱有什么用？我现在这吃不能吃、玩不能玩的，到最后还不是便宜了这些臭小子？"

说是羡慕，其实根本就是炫耀吧？

再者，在座这些人谁不知道，唐家能有现在，跟唐霖有什么关系？赚再多钱，还不是他口中的臭小子自己赚的？拿出来在林伯成面前说，已经不单是炫耀，简直是讽刺了。

因为同样的，大家都知道，林伯成自己也没本事，拿了上一辈留下的家产，现在都快败得差不多了，想"便宜臭小子"都没剩下什么了，而且他儿子还不争气，想像唐皓一样东山再起……无异于痴人说梦。

林伯成气得简直连脸上的肥肉都在发抖，偏偏还不能发作，毕竟是他自己要请唐霖来的。而且唐皓兄弟也真是没什么可挑剔的地方，他只能把目光转移到"唐夜弦"身上。

"贤侄女一向少见。这就是老唐你不对了嘛，把女儿藏这么严实做什么？又不是见不得人，看看这小模样，比老唐你这张臭脸可好看多了。想必是随她妈吧？"林伯成说完才突然反应过来一般，干咳了一声，掩饰一般招呼侍者端饮料过来。

苏叶不由得悄悄撇了撇嘴角。

她以前跟林家没什么接触，只这几句话，便知道林家败得不冤——林伯成这段数也太低了。

给唐家下请柬的时候，难道不知道唐霖的性格，不知道唐家的情况？

自己要"作"死，被人打到脸上，该认就认啊。咽不下这口气又想挑拨，可是这切入点……真是一股子上不了台面的小家子气。

不过，明知唐夜弦是私生女，却在原配的儿子们面前特意提起来她长得像妈妈，的确让气氛有点尴尬。

唐皓的脸色都冷了几分。

旁边就有人打圆场："老林你就是嫉妒。人家老唐家是祖传的漂亮，你看看唐总，看看二少，哪个长得不好？我听说小弦还被星探看中，要去拍电影，是不是真的啊？"

"是电视，已经拍完啦。"唐霖就是个炫女狂魔，一打岔就把前面的不愉快丢开了，顺势拿出苏叶上次的定妆照，"看，我家乖女儿多漂亮。"

"是是，比什么影后都漂亮。"

又有人道："不过嘛，我们这样的人家，跑去当演员什么的……"

"你这观念就有点过时了。"唐霖立刻反驳，"现在都讲究民主自由嘛，孩子们有孩子们的追求和理想，又不是杀人放火，光明正大的艺术表演，有什么不行？我们做家长的，当然要支持啦。"

对方口头应着，心里却有点不以为然。

谁不知道唐家现在有唐皓撑着，老爷子万事无忧，别的事当然什么都可以支持。换成唐皓突然扔下公司去演戏试试看？只怕他当场就得气死。

不过，也由此可见，千好万好，都不如有个好儿子。

林伯成不要说今天过六十大寿，就是能活到八十九十，后继无人，还是得被唐霖打脸打得啪啪响。

也就只能抓一抓唐霖早先风流留下的小辫子了。

偏偏唐家好像已经并不在意这一点。唐霖随时随地化身女儿控不说，连唐皓都说："最重要是小弦喜欢。我们这样的人家，又不指望着她非得怎么样，过得开开心心就好。"

他说这话的时候，看着苏叶，嘴角带着淡淡的微笑，甚至连眼神里都有一丝宠溺的意味。

苏叶也笑盈盈地跟大哥道谢。

就好像一对真正亲密无间的兄妹。

她心中却不免在想，大概每一个男人都有成为影帝的潜力吧。

就连平常这种时候肯定早已经直接跳起来的唐皑，这时也一直都保持着斯文有礼的笑容，若不是扫过苏叶的目光里偶尔还是有着掩饰不住厌恶的嫌弃，她几乎都要以为他也换了一个人。

不过，认真想起来，唐皑最近也的确很少跟她吵架了。

"唐夜弦"在改变是一个原因，唐皑自己显然也一直都在自我克制着。

她甚至忍不住想，是不是之前那一耳光的功劳？

早知道的话，早点动手就好了。

因为唐皓表了态，"唐夜弦"的地位就完全不一样了。

至少在这个寿宴上并没有人再像以前那样取笑挑衅她。

不过，事实上她也就是整个宴会上一个微不足道的小插曲而已，真正喧宾夺主的是唐皓。

没有办法，比起正在走下坡路的林家，显然蒸蒸日上的唐家更值得关注。更何况唐皓今年二十七岁，年轻、英俊、有钱、未婚。

老一辈的，凑在唐霖身边，明里暗里介绍自家女儿、侄女、外甥女之类的。唐皓自己那里，也是有意无意地就聚集了一堆莺莺燕燕。哪怕唐皓一直冷着脸拒人于千里之外，也挡不住这些名媛淑女前赴后继的如火热情。

唐夜弦以前名声太差，又早早定了亲，这会儿苏叶倒是没有这种烦扰，端了杯果汁，悠闲地躲在一边看热闹。

一直到她在唐皓身边看到了一个熟人——

谢圆圆。

苏叶的朋友并不太多。

朋友这种东西，是要用时间和兴趣来维系的。

她打小就是作为家族继承人培养的，每天的日程表排得密密麻麻，除了一起长大的几个世交子弟，几乎没有空闲去发展什么新的交际关系。

这其中跟苏叶关系最好的男性朋友是沈弘行，女性朋友就是谢圆圆。

谢圆圆比苏叶小一岁，从幼儿园时代就喜欢黏着苏叶，苏叶去哪里她就要去哪里，苏叶做什么她就要做什么。两边的家长都开玩笑说她们简直好像是孪生姐妹。

其实，当然还是有不一样的。

谢圆圆比苏叶漂亮，性格却不如苏叶沉稳，上学时的成绩也不太好，大学没念完就不知怎么被家里送到国外去了。当时苏叶刚和唐皓分手，自己的情绪也不太好，就没多过问她的事。

谢圆圆是谢家最小的女儿，上面还有一个姐姐一个哥哥。就像唐皓说的，他们这样的人家，小女儿嘛，活得开心就好。

谢圆圆在国外待了好些年，苏叶结婚时才回来的。顶着"先锐艺术家""时尚圈达人"的头衔，日常工作就是旅游看展买买买秀秀秀，不时还能上个杂志做个访谈，偶尔闲下来，就找苏叶一起做个美容吃个饭，交流一下八卦，活得恣意潇洒。

谢圆圆曾经跟苏叶吐槽过唐夜弦。苏叶没有附和，但也忍不住想，她大概是最有资格说那些话的人了。同样是不事生产拿着家里的钱挥霍，谢圆圆和唐夜弦完全是两个极端，真是一个天上一下地下。

那个时候，苏叶可真没想过，她有一天会以唐夜弦的身份来面对谢圆圆。

只是，谢圆圆并没有注意到她。

事实上，在这个宴会上，除了唐皓，谢圆圆谁都不在意。

苏叶确认了这一点之后，简直觉得好像被雷劈中。

这是什么狗血天雷的桥段？

谢圆圆是什么时候开始在意唐皓的？

她明明知道谢圆圆……

不，她和唐皓分手那么多年，她自己跟谢圆圆说过以后跟唐皓再无瓜葛的，所以不能怪谢圆圆。唐皓那么优秀的男人……谢圆圆会喜欢，又有什么奇怪？

苏叶深吸了一口气，努力地想说服自己……但想一想自己的闺蜜不知什么时候开始就喜欢着自己的前男友……胸口那种憋闷的感觉就一直压不下去。

这让她几乎想吐。

苏叶去了洗手间。

吐当然是吐不出来的，她洗了把脸，心情却还是没办法平静。

那种郁闷、伤心和愤怒甚至比上次方明雅当着她的面试图勾搭许建安还要强烈得多。毕竟她早知道方明雅那点小心机，而谢圆圆……

少年时也好，后来出国回来也好，谢圆圆丝毫没有在她面前表现出对唐皓的心思，最多……也就是跟她吐糟唐夜弦。

但这时，谢圆圆看着唐皓，眼波像春水般柔媚，像幻梦般浪漫。

傻子都知道那是为什么。

苏叶觉得自己就好像经历了双重的背叛……不，大概也不能这么算，毕竟唐皓的确是早就跟她没关系了。

他再喜欢谁，都跟她没关系。

这么想着，苏叶越发觉得心头闷闷发痛，就好像整个心脏都被人攥紧了，让她几乎无法呼吸。

她靠在洗手台前，脸色苍白，抓着大理石台面的手都忍不住微微发颤。

"唐夜弦。"

有人叫她。

苏叶抬起眼，她身边不知什么时候来了个女孩子。看起来也就二十上下的年纪，化了个大浓妆，眼影亮闪闪的，嘴唇涂成性感的紫红，穿着露脐的紧身皮衣，肚脐上还戴了个心形的脐钉。

如果不是洗手间里还放着舒缓优美的音乐，苏叶几乎要以为自己误入了什么夜店。

她不认识这个女孩子，但对方显然认识"唐夜弦"，暧昧地挤了一下眼："一起喝一杯？"

苏叶一头黑线地摆摆手："谢谢，我戒了。"

浓妆女孩嗤笑了一声："这里又没其他人，你还装什么装？你以为你穿个淑女裙就真的能变淑女了吗？"

苏叶："……"

她刚刚……算了，跟外人又有什么可说的？

唐夜弦的黑历史太多，一下子想洗白也不太可能。对方要误会，就只能让她误会了。

苏叶也没多解释，只笑了笑，再次道了谢，就擦干手要走。

浓妆女孩一把拖住她："哎，等下，一会儿他们要去赛车，你去不去？"

"赛车？"苏叶停了一下，"赛什么车？"

"什么啊，"浓妆女孩笑着推了她一把，"装得好像你没去过一样。就是双石山夜赛啊。"

"哦。"

苏叶应了一声，唐夜弦去没去过她不知道，但她自己是去过的。

那是她再熟悉不过的地方。

双石山是云城的公墓所在地，晚上基本没什么人。背面山势险峻，从山脚到山顶不过五公里左右的路程，却足有二三十个弯道，尤其以那个惊险的五连发夹弯出名，成了云城众多飙车爱好者津津乐道的"胜地"。

苏叶的人生，是从出生时就被规划好的，标准的精英大小姐模板。唯一出格的地方，就是她曾经在青春叛逆期有个外号，叫"双石山女王"。

飙车之王！

苏叶跟着浓妆女孩张玉婷去了那群准备去赛车的年轻人那边。

还没走近，就听到了一个熟悉的声音叫道："去就去！谁怕谁啊？"

苏叶不由得抚额。

唐皑竟然也在这里。

唐皑说完了话，也看到了"唐夜弦"，本来脸色就不好，这时就更加阴沉了。

"你怎么会在这里？"

"这话该我问你才对。"苏叶叹了口气，"我在这里不是理所当然吗？反而是二哥你，怎么也有兴趣掺和这种事？"

唐皑被噎了一下。

没错，这种喝酒闹事聚众飙车之类的事，他从没做过。

他最叛逆最"中二"的年纪，正值唐家风雨飘摇之际。大哥几乎在一夜之间成熟起来扛起家族重任，他帮不上什么忙，至少也要做到不添乱。

这几年虽然好起来了，但是见识过了风浪起伏人冷暖的唐二少已经看不上这些二世祖幼稚的嚣张了。

今天……

他也不知道自己是中了什么邪，大概就是出门前被老爷子"不要让林家得意"给洗脑了吧。

其实苏叶这一问，他已经冷静了一点，可话都说出去了，这时再认怂也太丢脸了，只能硬着头皮去了啊。

第十一章
我好想你

夜色已深。

本该冷冷清清的城郊公路这时却一片喧嚣。

各式各样的豪华跑车呼啸而过,轰鸣的马达声将夜空的寂静搅得粉碎。

唐皑开的这辆宝马在这个车队中根本算不上什么,没多久就落在后面接近队尾。

苏叶坐在他的副驾驶座,探头看着前面那些车,咂咂嘴:"你技术不行就算了,这车也跟不上啊。听声音就知道,前面那些车都改装过的。刚刚超过去那辆兰博基尼,动力系统改得很好,速度最快能比出厂时高一倍。二哥,你今天晚上输定了。"

"闭嘴!"唐皑没好气地叫。

苏叶笑了笑,乖乖闭了嘴。

只是,她那一丝笑容,看在唐皑眼里,却怎么都让人不舒服。

短短几分钟,唐皑的车已经掉到了最后。苏叶打量着他越来越差的脸色,笑道:"要不然,我装个病,你直接掉头送我去医院?"

"闭嘴。"唐皑再次说,"哪来那么多乱七八糟的。输就输了,我们唐家人,输人不输阵,没有不战而逃的懦夫。"

苏叶这回真的安静下来，一直到开到双石山山脚都没再说话。

苏叶已经很久没有来过这里了，看起来变化也不大。

赛道的起点建了个挺大的平台，这时四角都开着大灯，明晃晃的，宛如白昼，照着场中数十辆各式跑车，兰博基尼、法拉利、保时捷、布加迪……简直就好像在开车展一样。

大功率音响放着震耳欲聋的重金属摇滚乐，不时地从场地各处炫耀般响起的车笛，打扮得火辣新潮的年轻人高歌欢笑，还有不少像张玉婷那样打扮得花枝招展的妙龄女郎随着音乐在各式名车间游走，跟车手们搭讪。甚至还有人开了赌盘，大声叫嚷着下注。整个场地热闹非凡。

还是一身正装的唐皑和苏叶看起来简直好像另一个世界的人。

唐皑下了车，四下里看了一圈，不由得有点目瞪口呆。

苏叶也挺感慨的。

她在这里赛车封王时，可没有这么大规模，不过是一群爱好者私下里玩一玩而已。现在看起来，简直都已经像一个盛大的狂欢地了。

之前路上见过那辆兰博基尼不知从哪里绕过来，一个漂亮的漂移，停在了唐家兄妹面前。从车窗里探出一个戴着墨镜染着黄毛的脑袋，轻佻地向苏叶吹了声口哨："哎哟，唐妹妹，一个月不见，变得这么漂亮了，我刚差点没认出来。怎么样，等下要坐哥哥的车吗？"

他们赛车的规矩有一条就是在副驾驶座带上自己看中的姑娘，给本来就紧张激烈的比赛再多添一点香艳的刺激。

不少来这里的女孩子甚至就是奔着这个来的。就像粉丝追星一样，能被自己喜欢的车手邀请，是她们的荣幸。

那个兰博基尼的车主这么一说，旁边就有很多人起哄，口哨和怪叫满天飞。

唐皑顿时就黑了脸。

虽然他一直不承认唐夜弦是他们唐家的人，但今天毕竟算是跟他一起来的，当着他的面，调戏他身边的女孩子，这怎么能忍？

但他还没说话,胳膊就被苏叶搂住,苏叶笑眯眯地偎在他身边,向对面的人道:"对啊,我等下当然要坐我哥的车。"

唐皑扭头看着她。

苏叶眨了眨眼:"怎么,难道二哥你想请别的女孩?"

周围还真有不少女孩子跃跃欲试。

唐皑虽然是个新面孔,不知道车技如何,看座驾也不是很特别,但架不住他长得帅啊。

唐皑讨厌唐夜弦没错,但周围这一圈,在他看来简直就是群魔乱舞,相对还是唐夜弦比较顺眼一点,也就没有再说什么。

兰博基尼的车主像是这时才注意到唐皑,停顿了几秒就下了车,走到唐皑面前来,把墨镜摘了,向唐皑伸出手,道:"原来是唐二少?我叫郑威。抱歉,刚刚不知道是你,多有得罪,还请二少不要见怪。"

这人反应倒快,一听"唐夜弦"叫二哥,就把那一身的浪荡气都收了起来。

能在这里玩车的,基本都是家里有几个钱的,谁还能不知道安盛唐家?

郑威以前能跟唐夜弦开玩笑,那是因为唐夜弦的身份未定,加之她自己又蠢,没谁把她看在眼里。但真的到了唐皑面前,多少也要收敛几分。

唐皑冷淡地跟他握了一下手,心里还是不太高兴。

难道今天跟唐夜弦在一起的男人如果不是他唐皑,他就能随便调戏?

看周围那些人的反应,似乎也不觉得这是什么大不了的事。以前唐夜弦跟他们一起玩,难道都是这样的?

他不喜欢唐夜弦,但更不喜欢这些人对她的态度。

但转过头来,他又觉得自己莫名其妙——唐夜弦在外面是什么待遇关他屁事?

他管她去死啊。

可……不知怎么就是不爽。

正好车赛的组织者冯明辉过来问唐皑要不要先跑两圈熟悉一下路况,毕竟他是第一次来。

唐皑就阴沉着脸带着唐夜弦上了车。

"你真是丢人现眼！"唐皑一面发动车子，一面咬牙切齿。

苏叶莫名其妙地眨了眨眼："我又怎么了？"

"你还问怎么了？看看你平常都跟些什么人一起混？被个小混混调戏很得意吗？你还笑？笑屁啊，这时候怎么不敢大耳刮子直接甩回去了？"唐皑愤愤地道，"你其实就是个窝里横吧？"

看起来他真是很介意那个耳光啊。

苏叶不由得笑起来。

唐皑狠狠地瞪了她一眼："还笑！"

苏叶点点头："二哥说得对，下次再有人那么说话，我就直接抽他。但万一他要还手怎么办？可不是每个人都像二哥那么有涵养的。真打起来……哎，说起来二哥你身手如何？能打吗？"

"能……"唐皑只说了一个字就闭了嘴。

能不能打关她屁事！

他不教训她就不错了，还想他帮她打架吗？做梦！

看着这样明明气呼呼却又强行忍住的唐皑，苏叶的心情突然就好了起来。

哎，这家伙其实还是跟小时候一样可爱嘛。

苏叶坐唐皑的车跑了两圈，发现现在这里赛车的规模的确已经比他们那时要大得多，他们甚至搞了无人机跟拍，然后在下面一个大屏幕实时播放。

比赛还没正式开始，现场的气氛已经燃到沸点。

苏叶本来以为自己早已将那段年少轻狂的叛逆抛弃在成长的岁月里，但这时听着马达的轰鸣，感受着速度带起的风，看着外面不停挥手呐喊的观众，她突然觉得内心深处涌出一股躁动的力量，就好像一头蛰伏多年的野兽正要苏醒，那感觉甚至让她的手和脚都忍不住发痒，整个人不受控制地兴奋起来。

是的，她还是喜欢赛车。

喜欢那种令人心跳加速热血沸腾的极速飙飞的快感。

喜欢那种什么也不用想，一心只向着终点冲刺的纯粹激情。

唐皑显然也被这样的气氛所感染，比之前要认真得多，仔细检查了一遍车况之后，就开到了起点线上。

他旁边是一辆火红色的法拉利，副驾驶座坐了个染着红头发的年轻女孩，从车窗探出头来，嘟着一张烈焰红唇向唐皑飞了个吻。

唐皑打了个寒战。

苏叶哈哈大笑起来。

"闭嘴！"唐皑吼她。

外面的音乐劲爆狂野，说话必须要靠吼的。

苏叶也不在意，本来还想回应一下那个妹子，却被唐皑一把拖住："给我老实坐好。"

坐好还不算，他还盯着她把安全带扣上了。

苏叶有点无奈地看着他："你真没劲。"

唐皑瞪着她。

她看他的表情就知道他又要骂她丢人现眼，连忙抢着道："你换个词。每次都骂一样的，显得你没文化。"

唐皑被噎得直接就不想跟她说话了，赌着气，只等听到发令枪响，一踩油门就冲了出去。

就像苏叶之前说的，唐皑的车技只是一般，车子也普通，才刚过第一个弯道，就已连连被超车。

来参加赛车的几乎都是些狂妄叛逆的富二代、富三代，上了赛道，更是嚣张得不可一世，唐皑又是个新面孔，根本没人把他看在眼里，超过去甩他一头尾气就算了，还有不少人挑衅地怪叫扮鬼脸。

唐皑那暴脾气，一时早就忘了之前"输就输了"的话，咬紧了牙，只想冲上前超过他们。

"你这样不行！"苏叶老老实实坐了一会儿，还是忍不住手痒，"换我来开。"

唐皑瞥了她一眼："你疯了吗？这时怎么换人？"

"不换人你就掉到最后啦！"

苏叶正说着话，又一辆车从他们身边嗖地超了过去。

唐皑愤愤地一砸方向盘，问："你能追上他们？"

"就你这车……追不到前三啦，中段应该没问题。"

唐皑问："怎么换？"

苏叶却笑起来："我帮你赛车，你回答我一个问题？"

唐皑皱起眉："什么问题？"

"唔，比完再说？"

唐皑稍一犹豫，又有一辆车超过了他们。

这回他们真落在最后了。

即便唐皑已经做了会输的准备，但年轻人嘛，谁不爱个面子？谁想做倒数第一的吊车尾？

"好。"唐皑咬牙一点头，就想靠边停车。

"哎哎，别，一停下来可就真追不上了。"

毕竟赛道就只这么长，一来一回也要不了多久。

苏叶没让他停下，自己先倾身过去接过方向盘，再让唐皑从她身下挪到副驾驶座去。

宝马的空间虽然还算宽敞，但这样两个成年人交换位置，少不了有肢体接触。

唐皑再怎么讨厌唐夜弦，但这样的接触还是让他瞬间红了脸。

这边，苏叶根本没有工夫理会他，刚一换好位置，直接就飙了出去。

唐皑连安全带都没扣好，差点栽出去撞上挡风玻璃。他抓紧了车门稳住自己的身体，转过头才想骂她，却见身边的少女熟练而流畅地换挡加速，专注地看向前方的眼里，有着他从未见过的火热——简直好像灵魂都在燃烧一般。

唐皑不由得愣在那里。

似乎只过了一瞬间,苏叶已经追上了好几辆车。

再往前,却是两辆车不分前后的并驾齐驱。

山道本来就不宽,两辆车并排行驶,留下的空当就很窄了。苏叶尝试了两次,都没能突破过去。

唐皑忍不住握了拳爆了句粗口。

"唔……"苏叶却抿了抿唇,微微勾起了嘴角,眼中闪动着兴奋的光芒,"坐稳了。"

唐皑侧头看着她,这样她还能怎么样?飞过去吗?

只见苏叶猛然再次加速,竟然整辆车向左倾斜,两轮侧立行驶,险之又险地堪堪从前面两车中间冲了过去。

唐皑的心都提到了嗓子眼儿,顾不上自己的形象,大叫起来。

两边的车里也传来大叫:

"我去,这是谁?"

"赛个车而已,要不要这么拼?"

苏叶却一脸平静,只是把唐皑因为重心而倾向自己这边的身体重重推回去,同时一打方向,车子在双重作用下"砰"地落地,颠了几下,继续向前冲去。

唐皑手都是抖的,他都来不及坐稳,就冲苏叶吼:"你不要命啦?"

苏叶笑着斜了他一眼:"这不是没事吗?"

"你还想有事?有事你就死了你知不知道?"

苏叶本来想反驳他这种事自己做过无数次,闭着眼也不会出事,但话到嘴边却突然意识到——她的确死了。

没死在飙车的时候,死在一个普通雨夜的回家路上。

她突然有点意兴阑珊,就连刚刚那种肾上腺素飙升带来的快感也渐渐淡去。

苏叶没再说话,也没再炫技,只专注开车。

没有了激情，但技术还在。

唐皑这辆车的名次一直在稳定提升，到终点的时候，竟然超过了大半的改装车，排在了第五位。

唐皑下车的时候，还在发抖。

一半是兴奋，一半是后怕。

飙起车来的"唐夜弦"简直就像个可怕的怪物——前面是疯狂得可怕，后面是冷静得可怕。

总之……唐二少心有余悸地长吁了一口气，以后再也不坐她开的车了。

唐皑正这么想的时候，就听到有人在他身后淡淡问："赛车好玩吗？"

这个声音……

唐皑顿时就抖得更厉害了。

为什么他二十年来第一次做点出格的事，就被大哥抓了个现行？

唐皓还是宴会上那身西装，微微沉着脸站在那里，周围的气温就好像骤然低了好几度，连赛车场的喧嚣热闹都被隔绝到了一边。

苏叶也吓了一跳，她真没想到唐皓会来这里。

毕竟唐皓对飙车这种事一点兴趣都没有，当年他们可没少为这个发生争执。他怎么会在这么多年之后，突然来看双石山的赛车？

或者……根本是特意来找他们两个的？

苏叶和唐皑对视了一眼，不约而同地乖乖站好，大气都不敢出。

唐皓的目光从两人身上扫过，最终停在苏叶身上，又问："刚刚是你在开车？"

苏叶刚想开口，唐皑就拉了她一下，自己上前一步，主动认错："是我。对不起，大哥，我错了，我不该被他们一激将就冲动地答应了参加赛车。"

苏叶有点意外。

以唐皑讨厌她的程度，这个时候不是应该把她扔出来顶罪吗？竟然自己扛了？

虽然是挺讲义气的,但……在站出来背锅之前多少考虑一下人设好吗?

一个是以往开车四平八稳从无劣迹的小少爷,一个是前科累累双石山这圈人一大半都认识的小太妹。

你抢着扛雷……是看不起唐总裁的智商吗?

傻不傻?

唐皓显然也觉得弟弟头上冒的傻气都快要实质化了,以至于他盯着唐皑半响,都不知道要说什么好。

唐皑开车都是他教的,他能不知道他是个什么水平?

车技这种事,除了天赋,就是练习。

要他相信唐皑能在短短一个晚上提高到这种程度……呵呵,你怎么不上天呢?

就在苏叶觉得唐皓下一秒可能就会想打人的时候,他却突然看到了什么人,皱了一下眉,急匆匆地跟弟弟妹妹交代了一声"乖乖在这里等着我",便向那边走过去。

两人乖乖应了声,但都忍不住好奇地探头去看唐皓到底看到了谁。

人太多了。

唐皓的背影三两下就消失在人群里。

唐皑并没有发现什么特别的人,嘟哝了一句:"搞什么?大哥这是去见谁?"

苏叶却微微皱起了眉。

她倒是好像看到了一个眼熟的人影,但并不确定。

那个人叫张毅昆,在云城玩车的圈子里很有名,车技很好,还是个大师级的改装技师,当年双石山夺冠的车,基本上都是出自他手。包括苏叶那辆。

苏叶那段时间跟张毅昆学了不少东西,关系也很好。但后来他突然就隐退了,连个联系方式也没留下。有人说是得罪了人,也有人说是赚够钱回乡养老了,总之之后就一直没再见过。

所以乍一眼虽然觉得眼熟,但苏叶也不敢确定到底是不是,再想细看时,却已经不见了。

如果真的是他……唐皓有可能是去见他的吗？

唐皓怎么会认识张毅昆？

胳膊被人拉了一下，打断了苏叶的思绪，她抬起头，见到满脸不耐烦的唐皓。

"我跟你说话你听到没有？"

"抱歉，刚刚有点走神。"苏叶道，"你再说一遍。"

唐皓脸上写满了不高兴，但还是耐着性子道："我们趁大哥没回来先对好口供吧。"

"你当大哥是傻的吗？有什么好对的，实话实说就好了。"苏叶无奈地叹了口气，"放心好了，我不会有事的。"

唐皓愤愤地哼了一声："谁管你会不会有事！只是半路换了人这种事，传出去别人会觉得我们是在作弊。"

"难道不是吗？"苏叶上下打量他一眼，笑了笑，"何况我看你这样子，也不可能有下次了。你又不在这圈子玩，说说怕什么？"

"你……"唐皓很想直接怼回去，但想想自己下车时双腿发抖的样子，到底还是把后面的话又咽下了。

在女孩子开的车上变成软脚虾已经够丢脸了，若是还因此对她发火，那就太难看了。

虽然满心羞恼，但想想当时赛道上的疯狂，他还是心有余悸。

她说得没错，他大概的确不会有下次了，这种运动不太适合他。

但……

他看着苏叶，一时间眼中又浮现出她当时那好像火焰一般的眼神。

他以前一直以为她跟人飙车什么的，不过是胡闹，现在看来，也许是真的喜欢。

她……

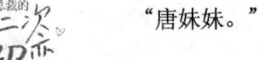

"唐妹妹。"

一头金毛的郑威不知从哪里冒了出来,先叫了"唐夜弦",又恭维唐皑:"唐二少真人不露相啊,开这样的车都能跑出这种成绩,可见真是高手。"

唐皑连话也懒得搭。

郑威也不介意,继续道:"我约了几个朋友去我家别墅开派对,两位一起去吗?"

"不去。"唐皑硬邦邦地拒绝。

郑威只以为他对刚刚比赛的成绩不满意,正要再夸几句,苏叶已笑道:"多谢,但我们真去不了。我们偷跑出来赛车,被我家大哥抓了现行,这会儿正要受罚呢。"

唐皑是光明正大出现在这里的,肯定有人会认出他,这事也没什么好隐瞒的。

作为同样经常闯祸的二世祖,郑威十分了解他们目前的处境,也自以为明白了唐皑为什么脸色不好,但也无能为力,给了个同情的眼神就溜了。谁知道唐阎王发起火来会不会迁怒?到时万一殃及池鱼怎么办?他还是先去找别人开派对吧。

唐皑看着他走远,才哼了一声:"跟这种人有什么可解释的?"

苏叶叹了口气:"无冤无仇的,你能不能好好说话?"

什么无冤无仇?这姓郑的臭小子一开始就得罪他了好不好?但那个心情太微妙,唐皑也不想跟苏叶解释,只眯起眼来盯着她:"你跟这家伙什么关系?"

苏叶眨眨眼,她怎么知道唐夜弦跟这人什么关系?

但唐皑盯着她,一副她不说出个一二三来就不肯罢休的样子。

苏叶只能摊了摊手,无奈地道:"好吧,你不喜欢的话,我就当跟他什么关系都没有,行了吧?"

这个语气,简直就好像哄小孩一样。

唐皑涨红了脸,唰地扭开头:"关我屁事!"

苏叶:"……"

那你问个屁啊?

唐皓并没有让苏叶他们等太久,但回来之后,脸色似乎变得更差了。

苏叶和唐皕对视了一眼,都很识相地没有问他去做什么了。

唐皓也没多话,直接就叫他们先回家。

唐皕应了声,转身上车。苏叶正要跟过去,却被唐皓叫住:"你坐我的车。"

"哦。"苏叶乖乖过去。

唐皓直接把车钥匙给了她:"你来开。"

苏叶拿着车钥匙,只觉得自己刚刚在山道上狂飙时还稳如磐石的手竟然在微微发抖。她纠结地叫了声:"大哥……"

唐皓淡淡打断她的话:"怎么?平路反而不敢开吗?"

苏叶抿了一下唇,算了,都被抓了现行,现在还有什么好推托的?

她拿着车钥匙,上车,发动。

唐皓坐到了副驾驶座。

苏叶侧头看了他一眼,她豁出去了,这时反而平静,车开得又快又稳。

"车技跟谁学的?"唐皓问。

"就……经常在这边玩,这里学点,那里学点。"

苏叶不知道唐夜弦车开得怎么样,反正她自己的确是这样的。她父亲可不会在她那么小的时候专程找人教她开车,她基本都是自己偷师的。

"我问过张毅昆,双轮侧立超车这种技术活,在云城会玩的不超过三个,而他只教过一个人……"唐皓看着苏叶,顿了顿,语气冷下来,"之前的问题,我再问你一遍,到底是谁教你模仿苏叶的?"

他问了张毅昆?

什么时候?

刚刚吗?

所以他今天其实是来找张毅昆的?

一开始听到前半句，苏叶心中还闪过一连串的问题，到后面半句，就只剩下无奈了。

她当年就觉得唐皓这一点让人很纠结，他认定的事，就非常固执，很难说服。有时候会觉得这种一往无前的势头霸气昂扬令人心折，但若是意见立场正好相左，就实在很让人头痛。

她叹了口气："我要是说没有，你是不是还是不会信？"

"我可以给你说服我的机会。"

听到唐皓这句话的时候，苏叶才真的意外了，她甚至忍不住转过头去看了他一眼。

只看了一眼。

他线条优美的唇畔挂着那一丝冷笑已经打破了她的幻想。

——他并不是学会了开通民主，只是对猎物又多了一分猫戏老鼠般的残忍。

这不是给她希望，只是笃定了她没有希望的戏谑。

而苏叶的确没有办法科学合理地解释"唐夜弦"最近的变化。

她改变了生活习惯，她去苏叶的葬礼，她接近许建安，许建安又反过来接触她，有人登录了苏叶的账号，她的车技，甚至……包括消失了这么久的张毅昆重现双石山。

这么多事，如果说只是巧合，苏叶自己都会觉得不可能。

要说实话吗？

苏叶变成了"唐夜弦"这种事，他会信吗？

苏叶抿了抿唇，试探地道："如果……我是说如果啊，苏叶没有死……"

"她死了。"唐皓再一次打断了她的话。

苏叶又侧过头看了他一眼。

"许建安找人验了DNA，我也找信得过的人看过。的确是她没错。"唐皓靠在车座上，双手交叠放在自己膝盖上，端端正正，面无表情，就好像在说什么不相关的人，声音却比平常更低几分。

苏叶的心情有点复杂。

唐皓对她，到底是怎么想的？

如果说还有感情，他那天又明明白白地告诉她，他要对苏氏出手。真的还在乎她的话，怎么会在她刚"死"没多久就做这种事？

如果真的没有感情了，去她的葬礼是为什么？查她的车祸是为什么？今天来双石山找张毅昆又是为什么？

而且，他这样斩钉截铁地说她死了，苏叶后面的话也就不太好说，只能讪讪道："那如果我说苏叶托梦给我，你信不信？"

唐皓直接嗤笑出声。

苏叶就闭了嘴。

因为她在开车，唐皓也没有再逼问，就只静静地看着她。

苏叶努力地把注意力放在前面的路况，但还是能感觉到那两道犹如实质化的冰冷目光。

编谎话没用，说实话他又不信……到底要怎么样才好？

苏叶手心里都忍不住沁了汗。

这个时候响起来的手机铃声，对她来说，简直好像救命稻草。

她匆匆掏出手机来，是杜怀璋的来电。

苏叶才一接通，那边就急匆匆地叫："你在哪里？打电话也不接，到底怎么回事？"

他声音很大，苏叶甚至要把手机拿得离耳朵稍远一点，同时也瞥到上面的确有未接电话的提示。刚刚在双石山那么吵，她能听见才怪了。

"不好意思，我刚在开车，没有听见。"苏叶道，"有什么事吗？"

"你现在在哪儿？走的时候怎么也不跟我说一声？"杜怀璋松了口气的样子，但语气依然很差。

苏叶就又开始头痛，之前那么多年，唐夜弦在外面吃喝玩乐他根本不管，这才不过一个晚上，就这么紧迫盯人算怎么回事？

"在回家的路上，跟大哥在一起。"苏叶含糊地回答。她离开宴会的时

候，当时的情绪是真不好，哪里还顾得上去跟杜怀璋说？但细究起来，又是一场"官司"，还不如就让他误会她就是跟唐皓一起离开的。

杜怀璋果然立刻就放软了声音："那就好，我就是担心你，怕你出事。没事就好。你回去早点休息，明天我再来陪你。"

苏叶应了声，挂了电话，忍不住又看了看唐皓。

车内很安静，刚刚的电话他肯定听得一清二楚，却并没有对此有什么反应。

苏叶心口不由得有点空。

唐皑见郑威对"唐夜弦"太过轻佻，都会生气，但唐皓听着杜怀璋对她大呼小叫，竟然什么反应也没有。

可见虽然吵吵闹闹，但唐皑其实心里还是承认唐夜弦这个妹妹的，就越是清楚她是"妹妹"，才越无法忍受她的存在，才会恨她。

但唐皓……

真是无视得彻底。

如果不是她像苏叶，他大概真的到死也不会多看唐夜弦一眼。

也许他就是早知道唐夜弦的身世有问题，所以也不觉得杜怀璋私下这种态度有什么奇怪？

虽然苏叶自己转念也想得明白，也知道唐皓这个态度对的是"唐夜弦"，而不是"苏叶"，但心里还是觉得委屈。

这委屈来得莫名其妙，却又汹涌如潮。

她到底做错了什么，莫名其妙就死了。

死就死了，还让她变成了"唐夜弦"。

成了"唐夜弦"也不轻松，总有这样那样的怀疑，这样那样的憋屈。

杜怀璋就算了，许建安也算了，可唐皓……

他怎么能这样？

她对他怎么了？

少年初恋，炽热如火，她就像是扑火的飞蛾一样，她甚至都愿意给他自己的一切。

他自己拒绝了。

他自己说要分手。

结果到了这么多年之后,他竟然还恨她!

凭什么?

他还要对付苏氏。

他还跟谢圆圆在一起。

他想审问她就审问她,想无视她就无视她。

他怎么能这样?

他凭什么这样?

苏叶脑海中千头万绪乱七八糟的理不清楚,情绪却越来越激烈。

然后"啪"的一声,一滴豆大的泪珠儿,就直接砸到了方向盘上。

对唐皓来说,这滴眼泪是毫无预兆的。

他只看到苏叶挂了电话,默默开车,然后突然就哭了。

自以为已经修炼到泰山崩于前而面不改色的唐总裁顿时都有点蒙。

他仔细反思了一下这一路自己和"唐夜弦"的对话,包括刚刚杜怀璋那个电话,实在想不出到底是哪里会让她哭。

这是什么新套路吗?

装可怜?

想这样混过他的问题?

唐皓皱起眉:"你……"

他不出声还好,一出声,苏叶就一掌拍在方向盘上,并在那尖锐刺耳的车笛声中,直接把车停到了路边。

唐皓还没有在她这一串动作中回过神来,她已经狠狠瞪了他一眼,开门下了车。

即便那双向来妩媚如春日湖面的眸里还噙着泪,但眉眼间分明是毫不掩饰的怒火。

这比她为什么伤心还更让唐皓费解。

尤其是……虽然方式有点奇怪，但她确实不但生气，而且还向他发火了。

"唐夜弦"向他发了脾气！

这让唐皓愣了一两秒，一时间只觉得这简直荒谬到他连生气都提不起那口气。

那个一向怕他怕得要死的"唐夜弦"，那个所有人看着都摇头的闯祸精"唐夜弦"！

她到底在想什么？

即便不能理解，即便觉得可笑，但这个时间、这个状态，唐皓也不可能真让她一个女孩子单独在外面乱走。

他无声地叹了一口气，跟着下了车。

苏叶并没有走太远。

前面有一块街头绿地，放了些户外健身器材。苏叶就坐在其中一台腹肌板上，抱着自己的膝盖，脸埋在自己的臂弯里，高挑修长的身体蜷缩成了小小的一团。

夜风吹起了她礼服裙上的薄纱，几乎将她整个人笼在其中，缥缈如梦，又迷蒙如烟。

唐皓的脚步停顿了一下。

这样的"唐夜弦"看起来就像是误坠人间的精灵，与环境格格不入，无助、可怜……而又凄美。

尤其是，她还在哭。

在车上的时候，她只是无声落泪，到了这里就好像已经无所顾忌，哭得声嘶力竭。

就连唐皓都不由得生出一丝不忍心来。

"小弦。"他唤她。

苏叶没有理会。

"好了，别哭了。"唐皓尽量放柔了声音。

苏叶抬起一双泪盈盈的眼，看了看他，反而更委屈了。

她已经尽量压抑着自己不冲他发火了，他竟然还不让她哭！

有没有这种道理？

苏叶其实并不爱哭。

小的时候，谢圆圆只要哭一哭，就会得到想要的东西，糖果、玩具、漂亮的衣服。

但是，她不行。

也不是她家对她特别严厉，而是苏承海从小就教育她，她是苏家的继承人，她以后得扛起这个家。也许对别的女孩子来说，眼泪会是合适的武器，但对她而言，只会让别人觉得她软弱可欺。

她想要什么，得自己想办法去拿，不能靠别人的同情怜悯。

所以苏叶一直都很少哭，她自己能记起来的次数，一只手都数得过来。

但自从她变成"唐夜弦"，这已经是第二次了。

也不知道是这个身体的感情更为丰富，还是她自己变得脆弱了。

而这时，她满心都在孩子气地想，她都死了，她都不是苏叶了，为什么还不能哭？她不高兴，她被欺负了，她还打不回来，连哭一哭都不行吗？

于是，她就这么幼稚而痛快地大哭特哭。

她的嗓子本来已经有点哑了，这时哭得更厉害，反而发不出声音，哽咽着，就好像随时要透不过气。

唐皓有点无奈，他对于哭成这样的女孩子，真是毫无经验。

印象里，苏叶在他面前从来没有哭过，不是冷静自持，就是爽快大方，生气时要么沉默地抗议，要么就直接拍桌子据理力争。

后来在商场上，碰上的也多是女强人，偶尔有一些喜欢用心机手段的，要哭，那也是梨花带雨、楚楚动人，一眼就能看穿目的，哪有像她这样的……

唐皓一时甚至都找不出形容词来。

他抽出自己西装上衣的口袋巾递过去。

苏叶还是不想理他，但偏偏在这时大概是哭得太狠了，不由自主地打了个哭嗝。然后，又一个。

唐皓伸过手来，轻轻拍了拍她的背，手心正好从礼服的深V后领贴在她背上。

明明是正常的体温，苏叶却觉得好像贴上了一块烙铁。

她都顾不上哭了，直接就要跳起来。

但她保持那个姿势有点久，又坐在本来形状就不太规整的健身器材上，这一跳，直接失去了平衡，一头栽下，眼看着就要脸朝下跌倒在地，还好唐皓眼疾手快，一把捞住了她："小心。"

这一捞，直接就算是将她整个人都搂在了怀里。

久违而熟悉的气息扑面而来，让苏叶整个人都有点不知所措。

她挣扎着想要站好，却又提不起力气，就好像浑身的血液都涌到了脸上，不用照镜子，只那个热度，都知道会有多红。

心跳却还在一点一点地加快，简直就好像要从胸腔里跳出来一样。

她……

才停了几秒钟的眼泪再次不受控制地奔涌而出。

如果说刚刚只是幼稚的放纵，而这时，则是烙到了骨子里，最深刻的思念。

唐皓能感觉到自己胸前的衣服迅速洇湿，本来想放下她的动作也因而停顿了一下。

怀里的女孩子纤细娇软，脆弱得好像稍一用力就会碎掉。

之前怎么会觉得她像苏叶呢？

到底哪里像？

苏叶……也会这样哭吗？

好半晌，唐皓才把心中那一丝异样的情绪压下去，再次轻轻拍了拍她的背，轻声问："到底为什么哭成这样？"

苏叶把脸埋在他怀里不敢抬头，闷闷道："我不高兴。"

唐皓："……"

他可真没想过这个答案。

这算个什么答案?

但……高兴就笑,不高兴就哭,似乎也……算是正常反应?

他都不用问为什么不高兴。

换谁都会不高兴。

可是那又怎么样?

他想知道的事,还要管她高不高兴?

唐皓皱起了眉,正要说话,却又听苏叶用更低的声音软软道:"我……不喜欢……杜怀璋……"

这算是,示好?投诚?求饶?还是撒娇?

唐皓松了松手,以便自己能低头去看"唐夜弦"的表情。

苏叶的身体随着他的动作晃了晃,却还是软软地靠在他臂弯里,没有再哭,但眼神蒙眬,竟已是一脸睡意。

这时已经很晚了,早超过了她平常睡觉的时间。之前赛车时精神绷得太紧,后来又哭得太累,跟着就回到了记忆里熟悉而温暖的怀抱,加之后来唐皓态度放缓,她就有点撑不住。

唐皓愣了愣,简直有点哭笑不得。

这人真是……这都什么乱七八糟的?

他深吸了一口气,才控制住自己直接把她扔出去的冲动,抱着她走回车子。

一路上没说话,等他把苏叶放到副驾驶座时,她都已经迷迷瞪瞪小睡了一会儿。

唐皓把她放下,抽手出来,她下意识就抓住了他的手,喃喃道:"别走。"

"坐好。"唐皓一面说着,一面去替她系安全带,"我去开车,回家再睡。"

苏叶也不知听没听懂,只把自己的脸贴在他手上,轻轻蹭了蹭,呢喃着叫了声:"唐皓。"

唐皓没好气地看着她:"你今天晚上到底跟谁借的胆子?"竟然还敢直

呼他的名字了。

苏叶闭了眼,靠在他手上,似乎又要睡着。

唐皓抽回了手,苏叶的头歪了歪,靠到了车椅上,嘴唇却动了动。

唐皓在那儿瞬间睁大了眼。

他听到她用微不可察的声音,无比怀念地说:"我好想你。"

第十二章
当年怎么那么蠢

苏叶一夜好睡,但起来的时候,眼睛还是肿得不能看了。

她依稀觉得自己昨天好像做了什么奇怪的梦,却又想不起具体的内容了。事实上,她连自己到底是怎么回来的都不知道。

一直到她下楼吃早餐,在餐桌边上看到唐皓,昨夜的记忆才算一点一点归了位。

她赛完车,被唐皓抓了现行。

她接完电话,情绪有点失控。

她冲唐皓耍了小性子,下车大哭了一场。

唐皓拍了她的背,她要摔倒,唐皓又抱了她。

然后……她就……睡着了?

睡着了!

苏叶几乎要跳起来。

很想掀开昨天晚上的自己的头盖骨看看那里面都是些什么!

她怎么能在那种情况下,在那种地方,睡着了?

简直是找死啊。

她到底是抽了什么风?鬼上身吗?

想一想她现在的状态……可不就是鬼上身。

苏叶讪讪地蹭到餐桌边坐下,悄悄地看了唐皓一眼。

他像以往一样,沉默而专注地吃着自己的早饭,精神看起来却并不太好,眼睛下方甚至有两抹淡淡的黑眼圈,显然昨天并没有休息好。

苏叶跟唐霖问了好,又小声又飞快地叫了声大哥。

唐皓抬起眼来看了她一眼,还没说什么,那边唐霖已经叫起来:"小弦,你眼睛怎么肿成这样了?"

"唔,就是没有睡好,过一阵就没事啦。"苏叶道。

"我听说了,唐皓那臭小子把你带去赛车了对吧?真是没点分寸,随便看看就好了,怎么弄到那么晚。"

这还……真不知道是谁带谁。

苏叶有点心虚,但唐霖肯定是站在女儿这边的,不管什么都是唐皓的错就对了。

苏叶替唐皓分辩了两句,才发现他并没有下来吃早饭。

"二哥人呢?"苏叶问,"这么早就出去了吗?"

"臭小子还没起床吧。"

"我去叫他。"苏叶咽下了嘴里的牛奶就离开了餐桌。

倒不是真的有多关心唐皓,只是这个时候跟唐皓同桌吃饭,对她来说压力实在有点大。

唐霖也没说什么,乐呵呵地看着,对于儿女关系融洽,他当然乐见其成。

唐皓眼神略沉,跟着也放下了刀叉。

"我吃好了。"他跟父亲打过招呼便起身离开,脚步在餐厅门口停了一下,转向了楼梯。

苏叶"砰砰砰"地砸唐皓的房门。

唐皓的确还没起,穿着睡衣顶着鸡窝一样的头发来开了门,一见是"唐夜弦"就没好气地吼道:"你是不是有病?大清早这么砸门,是想怎么样?"

"叫你起床吃饭啊,顺便来讨债。"苏叶说。

唐皑一脸茫然:"讨什么债?"

"唐二少你记性是不是太差了?"苏叶咂咂嘴,"昨天赛车的时候,你答应过我什么?"

唐皑也是刚被吵醒,愣了半晌,记忆才渐渐回笼,皱起眉,不太确定地问:"一个问题?"

苏叶打了个响指:"现在准备好回答了吗?"

"准备好个鬼啊?"唐皑伸手往自己身上一划,"你是瞎的吗?我刚从床上爬起来,脸都没洗好吗?"

"哦,不着急。我可以等你洗漱好。"

唐皑的手一离开门,苏叶就直接从他身边挤了进去,一副要在他房间里等的样子。

唐皑气得咬牙,指着她道:"给我滚出去。"

苏叶一面打量着房间里的布置,一面又咂咂嘴:"啧,唐二少可真是用人朝前,不用朝后。想我帮你赛车时,就替我打抱不平,现在赛完了,就叫我滚?"

"你少在自己脸上贴金,谁替你打抱不平了?"唐皑气呼呼道。

苏叶转头看了他一眼:"那你还试图在大哥那里替我背锅呢?这个也想赖吗?"

唐皑被噎住了——

这个真赖不了。

唐皓那么大一个人证呢。

他烦躁地抓了抓头,索性不跟她再说,直接进了卫生间。

等唐皑把自己打理清楚再出来时,发现"唐夜弦"还没走,就坐在他的书桌前,看着一本他摊在那里好几天了的金融专业书。

唐皑几步走过去,唰地把书抢过来合上,瞪了她一眼:"谁让你乱翻我的书？"

"就随便看看。"苏叶笑着挤了挤眼,"怎么,难道里面有什么不能见人的小秘密吗？"

"才没有！看得懂吗你就随便看！"唐皓把书放回书架上,哼了一声,"想问什么赶紧问,问完赶紧走。"

"好吧。"苏叶就直接开门见山地问,"大哥为什么跟苏叶分手？"

唐皓真没想到她会问这个,整个人都僵了一下,才缓缓转过身,皱了眉盯着她："你为什么想知道这个？"

"好奇啊。"苏叶耸耸肩,"反正你答应过我回答一个问题的,管我问什么呢？你到底知不知道吧？"

唐皓抿了抿唇,深吸了一口气才道："苏家趁着安盛的危机,要挟大哥改姓入赘。"

什么？

苏叶睁大了眼。

改姓入赘？

这是什么时候的事？

为什么她一点都不知道？

是父亲背着她提的吗？

苏叶自己是完全没有这个意思的,不然当年看到唐皓为她改造的庭院,看到那些玉兰花,也不会那样感动。

她就是喜欢唐皓,真心想跟他在一起。

至于结婚以后的事,她并没有想得太深,只觉得各自有各自的事业也不错。

不过,老一辈的人对香火传承的执着,大概已经深刻地融入到了血液骨髓,就连苏承海和唐皓也不能幸免。

所以苏承海会想要女婿改姓入赘,而唐皓则说他们的要求他做不到。

只是,因为这个就莫名其妙地跟她提分手？苏叶觉得荒谬。

她不由得追问："他确认过苏叶自己的意思吗？"

唐皑其实也是憋得太久了，说了第一句，后面的也就冲口而出："大哥打过电话，听过录音，又亲自跑去等了一夜，还要怎么确认？"

哪个电话？什么录音？怎么等了一夜？

这一连串的事苏叶心中都毫无印象，不由得更加翻起惊涛骇浪。

到底是怎么回事？

她继续问："在哪里等了一夜？具体是什么时候？"

唐皑还没有说话，门口传来冷冷的男中音："这些问题，你应该来问我本人。"

苏叶转过头，就看到唐皓站在门口，面容冷峻，眸色深沉，也不知站了多久。

唐皓把苏叶带回了书房。

"昨天晚上我们的话还没有说完。"唐皓说。他语气很淡，脸色也不好，加上没睡好的黑眼圈和眼中隐隐血丝，看起来有些可怕。

大概是这几天被他抓到的次数太多，又想想自己反正连在他面前睡着的蠢事都做过了，这时苏叶反而有一种破罐子破摔的豁然，她随意地一摊手："我说了你又不信。"

"托梦吗？"她这个态度，反而让唐皓笑了笑，"那她怎么没在梦里告诉你我们到底是怎么回事？"

这就是苏叶自己最莫名其妙的地方啊。

为什么同一件事，她和唐皓的记忆会相差那么远？

苏叶抬眸看着他，很正经地道："她一直觉得自己是被甩的那个。"

唐皓也看了她挺久，确定她的确是认真的之后，表情就有点复杂起来。

好半晌，他才轻轻叹了口气："某种意义上来说，的确是我先提的分手。"

然后呢？

他的骄傲不容许他解释，而她的骄傲又不愿意去追问。

所谓年少气盛……现在回头来看，也许的确很可笑，但在当时，却都是一步也不能让的坚持。

"呵……"苏叶轻笑了一声，"所以……入赘的要求和等了一夜，都是真的？"

唐皓点了点头："是。"

"什么时候？在哪里？"苏叶再一次问。

"七年前的五月十八。市少年宫。"

这个时间、这个地点，唐皓根本不必多想，一直铭记于心。

少年宫并不是什么约会的好场所，但那是他们第一次见面的地方。

他一心找她问个清楚。

哪怕是他不想听到的答案，至少也算是一个了结，从哪里开始，就在哪里结束。

但是，她并没有来。

苏叶一脸茫然。

就算她记性不好，记不住七年前的每一天，但少年宫这种地方，她肯定不会忘的。

"你怎么约她的？电话吗？"苏叶急切地追问，"是跟她本人说话的吗？"

"当然。"唐皓看白痴一样看着她，"你觉得我会听不出她的声音？"

"这就奇怪了。"苏叶不由得低喃，"哪有什么电话？这中间到底发生了什么？"

唐皓挑了一下眉："你是说，苏叶根本就没有接到这个电话？怎么可能……"

他没有说完就戛然而止。

拦截电话，再模仿她的声音……这种事其实也并不是做不到，甚至有可能他听到的，的确就是事先想办法录下来的苏叶本人的声音，所以他才没有发觉。

他只是没有想到苏家会做到这一步。

对苏叶用上这种手段……就代表,苏承海从一开始就不想要他这个女婿。对他说的那些苛刻的条件,也不过是为了激他自己放弃。

苏承海了解自己的女儿,唐家是富贵还是贫穷,苏叶根本就不在乎。她可以享受跟唐皓一起锦衣玉食,也可以承担跟唐皓一起艰苦奋斗。但是,只要唐皓自己开口要分手,那她就头也不会再回。

而他……

真蠢啊。

他当年,怎么就那么蠢?

不过,这个推测成立的前提,就是苏叶真的没有接到电话。

但现在他已经没有办法求证了,当事人苏承海和苏叶都死了,只剩一个许建安……可许建安又怎么可能告诉他真相?

唐皓闭了闭眼,深吸了一口气,才再看向苏叶。

"你怎么证明你说的是真的?"

苏叶依然死猪不怕开水烫地一摊手:"我不能。爱信不信。"

唐皓:"……"

他今天大概是晕了头了才非得跟她继续谈这个。

事实上,自从她昨天晚上蹭着他的手,说"我好想你",他的状态就一直不太对劲。

他当然知道唐夜弦的身份有问题。

虽然杜怀璋做得很干净,两边都没留下什么明显的破绽,唐霖也认了女儿,但现在又不是用只狸猫就能换太子的愚昧时代,唐夜弦这么大一个活人在这里,要验DNA还不容易吗?

他只不过看她没什么野心,又能哄老爷子开心,就随便养着,懒得多管而已。反正只要他想,随时可以揭露她的身份将她掀落尘埃。

唐夜弦之前的确蠢,但蠢得单纯,心思一眼可知。在这个家里,她最怕唐皓,跟唐皑互相讨厌,对唐霖没有太多感情,可的确很认真地在讨好他,却不是为了自己,而是为了杜怀璋。

唐夜弦深爱杜怀璋，甚至能为了杜怀璋去死。

可就在那次自杀之后，她整个人就不一样了。

她还是讨好唐霖，但眼中多了真正的慕孺之情。还是跟唐皑针锋相对，但多半并不认真，更像只是在逗小孩。跟杜怀璋还算亲密，却完全没有以往的依恋了。

而对唐皓……

唐皓觉得，她已经不怕他了。

刚开始有变化的时候，她在他面前还有几分躲闪，但现在……

看看她现在！

"唐夜弦"还是坐在那个单人沙发里，眼睛还是肿的，但整个人靠在靠垫上，以手支颐，神态放松而自然，丝毫没有上次被盘问时的拘谨和紧张，有时候甚至让唐皓觉得，她才是这场谈话的主导者。

这让唐总裁有点不开心。

他上前一步，高大的身体几乎将"唐夜弦"整个人都笼在了自己的阴影里。

这种直接的压迫感才让苏叶稍微收敛了一点，抬起眼来看着他。

她肿得像两只桃子的眼睛没有了往常的明艳妩媚，目光却更为清澈。

干净、清明、坦然、无畏。

唐皓突然觉得，也没必要去计较什么真假了，这样的"唐夜弦"，似乎也不错。

"你想清楚了吗？"他问。

"什么？"苏叶有点不明所以。

"昨天晚上你自己说的话，忘记了吗？"唐皓顿了顿，语气里少见地多了几分戏谑，压低声音道，"你不喜欢杜怀璋，你想我。"

苏叶直接跳了起来。

什么？

她说了这种话？

她怎么会说这种话？

前半句她好像还有点印象,后半句是怎么回事?

她什么时候说的?

她怎么能……说……出……来?

唐皓站在那里,双手环胸,似笑非笑地看着她。

苏叶意识到自己反应过度反而好像真的坐实了她有非分之想。这不太好。而且,她真的说了吗?唐皓是在诈她吧?虽然唐皓应该不是那种人,但万一呢?

她深吸了一口气,让自己冷静下来,勉强地笑了笑:"大哥你刚刚还在跟我说苏叶的事,现在就跟自己妹妹开这种玩笑……是不是不太合适?"

"这不就是你想达到的目的吗?"唐皓嘴角弯了弯,露了个很淡的笑容,看起来俊美无双。

苏叶却忍不住打了个寒战,连忙道:"大哥你误会了,我绝对没有那个意思。"

唐皓挑了挑眉,并没有接话。

苏叶就试探地往门口挪:"大哥没有别的事的话,我就先出去了,一会儿还要去上课。"

看她这样小心翼翼,唐皓才觉得自己被她那句话搅得一夜没睡的烦躁略微缓解了一点,但随即又觉得这念头简直幼稚,便也有点意兴阑珊。他没有拦她,只道:"不要再去招惹唐皑。"

这才是他一贯的语气,简单、直接、命令式。

苏叶竟然好像松了一口气,乖乖应了一声。

出了门,她才突然又想,怎么样算是招惹唐皑?

七年前的五月十八日。

苏叶在网上搜到了那一天的日历,却还是想不起什么特别的事。人的记忆力再好也是有限的,不可能事无巨细地记得每一天发生的每一件事。而这个时间又太久了,她工作之后,每天的日程都会有记录,也许还能帮助记忆,

但七年前她还没有养成这个习惯。

她没接到电话这事有很多可能,也许她刚好手机没放在身边被人接了又删掉了记录,也许是拦截电话转移接听……但要唐皓相信入赘之类的话,肯定只有她父亲苏承海自己出面才行。

苏承海会把这事放在自己的日程安排里吗?

就算没有,能看到他那天的行程,说不定她自己还能想起点什么来。

苏承海公事上的行程,他自己手机和电脑里都有,大概许建安那里会有更详细的备份。至于私下的安排,苏叶不太清楚,但她猜许建安那里说不定应该也有。

她以前还有一段时间挺吃味,觉得比起自己这个女儿,父亲更信任许建安这个助理。直到自己真的走上社会,才能理解这一点。

那并不是父亲不相信她,而是有些事,她这个女儿反而不太方便。

这是人之常情,再亲密的父母子女,都会有自己的隐私。

就好像唐霖……接唐夜弦回来的事,他也一样没交给唐皓,而是让杜怀璋去办的。毕竟让儿子去接私生女这种事怎么说都有点尴尬。

不过,现在想想,父亲可能背着她促成了她和唐皓的分手,苏叶就怎么也没办法保持冷静。

为什么?

她跟唐皓在一起也不是一两天一两个月,苏承海从没表示过反对,甚至一直都挺欣赏唐皓的,为什么到那个时候却突然翻脸?

嫌弃唐家濒临破产吗?但他一直是坚持培养她做接班人的,又不必拿她的婚姻去做利益交换,后来许建安那种一无所有的穷小子他都同意,当然不会是嫌贫爱富。

唐皓本人有什么地方得罪他了吗?

又或者……只是试探吗?

但试探又何必要封锁她的消息?事后也并没有说明,而是一直隐瞒到死……

苏叶越想越觉得头痛，现在能给她解释的人，只有许建安。

但……

她还能信任许建安吗？

苏叶想想这两次见到的许建安，心里并不太能确定。

苏叶正犹豫着，许建安先来找了她。

下午，苏叶才刚从教室出来，就听到前面的同学指指点点议论纷纷，方明雅更是兴奋地叫起来："哎呀，是许先生。"

许建安的车就停在楼下，他本人靠着车门站着，白衬衫、休闲西服，看起来温文尔雅、风度翩翩。

方明雅拉着苏叶的手："许先生真是好帅啊。"

苏叶转头看了她一眼，突然有点恶趣味地问："你觉得许建安帅还是杜怀璋帅？"

方明雅顿时一愣。

苏叶讽刺地弯了弯嘴角，拂开她的手，下了楼。

许建安一见她，就笑着迎上前："唐小姐。"

苏叶大大方方点点头回应："许先生。"

许建安笑道："我们这样，是不是太公式化了？"

"不然呢？"苏叶挑了挑眉，"我们其实也不是很熟吧？"

许建安露了一丝无奈的表情，但还是点了点头，"那就看唐小姐能不能给我这个熟悉的机会了。"

苏叶也笑起来："许先生跟我说这个，是不是有点不太合适？"

"你是指……唐总的关系吗？"许建安顿了一下，歉意地笑了笑，"我正是想为这个来向唐小姐道歉。上次我说的话，才不太合适。我跟唐总最近在生意上有点摩擦，但说起来那跟你并没有什么关系，我不该让那影响到我们私下的交流。抱歉。"

苏叶看着他。

许建安态度诚恳、语气真挚，像是真心后悔内疚。

如果苏叶真是十九岁涉世未深的小女生，说不定就相信了。

但她并不是。

许建安和唐皓关于"手伸得太长"和"胃口好不好"的隐喻，可不单纯只是什么"生意上的摩擦"，那牵涉苏叶的死因。

再者说，商场如战场，哪有什么生意归生意交情归交情的事？唐皓若是真的吞了苏氏，那就是断了许建安所有的经济来源，会让他前功尽弃一无所有。说是不共戴天的仇人都不为过，还来跟仇人的妹妹道歉？这已经不是涵养好了，根本不是傻子就是圣人。

苏叶清楚得很，许建安两者都不是。

他来找她，肯定别有居心。

苏叶之前去找许建安，是因为她是苏叶。但许建安又不知道这一点，他是怀疑苏叶通过唐夜弦跟唐皓有联系，但现在他跟唐皓几乎都算是公开撕破脸了，已经完全没有必要再找"唐夜弦"套话了吧？

到底是想做什么？

苏叶想起之前自己登录了苏叶的账号之后，唐皓怀疑过"苏叶自己留有后手"，许建安会不会也这么想？

而许建安这么急切地一而再再而三地找上"唐夜弦"，是不是也代表了一种心虚？

他在怕什么？

他以为"苏叶"留下了什么？

苏叶这个时候真希望自己真的留下了什么。

但并没有。

她"死"得太突然了。

事实上，就算她现在来回忆，也完全不知道到底是哪里出了问题，不知道自己应该留下什么。

她突然觉得有点可笑，她一直以为自己很聪明很细心，但父亲拆散了她和唐皓，她根本没有觉察到。枕边人表里不一，说不定还侵吞了苏氏的财产，她也完全被蒙在鼓里。她甚至连自己到底是怎么死的，都一无所知。

这世上还有比她更蠢的人吗？

她之前觉得自己能以"唐夜弦"的身份再活一次，也许是上天对她坚持做善事的回报，现在想想，说不定因为蠢得连老天都看不过去了才会让她重活一次，好好看清楚吧？

苏叶暗自叹了一口气，先把这些情绪都放到一边，既然许建安自己找上门来，不如就先试一下能不能问清楚七年前到底是怎么回事吧。

但她还没开口，就听到有人叫她："小弦。"

苏叶回过头，看到杜怀璋手里抱着一束花，正向她走过来。

苏叶刚一转头，杜怀璋便看到了她对面的许建安。

"你怎么会在这里？"杜怀璋的脸色顿时就一沉，看向苏叶的目光里也多了几分警告的意味。

她也没办法啊，许建安的腿长在他自己身上，他要去哪里她怎么管得着？

她正要解释，方明雅已经冲过来拦在了她和杜怀璋中间，急切地道："杜大哥，你不要误会，许先生真不是来找小弦的。"

苏叶："……"

很好，"你的塑料姐妹花方·戏精·明雅"又上线了。

这个场景，你说许建安不是来找她的，如果不是有意污辱杜怀璋的智商的话，也只能是故意在给"唐夜弦"挖坑了。

这位方小姐，平常发发花痴占点小便宜也就算了，挑唆唐夜弦自残……那也算是唐夜弦的事，但上次故意泄露她的行踪给许建安，苏叶就真的不想再忍了。还好她当时还是清醒的，还好是许建安，如果是别人呢？后果简直不堪设想。

苏叶毫不客气地伸手拨开了方明雅："收起你这套吧。你再费劲，他也不可能放弃我看上你的。"

方明雅一脸大惊失色，红了眼眶："小弦，你怎么能这么说我？我只是在关心你……"

"哦？这么说，你叫我用自残来吸引杜怀璋的主意，也是关心我喽？"苏叶淡淡地打断她的话。

"我不是……我就只随便开个玩笑，我也没想到你会当真……"方明雅不知道"唐夜弦"今天是怎么回事，为什么突然会翻这种旧账，但她也不想现在就跟"唐夜弦"撕破脸，不然之前下的那些功夫可不就都白费了？所以她也不好反口不认，只摇头抽泣着，断断续续道，"还好你没事……不然我一定要内疚死了。其实我也没有恶意，就是想你们好……"

"那为什么还要在明知道我有未婚夫，却在没有经过我同意的情况下把我的行踪告诉许建安？"苏叶的目光从方明雅身上滑向许建安，最后又落到杜怀璋身上，轻轻一笑，"也是为了我们好？"

周围看热闹的一圈同学到这时也听出问题来了，这很明显就是方明雅处心积虑想拆散"唐夜弦"和杜怀璋，一计不成还又生一计。

顿时，同学们一片哗然。

方明雅这下可真的要哭了，急切地争辩："不是这样的，我没有，我根本没和许先生说过那些。"她一面说着，还一面梨花带雨地看向许建安。

这个时候，只有许建安愿意替她解释，她才有可能扭转这个局面。但许建安只是皱了一下眉，道："我今天只是来跟唐小姐道歉的，其他的事，跟我没什么关系吧？"

"这么说，许先生三番五次遇上小弦，都只是巧合喽？"杜怀璋也皱了一下眉，把话接了过去。

"可不是吗？"许建安温和地微笑着，"也许这就是缘分吧？"

缘分个头！杜怀璋几乎都想要骂人了，这人简直是不要脸吧？老婆才死了多久？还用着苏氏的钱就跑来撩十九岁的小姑娘，还好意思说是缘分！

杜怀璋微微眯起眼："我听说苏氏的董事会最近在清查账务，许先生还有空来玩偶遇，倒也是心宽得很。"

许建安道:"苏氏目前正值人事交替,查账本来就是正常而且必要的程序。我自认行得端坐得正,问心无愧,自然心宽。"

"是吗?只怕到时候万一真的查出问题,许先生可就连哭都来不及了。"

许建安依然温和一笑:"我没有什么可担心的问题,也不怕人查。"

苏叶打量着许建安,忍不住皱了眉。

查账这事,虽然的确是正常程序,毕竟苏叶已经死了,许建安要继承遗产也是要走个过程。但唐皓既然已经动了疑心,肯定会用什么办法插手的,绝不可能例行公事般敷衍了事。

可许建安这时的态度真是很镇定,到底是准备充足、有恃无恐,还是真的问心无愧?

那挪用公款的事呢?难道是唐皓之前弄错了?

虽然许建安之前已经露出了诸多可疑之处,但这一刻,苏叶还是希望真的是唐皓弄错了。

毕竟苏承海培养了许建安那么多年,她跟许建安结婚那么多年……那些感情都不是假的,她怎么都希望许建安还是她记忆里那个温柔体贴、诚恳敬业的丈夫……

苏叶这么想着,看向许建安的目光里就不自觉地带出一丝感情来。

杜怀璋直接上前一步抓住了她的手。

苏叶回眸看着他。

杜怀璋的笑容很温和,但眼底深处,都是满满的警告:"我买了七点半的电影票。咱们先去吃饭。"他声音柔和,却透着只有苏叶能听出来的不容抗拒的命令。

苏叶点了点头,却不由得在想,除了身世的问题之外,杜怀璋到底还拿住了唐夜弦的什么把柄?

杜怀璋把"唐夜弦"带走,许建安并没有阻止,只是挥了挥手,道:"有缘下次再见。"

杜怀璋现在听到"有缘"两个字就生气，抓着苏叶的手都重了几分。

苏叶叹了口气，杜怀璋到底年轻几岁，还是有点沉不住气啊。

想到这个，她突然意识到一个问题。

七年前，她跟唐皓还没分手的时候，唐霖就病了，跟着就把安盛集团移交给了唐皓，自己不再管事。那个时候，杜怀璋才多大？应该还在上学？那他是什么时候开始跟着唐霖的？唐霖在唐夜弦回来之前那几年基本都在医院里住着，一个……随时可能生命垂危的病人，为什么还要招这么一个助理？

杜怀璋的殷勤保持到给苏叶开了车门，自己上了车就翻了脸，阴沉沉道："我上次不是跟你说得很清楚？你为什么还要去惹他？"

苏叶无奈地耸耸肩："真不关我的事，我从来没有主动联系过他。"

杜怀璋皱起眉："他难不成还真的看上你了？不可能吧？应该只是被唐皓的动作刺激到了。但那样的话，找你有什么用？"

苏叶也很想知道："要不然，你把车倒回去，我再问问他？"

杜怀璋哼了一声："就你那点智商，被人卖了还能帮着数钱，能问出什么来？"

苏叶闭了嘴。

杜怀璋自己又叹了口气："算了，先去吃饭吧。"

杜怀璋订了一家西餐厅，环境幽雅，气氛浪漫。

他今天大概的确是想认真约个会的，但依然还是他一贯的风格——

订了餐厅，买了电影票，去学校接"唐夜弦"……一直到点菜，都没问过"唐夜弦"本人的意见。

他也许对"唐夜弦"多了几分重视，但比起尊重平等的"未婚妻"……只怕还差得远。

不过，苏叶本来就已经打算要摆脱这重身份，这时也不太在意，只在侍者端上已经醒好的红酒时，才道："我在戒酒。"

杜怀璋有点意外："太阳从西边出来了吗？"

"我想学好还不行吗?"苏叶反问,但顿了一下,还是解释了,"我觉得演戏还挺有趣的,想调理好身体,认真演几部好戏。"

她学好学坏,其实杜怀璋本来也不在乎,不过她消停点上进点,他总归还是能省点事。所以,他也没太纠结这个,点了点头,说:"你高兴就好。"

苏叶应了一声,低头吃东西。

杜怀璋虽然自作主张,但她得承认,他的品位还行,之前选衣服也好,这时点的菜也好,都还不错。

虽然眼前并不是什么良人,但苏叶也没想亏待自己,她半天课上完,也的确饿了。

杜怀璋却又问:"你眼睛怎么回事?"

苏叶的眼睛不像早上肿得那么厉害,也上了点妆,但还是能看出来。

杜怀璋其实早就看到了,只是因为许建安的插曲,到这时才又想起来问。

"昨天晚上溜出去飙车,被大哥抓了现行。"这事也瞒不住,苏叶就照实说了,才稍微艺术加工了一下,"他很生气,我被训哭了。"

"唐夜弦"一向都怕唐皓,杜怀璋也是知道的,他只是不明白——

"他为什么突然开始管你的事了?"

唐夜弦以往在外面玩,比飙车更过火的事也不是没做过,就算有人特意告诉唐皓,唐皓也连眼皮都不会抬,这次竟然特意跑去双石山抓人?

苏叶耸耸肩:"大概是因为二哥也在吧。"

这就讲得通了,唐夜弦在唐皓眼里,只是养来讨好老爷子的一个玩意儿,是好是坏他根本不在意,但如果想带坏唐皑……那就过线了,他绝对不会允许!

杜怀璋这么想着,却还是犹疑地看了苏叶一眼:"不是因为你告诉了他什么?"

毕竟唐皓的态度改变并不止这一件事,最明显的是,昨天的寿宴上,他甚至亲口承认了唐夜弦在唐家的位置。

这在之前是从来没有过的,让杜怀璋不由得不多想。

苏叶放下刀叉,抬眼看着他:"唐皓是什么人?我是真是假,你觉得还需要我说吗?除此之外……"她仔细留意着杜怀璋的表情,决定还是咬牙赌一把,直接一摊手,"我根本什么都不知道,我能告诉他什么?"

杜怀璋很明显地放松下来,并给苏叶切了一小块牛排:"那就好。你尝尝这个,挺好的。"

这算是奖励?

苏叶吃着那块鲜嫩多汁的牛排,心却微微一沉。

她本来就觉得弄个女孩来假扮唐家小姐这种"狸猫换太子"的事也未免太过粗糙。原来杜怀璋的确还有进一步的计划,所以对唐夜弦以前"作天作地"也根本不在意,他看起来甚至对唐夜弦的身份曝光都不怎么在意。因为唐夜弦对他真正的计划根本一无所知。

不过,他为什么不怕唐夜弦真的投靠唐皓?只凭唐夜弦喜欢他吗?

不会那么天真吧?

上次他也说过"能把你拉出来,就能把你送回去"之类的话,他手里到底握着什么把柄?

苏叶深吸了一口气,又试探性问:"那我的事……"

"放心。"杜怀璋说,"只要你乖乖听话,就没有人会知道那件事。"

果然有事!

但到底是什么事?

苏叶心跳如鼓,却不敢再问。

她想过告诉许建安她的秘密,因为那个时候她对许建安还是绝对信任的。

她也想过对唐皓坦白,是确定唐皓不会对她怎么样。

但是,杜怀璋……

如果他知道她的灵魂已经换了一个人……苏叶根本无法预测后果。

她只能小心地试探,再自己暗中调查。

其实这件事,苏叶跟唐皓算是天然的盟友。

唯一的问题就是——唐皓不信她。

而且，在早上那样的对话之后，她最近都不太敢跟他见面。

不单是因为唐皓那突然暧昧的态度，更多的是她想起来了。

她竟然真的跟唐皓说了想他。

她用唐皓名义上的妹妹的身体，对唐皓，说了"我好想你"。

她曾经压抑在心底最深处的情感，曾经冰封在记忆最里层的思念，就连夜深人静独处的时候，自己都不敢轻易碰触，却在那一瞬间，毫无预兆地，好像突然苏醒的火山，喷薄而出。

无法掩饰，也无法解释。

但处在现在这个境地，无疑只会让唐皓误会更深。

他那时轻浮的问话，对她来说，简直是一种羞辱。

偏偏她还无法反驳。

这就是她自己的错。

可话都说出来了，还能怎么样？

她也只能时时提醒自己小心不要再犯，并远远避开唐皓这个人而已。

但她很快就发现，以她现在的身份，如果真的完全避开唐皓，根本什么也做不了。

唐夜弦的零用钱是不少，但要拿来做点事，却远远不够。

她手头也没有真正能用的人手，交往的圈子，不是郑威那种纨绔子弟，就是方明雅这种绿茶戏精，能做什么？

她以前的关系网也根本不能用，她连苏氏在查账都是从杜怀璋嘴里知道的。

所以她想来想去，还是给夏千蕾打了电话。

"我想要一份杜怀璋的资料。"她说，"学校的成绩单、他在安盛参与的项目、出差旅游的出境记录……从小到大，越详细越好。"

夏千蕾完全没想到苏叶会提出这样的要求，但还是很快就应了声："好的。"

苏叶又补充："最好明天就给我。我想这种东西，其实你应该知道哪里

有现成的？"

唐皓既然对唐夜弦的身份心知肚明，又怎么可能不去调查杜怀璋？

夏千蕾迟疑了两秒，才点头应道："明天一定给唐小姐送来。"

苏叶满意地挂了电话。

第十三章
真人秀

第二天，夏千蕾果然给苏叶送来了杜怀璋的资料，还送了两份。

一份是他挂在安盛人事部的履历，不过短短两页纸。另一份则是厚厚一个文件夹。苏叶只用手掂了掂，就觉得这份调查可能比她预计的还要详实。

她向夏千蕾笑了笑："辛苦夏小姐了。"

"这个我可不敢居功，不过，唐小姐可以看看这个。"夏千蕾递上另一份文件。

是一个综艺真人秀的合同。

"这个《七十二小时大挑战》，算是最近比较火的节目。收视率很高，有话题性，但很少特意制造什么低级趣味，嘉宾的行动方式也相对自由。"夏千蕾介绍道，"最近这一集，算是跟星美合作，宣传《宫墙月》，嘉宾都是《宫墙月》的演员。"

这种节目形式，的确适合苏叶目前的状态。说嘉宾行动自由，就是有更大的发挥空间。她想只卖脸靠颜值撑到最后也行，想展示一下才艺也可以。

苏叶这样平常对娱乐圈不太关心的人，都知道真人秀圈粉有多厉害，何况这种当红的，有时候口碑扭转甚至就在一瞬间。

本来"唐夜弦"不论是在圈中的地位，还是剧中的戏份……大概都还不够格参加这档节目，显然是夏千蕾在中间使了力。

苏叶当然要领这个情，看完合同觉得没什么问题就直接签了，并再次道："辛苦夏小姐了。"

这次夏千蕾也没推辞，道："都是我分内的事。"语气不卑不亢，透着对自己工作的自信和自豪。

苏叶觉得她挺有意思的。

"我有点喜欢你了。"她说着，把签好的合同递给夏千蕾。

"谢谢。"夏千蕾大大方方地道了谢，目光扫过苏叶手边的另一个文件夹，"唐先生说，下次再有这种需要，你直接问他就好了。"

苏叶噎了一下。

她要是敢去直接问他，还需要夏千蕾转个手？

唐皓就是故意的吧？

就好像猫抓老鼠，不紧不慢地逗着玩儿，冷眼看她到底搞什么花样。

苏叶愤愤地咬了咬牙，心想，唐总裁最好不要有求她的那一天！

杜怀璋公开的简历十分漂亮，名校毕业，留学归来，简直是标准的精英模板。

苏叶看完资料，就能理解他为什么会对被拿来跟许建安比较那么反感。真论出身，杜怀璋可比许建安好得多，其实看名字就知道。

杜怀璋父亲从政，母亲是中学教师，家境算是不错了，不然也不能供他出国留学。他又长得好，聪明优秀，从小就是天之骄子。而许建安是出自农村的贫困家庭，大学都是靠助学贷款。把他们放在一起比，还说杜怀璋不如许建安，他怎么咽得下这口气？

但他除了冲唐夜弦发发火，估计也没什么办法。

毕竟许建安早已今非昔比。

而他……

他那份完美简历上的学历其实是假的。

他的确去留学了，但并没有念完。

先是他父亲违法入狱，而后他母亲受不了打击，跳楼自杀。杜怀璋因而辍学回国，对外却说提前修完学分。

杜怀璋进安盛集团的时间，也刚好是卡在了唐家风雨飘摇，公司也一片混乱的时候。唐皓初接手，根本顾不上追究这种小事。而唐家其他人……不是想弃船求生，就是在浑水摸鱼，谁还会关注一个新人的学历？

杜怀璋初进公司是在法务部，跟着公司的律师去医院找唐霖签字，刚好替唐霖办了点小事。小伙子长得漂亮，又机灵殷勤，就得了唐霖的青睐，没多久就被要过去做了助理。

看起来似乎顺理成章，苏叶却总觉得这背后另有隐情。

当时的唐家，整个云城大概有一半的人都在冷眼旁观，看唐皓是不是真能力挽狂澜。另外那一半里，又有三分之二在磨刀霍霍，只等着安盛集团倒了好割肉。剩下一些乐观点的，也会把宝押在唐皓身上，谁会特意去找已经把大权交出又缠绵病榻的唐霖？

事实上，那个时间，还去安盛集团入职的，不是什么也不知道的小白，就是别有用心想赌一把的投机者。

杜怀璋是哪一种？

苏叶翻过另一页。杜怀璋到唐霖身边半年后，就被派去处理唐夜弦的事。他来来回回跑了三四趟，最终把唐夜弦接了回来。

只是对于他这段出国的经历，资料上也没有详细的介绍。苏叶猜测一是因为远，再来也可能是唐皓当时并不知情，事后再派人去查，有些痕迹就已经被抹掉了。

所以，想从这里推测杜怀璋到底握着唐夜弦的什么把柄大概也没戏。

资料里有一张唐夜弦刚回来时和唐霖以及杜怀璋的合影。背景是医院的病房，唐霖半靠在床头，拉着唐夜弦的手，唐夜弦虽然偎在唐霖身边，目光却一直落在站在旁边的杜怀璋身上。

紧张、恐惧，又充满了依赖和期待。

苏叶的手指滑过照片上唐夜弦的脸，不由得叹了口气。

她以"唐夜弦"的身份活了这么久，一点可能跟唐夜弦有关的异动都没有。也许唐夜弦也是个干脆的性子，什么也没留下，但凡有点记忆什么的，她也不用这么头痛了。

现在，唐夜弦的身世有问题，大概已经算是个公开的秘密，该知道的都知道，只是没捅破那层纸而已。

那唐霖自己呢？

他到底知不知道？

唐夜弦回来这么几年，他都没有怀疑过吗？她长得是不是真的跟他那个情人很像？

而且，唐夜弦在外面十几年，他都不管不问，为什么突然就想起来要接她回来？

真的是因为临死时良心发现吗？

苏叶不太敢去问杜怀璋，但唐霖的话，还是可以套一套的。

她用手机翻拍了那张照片，故意让唐霖看到。

唐霖还记得这张照片："啊，小弦你还留着这个啊。"

"嗯。"苏叶应了声，"我刚回来时拍的，很有纪念意义嘛。"

"是的。"唐霖感慨，"那是我第一次看到你。那么小小的，面黄肌瘦……是我对不起你啊。我要是早一点知道有你就好了。"

苏叶微微挑起了眉："爸爸难道一直都不知道吗？"

"不知道。我年轻时……"唐霖在女儿面前说这个，到底还是有些不好意思，轻咳了一声，"有点荒唐，你母亲……后来也没跟我联系，我根本不知道她生了你。"

"那……爸爸后来是怎么知道的？"

"李仙师算出来的。"

苏叶愣住。

她紧张得几乎连呼吸都屏住了，万万没想到，竟然是这样的答案。

这……开什么玩笑呢?

唐霖却很正经地继续道:"李仙师说我有一血脉后辈,福缘深厚,可惜流落在外,如果能找到,兴许可以消这一劫。后来怀璋把你找回来,我果然就好了。可见你真是我的福星。"

苏叶:"……"

虽然说人在老了病了身处困境的时候,的确容易受这些迷信思想的影响,但……这也太可笑了吧?

她深吸了一口气,才压下心底的荒诞感,装出很感兴趣的样子:"这位李仙师可真是神啦。他现在在哪儿呢,不如我也去找他算一算?"

"那得问怀璋,当初也是他打听到的。你们的八字都是李仙师合的,上好姻缘,白头偕老。"说着说着,唐霖还跟女儿开起玩笑来。

苏叶心头阵阵发冷。

杜怀璋接近唐霖,杜怀璋介绍了一个仙师算出了唐夜弦的存在,杜怀璋把唐夜弦接回来……

很显然,他在见到唐霖之前,就已经知道了唐霖有个私生女的事。

苏叶不由得在想,唐皓知不知道?

她拿到的那份资料很详细,但也很公式化,只按时间列出已查证的事实,没有推测也没有结论。

但她能想到,唐皓肯定也能想到。

可是这么多年来,唐皓没动唐夜弦,也没动杜怀璋,甚至放任他们订了婚,到底是在想什么?

如果说之前是因为安盛集团的危机一时顾不上,但这两年呢?

苏叶想想夏千蕾传的话……他是早预料到她拿到资料之后会发现这个问题,就等着她去问吧?

哼!苏叶闷闷地吐出一口气,为什么他想她就要乖乖去问?她又不是真的唐夜弦,她又不欠他什么。

偏不去!

反正都过了这么多年了，再过几年又怎么样？

反正这事怎么看都是在算计唐家，天塌下来也得是唐皓这个高个子先顶，她又何必着急？

苏叶把杜怀璋的资料收起来，在网上搜了《七十二小时大挑战》的往期节目看了起来。

苏叶去参加的这一期《七十二小时大挑战》拍摄地点在枫城。

杜怀璋送她到机场，夏千蕾跟她一起去。虽然助理不能在真人秀里上场帮忙，但跟在剧组里照应还是可以的。杜怀璋又特意叮嘱了夏千蕾几句，尤其是要她注意许建安。

苏叶觉得他这担心有点多余，上次在云溪，那么近，许建安才会"顺路探班"，这飞机都要三小时，许建安哪来的时间？

何况苏氏还在查账，他之前再说得光明磊落、云淡风轻，也不可能真的丢开这一切跑那么远啊。

旁边还有唐皓盯着呢。

苏叶想，如果换作是自己在唐皓的位置，许建安只要敢离开云城，她就会造势说他畏罪潜逃。三个小时联络不上，已经可以做很多文章了。

而唐皓本人，大概只会更狠。

许建安肯定也能想到这一层，"唐夜弦"也还没有重要到能让他在这种时候横生枝节。

许建安不会去，杜怀璋也不会去，唐皓就更不会去了。所以，这次应该只要专心录节目就行了。

苏叶靠在椅背上，闭目养神，心中竟然生出几分轻松来。

苏叶到了节目组订的酒店，才知道这期节目一共有八位嘉宾，四男四女，都是《宫墙月》的演员。男的有演皇帝的孟修、演大将军的章于信、演太医的陈文翰，还有一个演皇帝贴身太监的洪奕廷。女的则有演皇后的柳玟君、演贵妃的罗竹容、演丽姬的"唐夜弦"、演昭仪的姚佩铃。

苏叶在剧组只待了三天，都没几场戏，跟他们也实在算不上有什么交情，唯一多说过几句话的，就是孟修了。

但是她问了节目组的人，孟修还没到。

其他人苏叶也懒得去攀交情，反正导演说挑战内容要明天早上正式开始时才公布，她就准备回房间去休息。

却听有人阴阳怪气地道："才不过一起拍了几天戏，就觉得抱上人家的大腿了吗？真可笑。"

苏叶回头看了一眼。

是个穿着红色长裙的年轻女子，一头长发烫成了大波浪，妩媚性感，更将她的脸形修饰得又瘦又小，配上杏眼桃腮，丰润红唇，看起来明艳动人。

只是，这时她半斜着眼，嘴角还带着点鄙夷的冷笑，就怎么看都有点刻薄了。

苏叶疑惑地向夏千蕾挑了挑眉。

夏千蕾立刻就道："是星美娱乐的姚佩玲小姐，原本星美李总监是想推荐她出演丽姬的。"

夏千蕾的确做足了功课，简单两句话，不但点明了对方的身份，连这敌意的出处，也清楚明了。

想给她争取丽姬的角色，没成功还饰演了个昭仪，完了又参加这档节目，看起来星美的确是想力捧这位姚小姐啊。

但……苏叶扫了姚佩玲一眼，跟她有什么关系？

她根本都懒得理，拎着自己的包就继续往电梯那边走去。

只是这种无视，却让姚佩玲越发恼火，索性直接叫道："喂，你给我站住。"

没用苏叶开口，夏千蕾已经直接拦在了姚佩玲面前，推了一下眼镜，语气平和地道："首先，想跟人说话请遵守基本礼貌；其次，姚小姐您并没有权利命令他人；第三，您知不知道从你们踏入这家酒店开始，节目组就已经

开始录制了?"

她说前两条的时候,姚佩玲还有点不以为然,到第三条时,才突然变了脸色。她在周围看了一圈,果然看到两名摄影师扛着的摄像机是在运行的。当下,她也顾不上苏叶,直接就冲摄影师去了。

苏叶在电梯间都能听到她在尖叫,不由得叹了口气:"星美那个李总监是瞎的吗?"

随后跟上来的夏千蕾道:"有些人是只看脸的。"

苏叶转过头来,指着自己:"我的脸不比她好看?"

夏千蕾真没见过夸自己夸得这么直接的,愣了一下才道:"但你又没跟星美签约,而且……"她顿了一下,轻咳了一声,"你也不可能被'潜'啊。"

苏叶扑哧笑出声来,拍了拍夏千蕾的肩:"哎,我真是有点喜欢你了,不如你不要回安盛了?"

夏千蕾很正经地看着她:"等你自己能给我发工资的时候再说这个。"

苏叶就讪讪地闭了嘴。

她自己还用着唐家给的钱,想反过来收买安盛的人,好像的确不太现实啊。

到了第二天早上,嘉宾到齐了,一起吃了早饭,导演邱玉华才公布了这次大挑战的主题。

"这次的游戏,叫《追与逃》。我们将八位嘉宾分成两组,一组扮演逃犯,另一组扮演警察。场地是这里。"邱玉华拿出一张地图,上面有一个很明显的红圈,"这个镇叫红枫镇,离枫城六十公里。是个山中小镇,没通火车,出入只有一条公路。我们会在两头设卡。规则很简单,三天时间,如果'逃犯'被抓住了,就是'警察'胜利。反之,如果突破我们的关卡逃出红枫镇,就是'逃犯'胜利。明白了吗?"

一张娃娃脸的洪奕廷立刻就举了手:"这不太公平吧?镇子再小,几条街上万人口总有的,何况还靠山,四个'逃犯'随便往哪里一藏都能躲上三天，'警察'只有四个人，怎么找？"

"不用担心，我们和当地公安已经协商好了。四名'警察'会挂上市局临时行动组的牌子，像真正的警察一样，可以向当地执法机构要求协助，也可以发动群众，甚至可以调取全镇范围内的监控视频。"

"那这样的话，不又对'逃犯'不公平了吗？"洪奕廷说着还指了指孟修，"尤其是我们孟影帝这张家喻户晓的脸，走到哪儿都会被群众认出来啊。"

大家都笑起来。

邱玉华也耸耸肩，一脸"那我不管"的无赖表情："那孟老师只能希望自己不要抽到'逃犯'了。不过呢，'逃犯'这边可以提前两个小时进红枫镇，并且每个人有两千块钱的逃亡资金。"

"两千块够干什么啊？"

"不少了，在这里很多人一个月工资才几百呢。"

"'警察'没有钱吗？"

"没有。"邱玉华猥琐地笑了笑，"而且所有人在这三天内，除了你们现在这一身，不能携带任何私人物品，包括手机、钱包等等。我们跟拍的工作人员会保证你们的安全，但不会干涉你们的任何行动。不过如果你们向工作人员求助，就视同弃权了。"

"啊啊啊……就知道这个大挑战没有一次是容易的。"

"两边都不太想选，怎么办？"

"比起来警察可能更容易？"

"怎么可能啊？你看看这两边都是山，要真豁出去钻山里待三天，你发动一万个群众又能怎么样？"

"不要这样说，三天荒野求生，也很有难度吧。"

"……"

邱玉华由得大家讨论了一会儿，就拍了拍手："好了，你们可以分好组再商量行动方案，现在，先来抽签吧。"

苏叶抽到了"逃犯"。

而刚刚才被调侃过的孟修，也很不幸地抽到了"逃犯"。

洪奕廷却抽到了"警察"，他举着自己的签，用剧中的身份向孟修开玩笑道："皇上，可不要怪小宁子不念旧情，你肯定第一个就被抓出来。"

孟修也笑道："那就看你有没有这个本事了。"

"你也就现在嘴硬一下了，到时可不要求饶哦。"洪奕廷叉腰笑了两声，跑去找自己的队友。

八位嘉宾自发地分成了两队。

苏叶的"逃犯"队友分别是孟修、陈文翰和……咬牙切齿好像恨不得吃了她的姚佩玲。

苏叶突然有点头痛，老话说得好，不怕神一样的对手，就怕猪一样的队友啊。

第十四章
"警察"和"逃犯"

苏叶、孟修、陈文翰、姚佩玲四人乘坐一辆七座商务车前往红枫镇。车上除了他们,还有一个助理导演一个摄影。

在路上的过程,也是会被录下来的。

"大家有什么想法吗?"孟修先开了口。

陈文翰叹了口气:"我觉得要赢挺难的。这种山城的小镇,向来排外,而且人少,彼此都熟。就算没有人认出孟老师,突然来了四个生面孔,估计也没法藏。"

姚佩玲嫌弃地道:"我可不想钻深山老林。"

陈文翰看她一眼:"要不我们分开逃?也许目标小一点?"

昨天姚佩玲找摄影师麻烦非让人删录像时,他正好进酒店,别的不说,对那尖叫可算是大有领教。玩这种官兵抓贼的游戏,他可真不想带这样的队友。

姚佩玲却往孟修身边凑了凑,可怜兮兮道:"我一个弱女子,除了唱歌、演戏什么都不会,如果分开,那不是给人送菜吗?孟哥,你要帮帮我啊。"

她这句话说得情真意切。她的确什么都不会,来参加这个"大挑战",说到底只是为了抱一线明星的大腿蹭热度而已。抽到"逃犯"已经是运气不

好，如果还要和孟修分开，那还玩个屁啊。

孟修没有直接应她的话，却道："我们人生地不熟，分头行动也很容易被人个个击破。我们也不是没有优势。红枫镇很小，两个小时够我们熟悉环境了。而且，如果我们在一起，逃亡资金凑起来也能更好地利用起来。"

陈文翰道："那我们得先说好，大家既然要合作，就得齐心合力，有事不能互相推诿，不能任性胡来。就算能力有限，好歹也应该听从指挥。"

他说这个话，不单是指对姚佩玲，也是说给苏叶听的。

他在《宫墙月》里，跟"唐夜弦"只合作过一场戏，就是丽姬死的时候。那个时候"唐夜弦"全程不动不说话扮尸体，他也没什么了解。但确定丽姬这个角色的时候，网上那场风波，他当然也看到了。

唐夜弦那些黑料可都是货真价实，洗不白的。

陈文翰对她的印象也很差，只觉得自己抽到这一组，简直倒了八辈子血霉。

苏叶本来一直向着窗外看风景，感觉到陈文翰带着明显厌恶的目光，才转过头来，向他笑了笑："陈老师说得对，但……听谁指挥？"

陈文翰被噎了一下。

他们这个小队，不论是年纪还是资历，显然都应该以孟修为首。

但是，圈内谁不知道孟修是个性子软糯的老好人？

万一被两个女人撒撒娇就动摇了呢？

可有孟修在这里，他也不好说自己来当这个队长，只能道："自然是谁的想法能成功逃过追捕，就听谁的。"

苏叶点了点头："那如果我有个能逃出去的方案，陈老师也能听吗？"

陈文翰又被噎了，觉得胸口都被堵得发痛，只想冲她吼"你不要添乱就不错了"，但看看那边亮着的摄影机，还是强压下来，道："只要合理有利，当然会听。"

苏叶又点点头，却不再说话了。

陈文翰只觉得才压下去那口气又翻腾起来，他能不能索性现在就弃权？

孟修却饶有兴致地看着苏叶,问:"你想到了什么办法?"

苏叶又转头去看窗外的风景:"现在还没有,等到了实地先看一看再说。"

陈文翰就忍不住冷笑了一声。

姚佩玲也毫不客气地道:"说得好像真的胸有成竹一样,结果还不是一问就只会假装看风景。"

"你还别说,风景是挺好的。"苏叶完全无视了两人的鄙夷,看着窗外那峰峦叠翠,若有所思地轻哺。

苏叶等人进入红枫镇两个小时之后,"警察"组也到了。

跟在镇外的关卡就被放下的"逃犯"组不一样,他们是直接被送到镇派出所的。

他们这一组,都是相当优秀的演员,年纪最小的洪奕廷也已经有三四年的戏龄了,很快就进入了角色,拿着剧组给的工作证,雄赳赳气昂昂地下了车。

但是,明明说"已经协商好"的熊所长在要了签名之后,直接就给他们当头泼了盆凉水——

"我们当然会协助你们,但必须在不影响我们日常工作的前提下。您几位也看到啦,我们实在是条件有限,全所就这么十几二十个人,想要全镇搜索,实在也不现实。这样,我这边先派四个人归你们调遣,做个向导跑跑腿什么的。当然,如果你们有了线索,那我们肯定会全力支援'抓捕'啦。"

红枫镇的确不大,夹在两山之间,形状狭长,但最长的一条街也有两公里,常住人口接近两万,他们四个人……就算再加四个真警察,八个人,三天时间要在这么个镇子里找四个人,也无异于大海捞针。

洪奕廷气得咬牙,可他们又不是真的警察,又不是真的上级交下的紧急任务,总不能非得要派出所把其他事都放下吧?万一真出事了怎么办?

他只能看向一脸忍俊不禁的跟拍摄影师,咬着牙道:"我总算知道邱导那个'邱坑坑'的外号是怎么来的了。"

摄影师只能抿着嘴笑。

他们的节目可是叫"大挑战"的，从来就没有过轻松容易的任务。

"往好处想，我们至少还能光明正大地行动。"柳玟君安抚地拍了拍他的肩，然后又忍不住扑哧一笑，"我一想到孟修现在好像过街老鼠一样东躲西藏，就觉得好好笑啊。"

柳玟君的长相端庄柔美，一向都演一些优雅高贵的女性角色，但其实本人的性格十分活泼。

被她这么一说，洪奕廷也笑了起来，道："那我们还是按之前说好的。一组人看监控，一组人打印照片去街头张贴询问。有事通过做向导的警察联系。"

洪奕廷和罗竹容去打印照片。

照片当然也是节目组提供的有限"道具"之一。

看着孟修那张帅绝人寰还正气十足的脸配上"如有发现请与当地警方联系"之类的话，洪奕廷就觉得很好笑。

罗竹容却有点忧心忡忡："这个告示上，根本没有奖励措施，就算有人看到了，真的会联系我们吗？"

洪奕廷："……"

问题是他们给不出奖励啊。钱包都被收了，身上一分钱没有，这三天的食宿还不知道要怎么办呢，能奖励啥？签名要不要？

他干咳了一声："那个，这里民风淳朴，也许会有淡泊名利的热心群众吧。"

罗竹容用一种"你自己信吗"的眼神看着他。

洪奕廷自己的确不太信。

这个时候，跟他们在一起的警察递过手机："柳小姐说发现目标了。"

"是吗？这么快？在哪里？"洪奕廷兴奋得几乎要跳起来。

"有监控拍到孟修和姚佩玲在购物。大概半个小时前吧，在中心广场。"

洪奕廷："……"

说好的躲躲藏藏呢？说好的过街老鼠呢？

为什么他一个"警察"在这里辛苦地贴照片,"逃犯"们却在潇洒地购物?有没有天理了?

他也好想做"逃犯"啊,现在换还来不来得及?

中心广场跟洪奕廷印象里的"广场"完全是两回事。那其实就是镇上两条最大的街交叉的十字路口,不过的确是红枫镇最繁华的地方了。邮局、医院、学校都在这附近,红枫镇最好的商店也都在这一圈。

洪奕廷他们赶到的时候,孟修和姚佩玲当然早就离开了。

洪奕廷又打电话去问柳玟君,但并没有后续的发现。

像这样的小镇监控不可能像大城市那样密集,各种建筑也十分杂乱,随便哪个小巷一钻,监控就不一定能拍到了。

洪奕廷只能拿着照片,每个商店去问。

倒还有不少人记得,毕竟这里每天的人流量并不大,而且孟修那么帅。

事实上,洪奕廷和罗竹容也被人认出来了。解释了一番之后,他们还真用合照和签名问出了一些线索。

洪奕廷借了纸笔,记下了孟修他们买的东西。

"墨镜、化妆品、食物、衣服、运动鞋、公文包、手机……"他顿了顿,咬牙切齿地看向跟拍的工作人员,"这是作弊吧?不是不能用手机吗?为什么他们能买手机?"

跟来的助理导演走到一边去打了个电话,回来向洪奕廷解释:"规则只是说不能带自己的随身物品,但逃亡资金他们可以任意支配,买什么都行。"

"还能这样?现在的手机有多少功能你们难道不知道吗?"洪奕廷叹了口气,"我怎么觉得我们的难度已经上升到地狱模式了呢?"

罗竹容比他乐观:"还好啦。我们不是也在借用警察小哥的手机吗?我看这里都不能手机支付,再多功能也白搭。了不起上个网?下个地图?而且我们把告示贴遍全镇之后,他们就算有钱也用不出去了。"

"他们买了化妆品和墨镜,显然是为了变装。他们肯定也考虑到了我们

会四处贴照片。"洪奕廷皱起眉,把那张单子看了又看,"这衣服、运动鞋、食物……不好,他们说不定真是要上山。"

这下连罗竹容都变了脸色,这可是他们之前讨论的时候最不想遇到的情况了。这边可不是已经开发过的旅游区,那莽莽青山,都称得上原始山林了,几个人往山里一钻,拉支部队来都不一定能找到。

洪奕廷赶紧又给柳玟君打电话,让她重点注意往山上去的路。他又拿出地图来问做向导的警察:"从山上能绕过县道上的关卡吗?"

"能是能,但这边没有路呢,要从这里绕过七宝山,再从这边才能上县道。都是小山路,你们这种城里人,至少得走两天吧。"警察伸手在地图上比画了一下。

洪奕廷不放心地追问:"直接翻山呢?"

"都说了没有路。他们是猴子还差不多。"

洪奕廷还是有点心神不宁,请警察帮忙贴完告示,自己和罗竹容回了派出所。

他觉得,这个情况应该要再开个作战会议。

"如果他们真的进了山,我们怎么办?"柳玟君也很头痛,"根本没法追吧?"

红枫镇夹在群山之间,公路是只有一条,但上山的小路就不知道有多少了,根本防不胜防。

"但也不能干看着啊,总得做点什么吧?"洪奕廷也演过警匪剧,在镜头前镇定自如、运筹帷幄、精准出击,迅速地将犯罪分子绳之以法。他真没想到真要上手抓人,竟会一开始就碰上这种一筹莫展的局面。

"大家冷静一点。"章于信道,"不要被他们牵着鼻子走。"

大家都安静下来,章于信才继续道:"我觉得,他们不到万不得已,应该不会选进山这条路。不要忘了,他们也有两个女生。平常游山玩水还好说,这种深山老林,没有百分之百的把握,他们应该也不敢轻易尝试。"

"可是他们买的那些东西……"

"他们还买了化妆品，还买了公文包，如果他们要进山，变装还有什么意义？公文包又有什么用？所以我认为，这说不定只是他们故意放出来的烟幕弹。"章于信敲了敲洪奕廷写的那个清单，"不然的话，为什么明知道我们会调看监控，孟修却还那么大摇大摆地出现了？他又不傻，找家监控拍不到的店，或者干脆找人代买不行吗？他故意暴露就是为了扰乱我们的视线。"

洪奕廷点了点头："章老师这么说，也有道理。"

"没错。如果我们真的追着上山，反而中了他们的调虎离山之计。"罗竹容附和，又忍不住吐了吐舌头，"再说啦，换成我，也不会想上山啊。体力跟不跟得上不说，万一有蛇呢？我最怕蛇了。"

大家笑了笑，章于信又道："说到底，他们的目的是逃出去，我们应该把更多的注意力放到两个关卡上。另外，饭店、旅馆、车站这些地方也要留心，他们总要吃饭、睡觉的。"

几个人重新分了工，又各自忙活起来。

一天下来似是而非的消息倒是不少，但他们跑来跑去地核实下来，却连"逃犯"组的影子都没摸到。

还出了点让人哭笑不得的小插曲——他们之前贴上去的告示，又被人悄悄地揭了下来。他们好不容易找到人，却发现是孟影帝的粉丝，以为这是宣传海报，想拿回去收藏。

洪奕廷之前还拿这个开孟修的玩笑，可真碰上这种事，他简直只想自抽嘴巴。

结果还是柳玟君把那个粉丝发展成了他们的线人——事实上，知道孟修真的来了这个小镇，都不用他们给什么报酬，小粉丝自发地就开始打听起来。

还真别说，外地人和本地人打听消息的效率就是不一样。

粉丝们很快就打听到了一个确切的消息——有一群很符合"逃犯"组形象的人，请了个向导，上山了。

洪奕廷只觉得心都凉了。

看起来，烟幕弹的确是有。

但那些化妆品公文包才是吧？

他们在镇里来回跑的这一天，"逃犯"组只怕都已经不知道走出多远了。

被打脸的章于信有点尴尬地轻咳了一声，拍了拍洪奕廷的肩，有点讪讪的，又有点赌气地道："如果他们真的能够翻山越岭逃出去，我也敬他们是条好汉，输得心服口服。"

不然呢？

洪奕廷叹了口气，还能怎么样？

这天晚上，所有的嘉宾都没有睡好。

洪奕廷挤在派出所的集体宿舍里，受尽了汗臭、脚臭和呼噜声的折磨，还带着满肚子的不甘心。

怎么能就这么认输？

这也太憋屈了！

好不容易挨到天亮，洪奕廷立刻就起了床。

"就算他们进了山，我们也不是没有机会。"洪奕廷把地图拿出来，"他们也不会飞，肯定得从山路出来。我们可以提前到出山的路上去堵他们。"

章于信点头："我们再找熟悉山路的人问问，最好是能打听清楚他们是从哪个方向进的山，也许就可以推断他们会从哪里出来。"

两人急匆匆地出门，正碰上同样顶着黑眼圈出来的两位女嘉宾。

女明星们平常最注重形象，这时也真是没有办法，一是环境实在太差睡不好，自己的随身物品又都不让带，二来也都是心里憋着气。

这个真人秀以往也不是没有对抗型的挑战，但为了节目效果好歹也得你来我往地折腾几个回合啊？

这连照面都没打，就要输？

谁能忍？

几人忙活了一早上，圈定了大致方向，决定分组轮班堵截。

洪奕廷借了派出所的电动车，正要出发，昨天的小粉丝又打了电话来提供线索——她找到孟影帝他们请的那个向导了。

"什么？向导已经回来了？"

洪奕廷大为吃惊。

请向导就是对山里的情况没有把握，但不是说本地人都得走一天多，城里人少说两天以上吗？这个时候向导就回来了是怎么回事？

他连忙掉了头匆匆赶过去。

向导是个四十多岁精瘦的当地汉子，说话的时候乡音很重，但勉强还算能沟通。

"进山？不是咧。他们就是在附近看看，半天不到就回来了。"

"只在附近看看？"洪奕廷重复，不确定是向导没听懂还是自己没听懂。

"对啊。"向导就指指后面的青山，"没往深处走，就是附近风景好的地方看了看，拍了些照片就回来了。"

洪奕廷："……"

所以……他们昨天在忙死忙活的时候，对方在……游山玩水吗？

不止洪奕廷，在场所有"警察"组成员的眼睛里都几乎要燃起肉眼可见的熊熊怒火了。

"他们回来之后去了哪里？"洪奕廷追问。

"那我就不知道喽。"向导一摊手。

章于信深吸了一口气，拍拍洪奕廷的肩："冷静，冷静一点。我们要冷静下来好好想一想，不能再被他们牵着鼻子走了。"

柳玟君点了点头："我觉得……既然已经跟不上他们的行动了，不如我们反过来想想。换位思考一下，如果我们是'逃犯'组的人，下一步会怎么样？"

"那我们得先确认，'逃犯'组是谁在做主。"洪奕廷道，"他们四个并没有分开，肯定有一个领头的，确定这个人，我们才好从性格上来分析他的行为模式……"

"我有一个想法。"罗竹容弱弱地举了一下手。

大家停下来看向她。

"就是一个想法啊。"罗竹容自己其实也觉得有点荒谬,所以声音十分不确定,"有没有可能……他们就没有选出队长,所以行动才会这么东一下西一下毫无章法,也许……就是……抓阄决定的?"

洪奕廷本来想反驳的,但是想想"逃犯"组那四个人……

孟修是出名的没脾气,陈文翰向来很看重资历排行,尤其是在镜头前面,肯定不会越过孟修行事。

两个女生……"唐夜弦"的"败犬之吠"表情包现在网上还挺火,不用说过去那一堆黑料了。而姚佩玲节目还没开始就已经挑衅了"唐夜弦"又掐了摄影师……

这样的组合,搞不好真的只能抓阄决定行动方案。

那还分析个屁啊!

"逃犯"组的行动,当然不是用抓阄这么随便的方式决定的。

他们有明确的方案。

提案人和负责人都是"唐夜弦"。

对那个简直可以说是疯狂的方案,陈文翰原本是想拒绝的,但三比一,他也只能乖乖服从了。

只是,竟然超乎他意料地顺利。

一直到躺在红枫镇政府招待所干净整洁的床上,他都觉得顺利得有点不太真实。

以至于他一直睡得也不太踏实,提心吊胆的,生怕下一秒就有人冲进来把他抓住。

到了早上,陈文翰的眼圈也是黑的。

吃早饭的时候,他才发现,其他人的精神也不是很好。

孟修和姚佩玲也就算了,大概也跟他一样心里没底,所以没睡好,但"唐夜弦"……他看看气定神闲在那儿喝粥,眼睛却明显带着血红的"唐夜弦",突然心里平衡了一点,原来她也不是那么胸有成竹嘛。

陈文翰凑到了苏叶旁边,看看周围没有招待所的工作人员,就压低声音问:"我们这样……回头要算诈骗吗?"

苏叶抬眼看了看他,咽下了那口粥才道:"只有你算,没有'们'。"

"为什么?"陈文翰忍不住追问。

苏叶淡淡道:"孟老师全程没说话,我和姚小姐都是真身上阵本色出场,说谎的只有你。"

陈文翰:"……"

他看了一眼还在敬业地用隐藏式摄影机跟拍的工作人员,把到嘴边的脏话又咽了回去。

苏叶从公文包里拿出一份文件,递给陈文翰:"但如果你不想马上穿帮的话,最好现在就把这个看熟。不要求全文能背,但画红线的关键点要记牢,等下跟对方谈的时候要适时地提出来。"

陈文翰接过来一看,竟然是一份旅游开发合作策划书。从发展定位到资源评估到市场分析,甚至连开发细则都有了草案。

他就算不是专业的,也看得出来这份文件的分量,不由得抽了口气:"这是哪里来的?我们不能找外援的……"

"我做的。"苏叶打断了他的话,"时间不多了,与其在这里质疑我,不如赶紧看熟。陈老师,考验你演技的时刻到了。我们能不能突破关卡,就看你的了。"

陈文翰被噎了一下,想要说话,苏叶却已经继续低头喝她的粥去了。

这时再看到她眼中的血丝,就有了不一样的注解。

她是跟他们一起到的红枫镇,也就是短短一天。白天他一直是跟她一组的,逛商店、听人闲聊、打印名片,再到请向导上山游玩……他口中不说,却一直是在腹诽的。结果到下了山,她才提出了真正的计划——

她要以投资商的身份,直接去跟镇政府领导对谈。然后谈得不错的话也许可以蹭个车，把他们送回枫城。

陈文翰都觉得她疯了。

但当她一条条驳回他的质疑，一步步说明详细计划，他却不知不觉间被她说服了。

于是"逃犯"组重新分配角色。苏叶亮出真实身份，陈文翰假扮她的秘书，孟修戴了墨镜假装保镖，姚佩玲就是陪她玩的小伙伴。

一行人直接冲进了镇政府。

"唐小姐"尽显富二代本色，嚣张霸气地一拍桌子："我要买下这座山，找谁谈？"

陈文翰这个秘书自然就是拾遗补缺，介绍了"唐小姐"的身份，搬出安盛集团来背书，提出具体的合作计划。

镇政府领导一开始几乎要被这个天上掉下来的大馅饼砸蒙，第一反应当然是"是不是骗子"，但"唐夜弦"的身份是真的，苏叶那通身大小姐的气派也做不了假，加上这又是秘书又是保镖，还有一群随从(跟拍的工作人员)。这排场又让他们将信将疑。于是，在苏叶因为他们的猜疑而耍脾气要回枫城时，又怕到嘴的肥肉飞走，索性就先安排他们在招待所住下，这边再去找人核实他们的身份信息。

陈文翰本来觉得，这个"骗局"也就到此为止了，接下来最多就是想办法蹭个车出去。

但没想到，苏叶竟然真的熬夜做出了策划书。

只靠这一天的观察了解，就做出了这样的策划书……不管行不行得通，她这份认真努力，也真是让他刮目相看。

陈文翰要承认，背策划书比背台词难多了，整个早饭时间，他也真的只是记住了几个要点，还不得不用手机备忘录做小抄。

他忍不住跟苏叶道："既然是你自己做的，自己去谈不是更好？"

苏叶叹了口气，道："你看看我这张脸。"

陈文翰抬头看向她。

即便他对"唐小姐"一肚子意见,也不得不承认,她的颜值真是无可挑剔,美艳绝伦。

所以,他不太明白地眨了眨眼:"有什么问题?"

"你会相信这个长相这个年纪的女孩子跟你谈这么大的投资吗?"

呃……陈文翰又被噎住了。

苏叶轻嗤了一声。

"我也讨厌这种事,但现状就是如此。而且,我们也没有时间慢慢来说服他们相信我。孟老师又名气太大,太容易暴露,只好退而求其次了。"

"陈 · 其次 · 文翰"只好继续去背文件。

苏叶看他那样,又有点不太忍心,还是提示道:"放心,你大概提一下,只要说到点子上,他们会接上去的。"

陈文翰又不明所以地眨了眨眼。

苏叶道:"就我们昨天接触的几位镇领导来说,给人的感觉还是想要做点事情的。既然想发展,肯定是有自己的一套想法,说不定这次的大挑战把场地选在这里,都是红枫镇这边努力的结果。可惜这地方太穷了,光有魄力有想法也没用,所以……只要确定我们真的是大金主,你再适时引导,他们自己就会拿出发展计划来了。"

陈文翰:"……"

"那我还要背吗?"

"当然要。你是投资方,你自己心里要有数,不能被他们牵着走啊。你投钱,是要有回报的,要拿出'我出钱我做主'的气势来,还要留出来回拉锯的空间,这才像是正经来投资的。"苏叶顿了一下,"何况,这种项目本来也不是一两个人谈一两次就能敲定的,你只是个秘书,你又做不了主,只是陪我游山玩水顺便探个路而已。"

陈文翰茅塞顿开:"然后就正好邀请他们派人去公司考察详谈?我们就好搭顺风车了?"

苏叶给他竖了个大拇指。

陈文翰喜滋滋地又去看苏叶给他的策划案了。

孟修一直在旁边看着，实在没忍住，扑哧笑出声来。

苏叶转头去看他，一本正经道："绷住，孟老师别忘记了你的新人设。"

孟修轻咳了一声，恢复到他不苟言笑的高冷保镖脸，却还是忍不住小声道："我可算见识了教科书式的把人卖了还让人自己数钱了。"

苏叶只在唇前竖了一根手指。

孟修又道："但我还有一个问题，这个游戏可不止我们在玩。我们昨天回来的时候，已经看到街头贴着我们的照片了，如果政府的人也看到呢？又或者'警察'组的人找到这里来呢？"

苏叶了看了看从昨天开始表情就很痛苦，这时更远远坐在另一桌的助理导演："我已经问过了，红枫镇这边，只知道节目组要来玩个游戏，但其实并不知道嘉宾具体是谁。而且大家都变装了，如果不是把照片拿到眼前来比对，相信只是一眼扫过去也认不出来。"

四个人都是演员，变装是家常便饭，也很清楚如何利用化妆和小道具来改变自己的外形，虽然没有易容术那么夸张，但是如果不仔细看，跟照片上还是有差距的。知名度最广的孟修甚至全天都戴着能遮住半张脸的大墨镜闭嘴装酷，这时脸上还有新长出来没有刮的胡楂，跟平常温暖和煦的形象简直判若两人。

苏叶又补充："如果镇政府真有人能冷静地发现我们就是来玩游戏的嘉宾，在这当口，应该也不会揭露我们的。"

之前的解释还好，这一点孟修就不太理解了，挑了挑眉问："为什么？"

"前面说了，红枫镇……缺钱。"苏叶指指自己的鼻子，"我就是钱！"

那个理所当然的嘚瑟劲，即便是说着这么讨打的台词，都让孟修觉得有几分可爱，忍不住又笑起来。

苏叶道："这个计划的核心，就是我。我的身份是真实的，不怕他们查，随便怎么查。是查我昨天的自报家门也好，查到我们就是'大挑战'的嘉宾也好,我都是堂堂正正的唐家小姐。所以这个时候,真正的聪明人不但不会把我们交出去,还会替我们掩饰。假戏真做,让我们赢得游戏,刷刷我的好感度,再借此为跳板,搭上安盛集团,期待拉到真正的投资。"

"那如果……万一,他们没有这样的聪明人呢?"

"那他们就会相信我真的只是心血来潮要买山投资啊,也一样的。哪怕是万一的万一,他们蠢到恼羞成怒,又或者'警察'组真的能找到这里来……"苏叶一摊手,"那反正昨天就说好了做两手准备,山路也问清楚了,就……只能跑喽。"

"所以……你其实也只是在赌而已?"

"对啊。"苏叶坦然地承认了,"这世上每个人都会有自己的想法,变数那么多,巧合那么多,哪有人真能算无遗策?不过就是尽人事听天命,做好自己能做的事,其他都是赌。"

孟修看着她。

从墨镜的镜片后面看过去,少女的颜色有点偏暗。他突然觉得自己也许根本从没有看清楚过这个人。

一开始在片场见到她,他觉得这女孩是个演技生涩但认真努力的新人。杀青宴时,又透了几分女孩子机灵取巧又不招人讨厌的小聪明,而这时……

他竟觉得旁边坐着的,根本不是什么娇蛮霸道、不学无术的花季少女,而是一位历尽风雨、从容淡定的沙场老将。

孟修沉默良久,才又道:"那如果你赌赢了,我们赢了之后……这一摊子事,你打算怎么收场?"

"也没什么不好收场的,就真投点钱做下去喽。"

苏叶说得轻描淡写,旁边的陈文翰却突然觉得手里的策划书重若千钧,他差点要拿不住:"真投?"

"嗯。"苏叶应了一声,"你以为我熬夜做的策划书是闹着玩吗?我的睡眠时间很宝贵的好吗?只为了赢一个区区真人秀,何至于?"

那边的助理导演脸色就更难看了。

区区!

你知道有多少明星想上这个真人秀都上不了吗?

不过这一期……他觉得只怕是要凉。

看看这都什么发展?

在他的预想中,"逃犯"组拿着这逃亡资金,了不起租个车、租个房。

看看人家,拍着桌子要租整座山!

真是贫穷限制了他的想象力。

现在整组人都已经完全没有自己还在拍真人秀的自觉了。

一开始反对得最厉害的陈文翰甚至已经在跟苏叶商量:"看在我背策划书的份上,能算我一份吗?"

孟修忍不住又笑起来,却也跟着凑热闹:"那也算我一份。"

苏叶先给他们泼点凉水:"那要事先说好啊,我自己其实是没钱的,钱都是唐家的。回头真要做,安盛肯定还是要对这个项目重新评估,两位老师要参股,得到具体方案出来之后,才能确定股份。"

"没问题,那就更稳了。"

陈文翰对安盛集团显然更有信心,孟修也点了头。

苏叶就顺便看向姚佩玲。

姚佩玲一脸蒙:"看我做什么?我可没钱。"

苏叶:"……"

算了。人蠢无药医说的就是这个了。

陈文翰的手机就在这时响了起来。

陈文翰看了一眼来电号码,拿起来向苏叶示意:"来了。"

苏叶又向他伸了伸大拇指:"陈老师,请开始你的表演。"

陈文翰这时已经把这个当成了自己的事业,热情满满,深吸了一口气,瞬间就进入了角色,声音彬彬有礼又不失高级白领的矜持。

"喂,您好。"

第十五章
这世上，只有一个苏叶

"警察"组虽然屡屡受挫，却依然不屈不挠，甚至反而斗志昂扬，干劲十足地要把红枫镇翻个遍——

"就这么大的地方，我就不信他们能飞上天！"

几个人分了组，各管一条街，进行地毯似搜索。

洪奕廷还真又找到了一个线索，镇上唯一的一家文印店老板记得"唐夜弦"，说那个特别漂亮的姑娘在他那儿印了一盒名片，格式还比较正式，头衔是安盛集团什么什么秘书。

"什么什么？"洪奕廷不解地皱了一下眉。

"就……文绉绉的什么职位呗，我哪记得？"

"不是印了名片吗？麻烦您把底稿找出来看看？"

"没有啦，印好人家就要求删掉了。"

洪奕廷还要追问，跟拍的工作人员叫住他："洪先生。"

跟拍的工作人员做这种节目都很有经验了，也很讲职业操守，不是必要情况根本不会开口。洪奕廷只能停下来，转过头。

工作人员指指自己的耳机："导演组刚来的指示，游戏结束了。"

"什么？"洪奕廷有点不敢相信地睁大了眼。

工作人员点点头，给了他一个同情的表情："'逃犯'组已经全员成功逃离了。"

洪奕廷一脸愕然。

这就……真的……输了？

"逃犯"组是坐红枫镇政府的车"逃出"的。

节目组虽然设了关卡，但毕竟不是真正的执法机构，也不可能要求每一个人都下车检查，所以苏叶等人稍作掩饰就过了关。

开出去几分钟之后，他们这边的助理导演便表明了身份，要求停车，并对政府领导和工作人员表示了歉意。

红枫镇这边跟着苏叶他们出来的是一位副镇长，姓杨。

杨镇长这时丝毫没有意外，也没有生气，依然用不太标准的普通话微笑道："我们昨天晚上就知道了。毕竟咱们红枫镇这么小嘛。不过呢，既然唐小姐看得上咱们这个小地方，我们也觉得唐小姐的发展计划很好，双方连合作草案都签了，以后就是一个锅里吃饭的朋友啦。好朋友嘛，胳膊肘怎么能往外拐是不是？"他说着还风趣地挤挤眼，可惜眼睛实在太小，笑的时候已经眯成了一条线，再一挤，甚至都没了，看起来有些搞笑。

但……昨天晚上就知道了"逃犯"组的身份，却隐而不发，装作不知情先和"唐夜弦"草签了协议，等他们自曝身份之后再来表态……谁也不会觉得这样的人可笑。

孟修看向苏叶，还真是让她说中了。

苏叶只是甜甜一笑。旅游开发是个长久的项目，她也希望当地的合作者要聪明一点才好。

不过，这样的结局也算是皆大欢喜了。

唯一不高兴的大概就是节目组。

他们预计的"七十二小时大挑战"现在时间才过了一半而已。

接下来要怎么办？

好在邱导也不是特别在意："以前每次都是嘉宾们忙到最后一刻，这回速战速决也没什么不好，拍的素材够节目时长就行。接下来，录一录个人专访，晚上再搞个篝火大联欢好了。"

苏叶、孟修一行人又回到了红枫镇。

"警察"组在镇头等着他们，有中间那段时间的缓冲，刚知道结果时震惊、错愕、不甘甚至愤怒的情绪都已经过去了，嘉宾们握手拥抱，一片其乐融融。

洪奕廷道："我只想问一个问题，你们那个……不按常理出牌的计划，到底是谁提出来的？"

苏叶很自觉地举了手。

柳玟君搂着她的手笑起来："这还用问吗？除了唐小姐，别人也没这个底气啊。"

是的，除了她自己，其他人就算想到，也不敢提。毕竟她那些黑料，谁都会担心，万一她兜不住怎么办？

洪奕廷又问："那你是怎么说服其他人的？"

"就摊开直说啊。"苏叶一本正经道，"几位前辈都是讲道理的人，能赢为什么要拒绝？"

孟修凑过来补充："主要还是能带我们一起赚钱。"

大家一阵哄笑。

"你们怎么能这样？这简直毫无游戏对抗精神，完全无视了节目组的初衷与期待，对这种根本已经算是违背了作为一个演员的职业道德的行为，我只想说一句话……"洪奕廷一脸的义愤填膺，却又突然话锋一转，"也带我一个吧。"

柳玟君直接都喷了，但跟着就拉着苏叶的手不放："还有我，也带我。"

苏叶有点哭笑不得："大家愿意投资，我当然求之不得，可还是要考虑清楚啊，投资有风险，入股需谨慎。这世上可没有什么稳赚不赔的事啊，你们好歹等看到具体项目策划再说？"

洪奕廷大手一挥："没关系，总之奴才紧跟皇上的步伐，皇上都投了，我小宁子当然不能落后。"

他又搬出了剧中的角色来，孟修便道："之前是谁说第一个就要抓我出来的啊？"

洪奕廷赶紧求饶。

柳玟君笑了一会儿，又跟苏叶道："反正我也没多少钱，真赔了，就当做公益喽。"

其实吧，与其说是随便丢点钱出来做公益，倒不出说是花点钱来拉近和唐夜弦和唐家、孟修的关系……反正也不算亏。

苏叶心里也很清楚，但也不会往外推。

一线明星的交情，圈内的关系，她也需要。

而这场真人秀虽然提前结束，却莫名其妙地促成了几位嘉宾联合投资开发贫困山区的"公益事业"，也算是个不错的噱头。

当地政府就更求之不得了。

你好我好大家好，一团和气。

之后的个人访谈是分开录制的。

苏叶被单独请到了一个小房间里。

一名助理导演负责提问。

"你是怎么想到借用投资来脱身这种点子的？"

"因为别的我也不会啊。"苏叶很坦然地一摊手，"电视里那些伪装潜伏突袭什么的……我没受过专业的训练，根本不行，何况现实里的确也行不通。而且，我也不想这种天气去翻山越岭玩野外生存，只能选择自己最熟悉的领域了。"

"所以，你最熟悉的领域就是旅游开发吗？"助理导演有点意外，"唐小姐大学不是也学的表演吗？"

"并不是旅游……事实上这是我第一次接触旅游项目，所以后续的细节还是要交给专业的人士来做。但商业投资……"苏叶顿了一下，斟酌了一下用词，"大概算是耳濡目染吧。"

苏叶提出这个计划，又熬夜做出策划书，的确不是一时冲动。她打算逐步显露出自己在商业方面的"天赋"，再慢慢摆脱现在用钱用人都要向唐皓开口的困境。

苏大小姐，从来就不喜欢受制于人。

这次的"游戏"正好给了她一个合适的机会。

事实上，就算当时陈文翰和孟修不开口，她也会拉他们下水，那样才不会把这个项目完全变成安盛集团的。

她得要赚她自己的钱。

但这些当然就没有必要再跟别人解释了。

助理导演也已经自行脑补，并自以为拍了一记马屁："也是，毕竟你们唐家是世代经商嘛，也算是家学渊源了。"

苏叶笑而不语。

助理导演又继续问："也有人觉得你们是利用现实身份，钻了规则的空子，胜之不武，你怎么看？"

"我们是'逃犯'嘛，当然无所不用其极了。如果是真正的犯罪分子，你们敢保证他们不会这样吗？"

助理导演被噎了一下："这个嘛……"

苏叶又笑起来："那比如说，如果是孟老师被粉丝认出来，然后他拜托粉丝帮忙，粉丝同意了。这又算不算利用现实身份呢？"

这种情况倒是在节目组的预计之中，倒也不好说不行，毕竟"警察"组还是靠粉丝提供线索才知道苏叶他们上山和没进山的事呢。

助理导演干咳了一声，索性跳过了这个问题："你对同组的其他嘉宾怎么看？"

这就是每一期都有的问题了，苏叶早就做好了功课，每个人都夸了一番，滴水不漏。

助理导演有点不甘心，索性点名问："那姚小姐呢？据我所知，她这次完全没有出什么力吧？"

苏叶给了他一个"你太坏了"的表情，还是保持着得体的微笑，道："她很完美地演绎了我们商量好的角色啊。一个陪坏脾气大小姐出来游玩的小伙伴，怎么可以抢戏突出自己？恰到好处就可以了。姚小姐做到了，她是我们团队中不可缺少的一员。"

助理导演："……"

这真的是一个月前还黑料满天飞，标准表情包是"不服来战"的那个问题新人吗？

篝火晚会的场地安排在镇外的溪流边。

除了八位嘉宾和节目组的工作人员之外，还请了这次拍摄中所有友情出镜的人。

热热闹闹，开开心心。

所有的节目和食物当然都要大家自己动手。

这时就显出苏叶的短板来——她连切菜都不会。

不过这也不算什么，大小姐嘛，哪里用得着自己做家务？

事实上几个明星里真能自己动手的也不多，倒是姚佩玲，竟然一手好厨艺，让大家很是赞叹了一番。

大家又玩笑了一番，到了月上枝头，才总算吃上了饭。

苏叶本性上，其实并不太喜欢这样的喧闹，所以吃了点东西就稍微走开了一点，坐在溪边的岩石上看着他们喝酒唱歌。

"唐小姐。"

孟修走过来，顺便还给苏叶带了一罐啤酒。

"孟老师不必这么客气，叫我名字就好啦。"苏叶笑了笑，又摆了摆手，"我戒酒了。"

孟修本来已经顺手把易拉罐开了要递过来，听她这么说，又缩了回去，稍微犹豫了一下,还是问:"是因为上次的事吗?"

"上次,更上次,再上次……"苏叶自己说着,都笑出声来,"我以前做过不少荒唐事,不知道孟老师听说过没有,大半都是因为喝酒吧。所以……还是戒掉的好。"

对这种事,孟修也不便多发表什么意见,也笑了笑,道:"让我不必客气,你还不是一口一个孟老师。"

"那不一样,孟老师年长这么多,又是圈内前辈,应该的。"

"哦,这就是说我老喽?"

"啊,没有没有,不是不是,孟老师风华正茂,是我太小了不会说话。"苏叶卖萌地眨眨眼,"我还是个孩子,孟老师不会跟我计较的哦?"

孟修本来也就是顺口开个玩笑,这时倒有点哭笑不得。

但……十九岁,的确还是个孩子。

只是这两天她的表现,真是让人看不出来。

孟修叹了口气:"你教陈文翰谈判的时候,可看不出来还是个孩子!"

这个可就不好解释了。苏叶只能继续卖萌:"那证明我演技有进步啊,是不是?"

演技吗?

孟修挑了一下眉,他后来也看了那份策划案,怪不得陈文翰会主动要求入伙,光凭演技可写不出那种东西来。

明明有那种才能,之前却是那种名声……

孟修演过很多豪门恩怨,几乎立刻就有了脑补——唐夜弦这私生女……的确是不容易啊。

苏叶见气氛有点冷场正准备要再说点什么,眼角的余光突然瞟到了一个熟悉的高大身影。

她好像突然被按了暂停,然后倒带。

她不敢置信地转过头,再次看向那边。

她并没有看错。

的确是唐皓。

唐总裁风尘仆仆，站在岸边的土路上，冷冷地看着她。

他怎么会在这里？

苏叶惊得跳了起来。

她本来就坐在溪边的石头上，这一跳，简直是直接往溪里栽。

好在孟修就在旁边，连忙伸手拉住："哎，小心。"

唐皓几乎在同时冲了过来。

孟修才扶着苏叶让她站稳，就听她怯怯地叫了声："大哥。"

不只是声音，连身体都是发颤的。

孟修心头微微一凛。

他刚刚才脑补了一肚子的豪门恩怨，又想起上次苏叶也说过"我大哥不让我跟他说话"，这时又怕成这样……他心中不由自主地就涌起了一种保护欲，顺手把苏叶往自己身边拢了拢，才抬眼看向唐皓。

云城是孟修经常会去的城市，他在那边甚至买了房子，跟云城苏氏也合作挺多年了，但还是第一次见到唐皓。

这个几步就从土路冲到溪边来的男人身高腿长，要论长相，似乎并不在他之下，但那气场可比他强多了。

尤其是这个时候，简直就好像一头刚从山林中呼啸而出的黑豹。

冷酷、凶厉，似随时要择人而噬。

怪不得商场上有人叫他"唐阎王"，也怪不得"唐夜弦"会怕成这样。

孟修自己也是吸了一口气，才微笑着伸出手："唐先生？你好，初次见面，我是孟修。"

唐皓先扫了苏叶一眼，才跟孟修握了握手。

双手轻触的那一刻，全身的气势也就跟着收了起来，只余清冷矜贵，就好像刚刚孟修感受到的杀气只是一个错觉。

"舍妹年轻不懂事，这些天劳烦孟先生费心照顾，多谢。"

"哪里哪里，唐小姐聪慧过人，这次反而是我们都沾了她的光呢。"

两人客气地寒暄了两句，苏叶已经很自觉地走到了唐皓那边，问他："大哥怎么会在这里？"

"你第一次单独提交项目，我怎么也得来看一看吧？"唐皓的话里，好像是对胡闹的晚辈没办法的宠溺，眼神中却带着只有苏叶能看出来的猜疑。

这是人之常情。

谁家也不可能任由一个还不到二十岁以前又毫无经验的小辈拿这么多钱闹着玩，总要有人来把关的。

苏叶只是没想到唐皓会亲自来。

而且来得这么快。

苏叶是游戏结束之后拿到自己的手机才给唐皓打电话的。她现在虽然一点都不想跟他联系，但她这次拉了安盛集团做虎皮，肯定还是要亲自跟他交代的。

那时已经过了中午了。

几个小时的飞机到枫城，再来红枫镇……唐皓大概是放了电话就直接出发了吧。

那当然不可能是因为他真的有这么看重这个项目，他只是在怀疑她。

因为他很清楚，唐夜弦根本就不可能有这种能力。

苏叶从提出这个计划开始，就想到过唐皓会再起疑心，只是没想到他会这样急切。

是在意"唐夜弦"，还是"苏叶"？

她微仰着头，碧清清的眸子直视着他的眼，用撒娇的语气道："嗯，大哥能亲自来看着，我可就放心啦。"

唐皓微微眯起眼来看着她。

她绝美的脸庞在篝火的映照下轮廓分明。

一半是温柔明亮的暖色，一半却隐在夜色里，晦暗不明。

他不由得压低了声音，道："你就不怕我全盘否定掉你的计划？"

苏叶笑着搂住了他的胳膊，偏了偏头，娇俏地一眨眼："不怕啊。大哥

要是不同意这个计划的话,那得罪人的也是大哥,跟我可没关系。我又不会少一分零花钱。"

唐皓只觉得被她搂住的手略微僵硬,一瞬间甚至有种气血不畅的感觉。

他磨了磨后槽牙,才再次笑了笑,带着几分宠溺的表情捏了捏她的鼻尖:"小赖皮。"

苏叶只是甜甜地笑。

孟修在旁边看着,突然觉得自己有点多余,甚至第一次对自己的专业产生了怀疑。

演技?

呵呵。

人生如戏啊……

"所以……这又是托梦?"

唐皓坐在沙发上,面前的茶几上放着苏叶那份策划书。这时没有外人在场,他便收起了那副好哥哥的面孔,脸色阴沉,冷冷地看着苏叶。

这里是苏叶的房间,她更随意一些,就坐在床沿上,轻轻晃着一双白皙修长的小腿,带着点漫不经心的笑容:"说不定我是真的苏叶呢?"

唐皓起身走到她面前。

她抬起头看着他。

她之前吓成那样,是因为她还没做好跟唐皓再见面的准备。

事实上,从那次豁出去之后,她反而没那么害怕他了。

但让她始料不及的是,唐皓伸手扼住了她的咽喉。

苏叶从没想过唐皓会对女人动手。

而且她长这么大,还从来没有人对她动过粗,更不用说一上来就掐脖子了。

喉咙被掐住的那种紧迫闷痛和窒息感让苏叶脑海中突然一片空白。

她第一次真切地感受到什么叫小命被人捏在手里。

那种完全使不上力的渺小和无助,让她满心恐慌,根本没办法冷静地思考。

唐皓看着她的眼神从不敢置信慢慢转向恐惧，才缓缓开了口："我的耐性也是有限的。用她来试探我的情绪，做到上一步已经够了。不要再去亵渎一个已经去世的人，明白吗？"

他的语气很平淡，但都已经用上了"亵渎"这个词，可见心中的愤怒。

苏叶说不出话来。

只觉得本来就被掐住的喉咙，又被心底深处的什么东西堵住了，眼泪不受控制地涌了出来。

但是，上次还会因为她哭而安抚她的唐皓，这次丝毫不为所动，冷硬而残酷。

他是为了她才这样对她……

但是……

苏叶想，她现在要是告诉他，她的确就是苏叶，他只怕真会毫不犹豫地杀了她吧？

这算是……什么事呢？

苏叶心情复杂，但最终还是轻轻地点了点头。

唐皓松了手。

苏叶跌在床上，捂着喉咙咳嗽。

唐皓连看也没多看她一眼，又缓缓走回了沙发坐下，等着她咳完，才道："现在可以正经说一说这个投资的事了吗？"

苏叶伏在被子上缓了一阵，才轻轻道："就是正好碰上机会，顺便想自己找点赚钱的路子。"

唐皓冷笑了一声："你这是不但不信杜怀璋，也不信我了啊。"

苏叶很艰难地笑了笑："大哥你才刚掐过我的脖子，现在就说这种话，不觉得可笑吗？"

唐皓没有接话。

事实上，他自己都对自己刚刚会冲动成那样有点意外。

他甚至有一点分不清，他到底是因为有人用苏叶来开这种玩笑生气，还是因为……他竟然真的会觉得她像而惊惶。

他觉得这简直是一件极为荒诞的事情。

他在眼皮底下看了五年的唐夜弦，突然之间就处处都像苏叶了。

生活习惯、说话方式、思考模式、字迹、飙车……包括今天这份策划案。

像到他有时候甚至会忽略掉她的脸和声音，就好像苏叶真的还在他身边。

像到……

他看到她在溪边跟别的男人言笑晏晏都差一点要控制不住怒气。

唐皓想，如果"唐夜弦"和她背后的人的目的是扰乱他的情绪，粉碎他向来引以为傲的冷静的话，他们已经成功了。

苏叶又道："我如果真是要给自己找后路，又怎么会堂而皇之地打安盛的牌子？又怎么会选旅游这种投资大回款慢的项目？"

唐皓深吸了一口气，压下了自己的情绪："所以，你只是在表现？想让自己显得更有用？"

苏叶静了一下，她并没有这样想。

但唐皓的思路……大概也挺可行的。

她如果能表现得更优秀，以后被当成弃子的概率就更小，不论是想在安盛分一杯羹，还是在杜怀璋那里更进一步得到重用的可能性都会更大。

但想了想，她还是摇了摇头，向唐皓坦白道："我没想那么多，我只是……"她叹了口气，"不管你信不信，喜不喜欢，能不能接受，现在真实的我其实就是这个样子的。遇到这种'挑战'命题，我会用这种办法去解决，并不是要模仿谁，或者算计什么，只是一种直觉，甚至可以说是本能。"

这取决于一个人的思维方式。

就比如这次，姚佩玲会选择跟紧孟修，助理导演会先考虑节目效果。

作为演员，苏叶这样的肯定不合格。

但作为商人……这么短的时间，这样的眼光和决断……已经足够令唐皓丢下其他事匆匆赶过来了。

唐皓轻轻敲了敲那份策划案："具体说一说吧，你到底是怎么想的。"

苏叶觉得他大概还是认为自己背后有人教唆，想要进一步确认这个策划的确是出自她自己的想法。

她嗤笑了一声，所以说啊，这男人把固执用到了她身上的时候，最讨厌了。

苏叶爬起来给自己倒了杯水，抿了一口，才道："何必呢？"

因为喉咙不适的原因，她的声音比平常更低，带了点气音，喑哑低迷。

换个场景，或许会是撩人的性感，但这时，只有满满的讽刺。

"我说了，你就信吗？"她说，"你其实清楚的，这几天，我一直是在剧组的跟拍下行动的，根本不可能找人代笔或者场外指导。但你还不是一来就直接想掐死我？"

"大哥。"她唤他，声音婉转动人，却又别有深意。

"有问题的人不是我，是你自己。"她看着他，缓缓道，"你一再怀疑盘问我，不是因为你没有答案，而是你不接受那个答案。大哥，在你问我之前，你自己才应该好好想一想，你要的到底是什么？"

唐皓抬眼正视她，瞳仁幽黑如墨，却又冷冽如冰。

"这世上，只有一个苏叶。"他说。

苏叶没有回答。

她不知道要怎么回答。

这世上的确只有一个苏叶。

她死了，她又活了。

从始至终，都只是她。

她其实已经说了，但他不信。

苏叶其实也能够理解，毕竟发生在她身上这种匪夷所思的事，如果她一说他就信了，她说不定反而要怀疑唐皓是不是也出了什么问题。

可是，她也没办法解释，毕竟连她自己都不知道她到底算是怎么回事。

第十六章
苏叶的脖子

第二天大挑战节目组就准备撤了,几位嘉宾反而要多留两天。他们这些打算入伙的,总要看看安盛集团对这个项目评估的结果。何况唐总裁都亲自来了,他们也不可能甩手就走。

再者说,柳玫君、罗竹容这些明星看着风光,毕竟也就是文娱圈子里的大腕,能见到唐皓的机会还真是不多。哪怕没做豪门梦,能凑个近乎拉拉交情也总是好的。

红枫镇这边安排了人,正式带他们"考察"红枫镇周边的环境。

这一次当然就是以安盛集团的人为主了,准确地说,是以唐皓为中心。

昨天晚上不欢而散,苏叶很识相地离唐皓远远的。

孟修走在她身边,打量了她很久,还是犹豫着问了出来:"你脖子怎么了?"

苏叶系了条丝巾。

虽然配着她修长的脖子看起来既优雅又飘逸,但那丝巾的材质看起来实在太差,孟修觉得说不定就是在招待所门口随便买的,跟她那一身轻奢风真不太搭。

苏叶轻咳了一声,尽量让自己的声音听起来自然一点:"山里冷,怕着凉。"

现在是初夏时节,山里的温度稍低了一些,加一条丝巾其实也说得过去。

但……

孟修皱了眉:"嗓子又怎么了?"

苏叶只能道:"大概已经有点着凉了。"

孟修停下来看着她。

苏叶垂了眼,继续跟着队伍往前走。

孟修直接拉住了她的胳膊:"生病了就回去休息,逞什么强。"

"我没事,我自己提的项目,自己总要……"

苏叶话没说完,已经被孟修打断。

"他打你?"孟修的声音压得很低,透着几分不敢置信的惊诧。

刚刚的拉扯间,他已经看到了苏叶脖子上的瘀青。

苏叶连忙调整了一下纱巾的位置,也低声道:"没有,不是那样的。"

"这难道还能是你自己弄的吗?"孟修突然愤慨起来,他往前面看了一眼,努力保持尽量平和的声调,轻轻道,"你不用怕。现在是个法制社会,没有人能继续用封建大家长专制那套来欺侮人。我会帮你的……"

孟修在圈子里是有名的脾气好,但那并不代表他懦弱。

正相反,在某些事情上,他相当有原则,硬气得很。

就好像上次对许建安,他丝毫没有掩饰自己的厌恶。

同样的,他也不怕得罪唐皓。

他说会帮她,就是真的想帮她。

苏叶心头一暖,向他笑了笑,道:"谢谢孟老师,但……你的好意我心领了,这事暂时还是让我自己处理吧。我跟大哥之间……呃,有点复杂。你要再掺进来,可能就更复杂了。"

她自己这么说了,孟修也不好再坚持。毕竟他对唐家的事也并不了解,非要强出头,就有点过火了。

但他还是握了握苏叶的手,道:"你不必委屈自己逆来顺受的,如果有需要,随时可以找我。"

苏叶点点头,再次道了谢,又眨了眨眼:"那……跟这个没关系,别的事,也可以去找孟老师帮忙吗?"

孟修愣了一下,才调整了情绪,也笑了笑:"我以为我们已经算朋友了,互相帮忙难道不是应该的吗?"

苏叶倒没想到孟修会这么说。

他脾气好归好,毕竟影帝的咖位在那里,哪有随便跟什么十八线演员合作一两次就可以算朋友的?至于说她的身份……孟修都不在意许建安,对唐皓的态度也很平常,唐家的私生女又算什么?

第一次拍戏她是纯新人,完全可以算是孟修在带她。然后杀青宴也是他出来找她,这次节目一直在支持她,现在又这样帮她……

苏叶看着孟修,长长呼了一口气,诚心诚意地给他发了一张"卡"——"孟老师你真是个好人。"

孟修:"……"

好吧,反正他好人卡收得多了,也不差这一张。

中饭是当地土色土香的农家菜,唐家"兄妹"很自然地被安排坐在一起。

唐皓很自然地给苏叶倒了杯热水,貌似不经意地问:"上午跟孟先生聊得那么开心,说些什么呢?"

他从来没见过唐夜弦笑得那样灿烂,一丝也不作假,眼底的明媚就像三月的湖水,荡漾得让人眼晕。

他也从没见过苏叶那样笑。

苏叶的身份和性格就决定了她的行容举止,跟他在一起时,最开心时,也没有那种娇俏可爱。

但那一刻,他似乎真的好像看到苏叶在对着别的男人巧笑嫣然……他甚至在知道苏叶结婚的时候,都没有像今天这样妒火中烧。

他想,也许"唐夜弦"说得没错,他大概真的出了问题。

苏叶接过杯子,用双手捧着,很乖巧的样子:"就随便聊聊喽,孟老师说他喜欢那个小湖，回头在那儿盖个小木楼，每天养养鸡钓钓鱼就是神仙日子。我说鸡屎很臭的，又招蚊子，孟老师骂我煞风景……"

她话没落音，一桌子人就都笑起来。

柳玟君甚至差点没一口水喷出来，她拍着苏叶的肩，道："孟老师骂得没错，你可不就是煞风景？"

作陪的杨镇长就接道："但唐小姐也没说错，实际情况就是这样的，城里人偶尔换下口味体验一下田园生活是放空身心回归自然，时间一长可能真受不了，我们回头也得特别注意一下这方面才行。"

大家说笑着就把话题拉到了旅游项目上。

唐皓多看了苏叶一眼。

苏叶只向他笑得眉眼弯弯。

唐皓压下了心中那一丝异样的情绪，给她夹了一筷子菜。

"谢谢大哥。"苏叶甜甜地说。

唐皓拿着杯子的手握紧又松开，最终只是沉默地喝了一口酒。

孟修吃着饭，随口应付着桌上的话题，却一直在暗中观察着唐家"兄妹"的互动。

虽然苏叶说自己能处理，但她脖子上的瘀青明显就是被掐出来的，都到了掐脖子这个程度，实在让人没办法不在意。

他知道有些家暴的受害者，终其一生，也没能离开施暴者。有些人是被胁迫，有些人是自己放弃了反抗，甚至会在心理上被操控，就好像斯德哥尔摩综合征。

但这对"兄妹"……

的确有点奇怪。

至少就他这段时间的观察来看，显然是"唐夜弦"的举动在牵引着唐皓的情绪变化。

昨天匆匆赶来，初见时他感受到的杀气，包括刚刚的问题……

唐皓昨天掐了苏叶，是因为她自作主张打了唐家的旗号，还是因为……

她跟自己的亲密？

孟修心头涌起了几分不安。

做哥哥的，对妹妹在意到这个程度，是不是有点问题？

回到招待所之后，唐皓特意去找了苏叶单独说话。

"投资的事我已经有了决定。"

苏叶就放下了手里的事，正正经经地看向他。

"你知道的，安盛并没有旅游方面的业务，而且这里离云城太远，不方便管理。如果要为了这么个小项目开一个新部门也不太现实，所以这次安盛不会接手。"

这个结果，苏叶并没有太意外。

虽然对红枫镇来说，可能是民生大计，但对于安盛集团，这项目的确太小。接下来是顺手的事，看不上那点收益不想费这个劲也很正常，全在唐总裁一念之间。

他现在不高兴，不想接她挑起来的事，她也无话可说。

苏叶虽然之前就说了些"大哥反对不关她事"之类耍赖的话，但唐皓真的否掉这个计划，她心里还是不太舒服。

毕竟当初指着自己的鼻子说了"我就是钱"，甚至自信满满地答应了孟修他们入股，现在却拿不到投资，她的面子也有点挂不住。

她看着唐皓，不由得想，不但唐皓要重新认识换了芯子的"唐夜弦"，她大概也应该要重新认识一下唐皓。

他们之间，有着七年的空白。

时间会改变太多东西。

他已经不是她记忆中那个光风霁月的爽朗少年，而是铁腕无情冷静狠厉的"唐阎王"。

她这样安静地注视他，竟让唐皓略有几分不自在，他索性转过身，背对着她倒了杯水。

苏叶正想说既然如此，她自己另找投资来做好了，反正现在政策对大学生创业扶持力度也挺大的。大不了再去忽悠一下孟修，让他出大头，现在流量小生片酬那么高，他应该多少有点积蓄吧？

却听唐皓就在那水声中悠悠道："但你话都说出去了，不如就自己来做吧。"

"哎？"苏叶意外地眨了眨眼。

唐皓把杯子递到她手边："你自己注册公司，自己招人，自己管理这个项目。能做吗？"

"能。"苏叶以前的确也没做过旅游业，但这种小项目……就当再练一次手喽。她应得自信满满，但很快又有点泄气，看向唐皓，欲言又止。

唐皓很善解人意地接上去："前期的钱算我私人借给你。"

他这么爽快，苏叶反而有点犹豫起来，迟疑了一会儿，试探地道："但这样的话，就跟安盛没有关系，完全算是我自己的产业啦。你就不怕我真在准备后路了？"

唐皓嗤笑了一声："这种地方，这种小钱，这后路未免有点太窄。"

也是，这点小钱，又让他过了眼，哪算得上什么后路？

唐总裁根本看不上。

苏叶反正也没真想怎么样，她真心只是想能有点自己经济来源而已，蚊子再小也是肉，现在唐皓主动把这个和安盛分割开来就更好了。

她真心实意地向唐皓道了谢："谢谢大哥。"

唐皓静了半晌，向她的脖子微微抬了抬下巴："让我看看？"

苏叶乖乖把丝巾解开了。

她的脖颈修长纤细，皮肤白皙，就越发显得那道瘀痕刺眼。

苏叶其实也不知道这种情况要说什么才好，不论是放低姿态撒娇还是强硬地控诉指责或者大度地原谅什么的，都不太合适，但都不说话……似乎气氛也挺奇怪的。她伸手摸了摸伤处，絮絮道："挺难看的……其实我涂了点遮瑕，但我平常用的这种遮盖效果不太好。等回枫城就去买个别的……"

"不会有下次了。"唐皓轻轻打断她的话。

他没有道歉,是觉得当时自己的确有发怒的理由,但还是给出了保证。

因为……看着那些瘀痕,他只觉得自己的心脏都似乎被什么掐住了,闷闷发疼。

苏叶看出了他眼中的懊恼,不由得在想,所以他这么爽快地借她钱……算是一种补偿吗?

那还真是挺划算的。她不无讽刺地勾了勾嘴角。

唐皓不想看她这样的表情,索性换了话题,问:"你跟孟修很熟吗?上次在云溪也是他替你出头?"

"孟老师心地善良急公好义。"苏叶说。

唐皓不信。

娱乐圈那种地方,被欺负的女演员多了去了,孟修要是真的那么"急公好义",管得过来吗?

他这个"妹妹",只怕太低估了自己的魅力。

若是以前那个五颜六色的非主流形象,说不定真没人敢下手,但现在……许建安说不定还是因为担心苏叶留下的后手,孟修肯定就是冲她本人了。

唐皓莫名地又有点烦躁,沉了脸问:"你说不喜欢杜怀璋,是因为孟修吗?"

"不是。"苏叶毫不犹豫地回答。

若论长相,孟修的确比杜怀璋更帅,毕竟是经过万千影迷的检阅,360度无死角的英俊影帝。

在苏叶眼中,却依然比不上眼前的这张脸。

哪怕他现在固执冷漠喜怒无常,那样的眉眼,那样的线条,那样的轮廓,依然是她最喜欢的样子。

甚至让她不敢多看。

只怕多一眼,就要再次暴露自己的心迹。

苏叶垂了眼,轻轻抿着手里的温水。

唐皓只认为她心虚，语气越发冷硬："是与不是，你都最好跟他保持一点距离。"

"为什么？"

苏叶有点不高兴，之前明明不管不问，一管起来，就连她的交友都要干涉，她还要跟孟修合伙做生意呢。

她突然又想起之前的一些话，不由得挑了眉问："他也不是好人？"

"他是不是好人我目前没办法判断，但是……"唐皓顿了顿，才道，"父亲不会同意的。"

苏叶沉默下来。

唐霖会不会对演员明星有偏见她不知道，但他对杜怀璋的欣赏是有目共睹的，肯定不会想看到她"出轨"喜欢第三者。

唐皓留着唐夜弦，可不就是为了哄老爷子开心？

这时连唐皓都会压着自己的脾气不在唐霖面前跟她吵架了，她要是闹什么幺蛾子……只怕就不是这么不轻不重掐脖子就能了结的事了。

"老爷子时间不多了，你最好不要在这种时候再做什么出格的事刺激他。"

唐皓的声音很轻，却带着不容违抗的警告。

是在警示"唐夜弦"，同时，也是在告诫自己。

夏千蕾给苏叶买了支新的遮瑕膏，但效果还是不太好。皮肤太白了就是这样，一点点痕迹都十分醒目。她一边替苏叶擦，一边皱了眉。

苏叶没有跟她讲过这伤是怎么回事，但这并不难猜。

毕竟在唐皓来之前还没有。

夏千蕾越发搞不懂这对"兄妹"到底怎么回事了。

之前唐皓的确是不管不问，"唐夜弦"基本上连安盛集团的大门都进不了。然后吧，唐总既然派了她来吧，应该算是对这个妹妹还挺重视的吧，两人又几乎不见面不说话，"唐夜弦"要个资料都得找她中转。

但是……"唐夜弦"这一边报告一发过去,唐总立刻就放下所有的事赶来了。好嘛,这一见面竟然还动上手了。

你要说他真是气"唐夜弦"自作主张吧,回头又私人贴钱让她自己放手去做……

夏千蕾一时甚至有点庆幸自己现在跟了"唐夜弦"。

唐小姐就好侍候多了,要什么不要什么,指令清楚明白。

但她们相处时间毕竟还短,还没有默契到心意相通的地步。

苏叶可不知道她在腹诽唐皓,只以为她可能在担心自己的脖子不能见人,轻笑道:"放心,我还要在这里再待几天,到时就差不多了。一会儿还是再加个丝巾吧,也没人敢扒下来看的。"

注册公司的事还是要回云城比较方便,但是项目在这里,她自己来负责的话,还是要先在这里做点准备工作。

唐皓倒是直接回去。他说好只给钱,就不管她的具体操作。更何况,他能挤出这两天的时间就已经很不错了。

没想到,他竟然在飞机上遇到了孟修,甚至座位都在同一排,就隔了个走廊。

两人都有点意外,明显都没想到对方会在这个时候丢下这边的事和"唐夜弦"离开枫城。

"唐总这就回去了?"

"孟先生今天去云城?"

打过招呼之后,两人几乎同时问出了差不多的问题。

孟修先笑起来,道:"之前看您好像对唐小姐不太放心的样子,还以为您会多待几天。"

"是不太放心。"唐皓点头承认了,若有所指地道,"她毕竟还小嘛。"

"嗯。"孟修应了声,"但唐小姐做事很认真,又有魄力,还很有说服力,有时候真是会忽略掉她的年龄。"

唐皓想想她这些日子的表现,依然只能承认:"所以孟先生就被她说服了要入伙吗?"

孟修都笑出了声音:"嗯,就是……凑个热闹吧。回头节目播出,如果没剪掉的话,唐总应该也能看到,唐小姐那个时候太逗了。"

唐皓没有笑。

他再一次从心底生出了嫉妒。

就好像本应该只属于他一个人的东西,在他看不到的地方,向别人绽放了迷人的光彩。

这很奇怪。

他甚至不知道自己是潜意识里真的已经接受了苏叶就是唐夜弦这么荒谬的事情,还是在不知不觉中已经被"唐夜弦"吸引。

可"唐夜弦"有什么吸引他的地方?五年来,他连看都不曾想多看一眼。说到底,还是因为她变得像是苏叶……

唐皓的脸色不太好,孟修看出来了,却继续道:"虽然说是入伙,其实我对做生意什么的,是一点也不懂的。所以这次也只是拿钱出来,并不参与管理。新公司都要靠唐小姐了。"

唐皓抬了抬眉:"孟先生对她倒是挺有信心的。"

孟修道:"虽然我跟唐小姐只合作过这两次,算起来……每次都没超过三天。但我觉得吧,比起演戏,她在商业方面,说不定更有天赋一点。"

唐皓眉梢一挑,侧过头,上下打量了孟修一眼。

孟修是走到哪里都自带明星光环的男人,眉眼疏朗,俊逸非凡。这时笑容温和,从容淡然,却迎着他的目光,毫不退缩。

这就有点意思了。

唐皓想。

唐夜弦进《宫墙月》剧组的时候,网上闹得那么厉害,就算孟修自己不看,他的经纪人也会看了提醒他。毕竟他这种明星,合作的女演员稍有差池,都会受到影响。所以,他不可能不知道"唐夜弦"是半路才被接回唐家的私生女。

现在对着唐皓，提起她明明有商业天赋，却进了娱乐圈，简直就好像林伯成夸唐夜弦长得像她妈一样吧？

但林伯成是想打唐霖的脸，孟修呢？是为"唐夜弦"打抱不平？

唐皓笑了笑："我最近也是这么觉得。不过，她还小嘛，也没个定性。演戏也好，这次做旅游也好，随她自己玩一玩，回头等确定真正喜欢什么之后再做决定也行。"

孟修可算知道苏叶说"我就是钱"那个嘚瑟劲是怎么来的了。即便他现在随便一部戏的片酬都是用千万单位来算的，但还是感受到了唐总裁这句话里的财大气粗。

这真的就是有钱人的底气。

普通人想换个工作岗位都得前思后想左右为难不知要焦虑多久，到了他们这里，跨行业也不过是随便玩一玩。毕竟失败也亏得起，无非就是从头再来。

但……

如果唐皓真的对"唐夜弦"这样宠溺包容，她脖子上的那个掐痕……意味就更加可怕了。

可是，孟修不好再说什么。

他因为以前演的一部戏，曾经也看过一些心理学的书，这时正慢慢把唐家"兄妹"的表现和其中的一些例子对应起来。

如果一个人真的对另一个人有强烈的控制欲，又有暴力倾向的话，这个时候无关的外人贸然试探，说不定反而会刺激到他，让受害者的处境更加危险。

孟修沉默下来。

唐皓也没有心情继续寒暄。

他能看出孟修对他隐隐有一种防备，似乎也误解了唐夜弦在唐家的处境，虽然他不知道这种误会是怎么来的，但孟修对"唐夜弦"的关心是真真切切作不了假的。

这让他很不高兴。

甚至孟修的外貌也挑不出什么问题,他连多看一眼都不高兴。

索性就拿出 iPad 开始办公。

那边孟修看了他一眼,也拿了个剧本开始看起来。

第十七章
他这是在撩她吗

苏叶去做新公司这件事,虽然是唐皓私人出钱,他也没当成什么大事,但毕竟项目在枫城,以后说不定就得时不时过去,所以唐皓回去还是跟父亲报备了一下。

唐霖很高兴。

并不只是因为女儿想做点正经事了,而是大儿子对女儿的支持。

他心里其实也隐约明白这段时间儿女们相处方式的改变说不定只是对他时日无多的妥协。

但他对女儿有种谜之自信,他家小弦那么好,只要唐皓肯抛开成见注意她,总有一天能接受她的。现在就算是一个好的开始了。

唐皑则很震惊,觉得大哥简直鬼迷心窍,竟然真的拿钱出来给唐夜弦胡闹。

"她一个屁都不懂的非主流,她会什么?你竟然真的信她能管理公司?"

唐皓把苏叶那个开发草案甩给他:"你什么时候能到一个陌生的地方考察一天,再用一晚上独自写出这个程度的策划来,我也出钱给你胡闹。"

唐皑被噎了一下,但也不敢跟大哥顶嘴,咬牙切齿地拿起那个有点简陋的手写策划书看起来。

看着看着，他脸上的愤怒就变成了不敢置信："一天？一晚上？真的不是代笔？"

拿着钱找个穷乡僻壤说要投资，这谁都会。拍拍脑袋就决定搞旅游也不算有多高明，但能从市场需求到本地条件优劣到发展前景一条条仔细分析，就很需要专业能力了。

唐夜弦？

他认识的那个唐夜弦？

那天晚上飙车，还可以说她本来就经常玩，但这个，可不是玩玩就能会的。就连他们班上有些同学，让他到网上去抄，都不定能抄得这么顺畅。

唐皑一脸呆滞，唐皓都懒得跟他解释，转身走了。

唐皑看着那清秀又不失风骨的字迹，沉默下来。

但对这事反应最大的，其实还是杜怀璋。

他直接去了枫城。

支开了夏千蕾，和"唐夜弦"独处时，他劈头就问："你到底在做什么？你到底想怎么样？"

苏叶平静地看着他："我做了什么不该做的事吗？"

杜怀璋说不上来。

她只是来参加节目，顺手做个投资，开个公司，这对唐家小姐来说，根本算不上什么不该做的。甚至……这比她以前酗酒、飙车、打人正常多了。

他就是……莫名其妙地有一种事态要失控的不安，好像本来就在自己掌心里捏着的人，突然就长了刺。

扎得他浑身不舒服。

他伸手拉过苏叶，然后就看到了她脖子上的瘀青，瞳仁骤然一缩，本来要说的话就变了。

"这怎么回事？谁干的？"但下一瞬，他自己就回答了，"唐皓？"

想想也不可能是别人了。

他握了握拳，呼吸沉重，又震惊又愤怒："他怎么会对你动手？怎么能！"

苏叶想，杜怀璋还真是把唐夜弦当作自己的所有物了。他想怎么样都行，别人想怎么样都不行。

杜怀璋做了几个深呼吸才冷静下来，又问："到底是怎么回事？"

苏叶当然不会把实情告诉他，但也没有替唐皓否认辩解，只道："他很生气。"

"因为你自作主张？"杜怀璋顿了顿，"不……他是怀疑你奉命行事，至少是受人教唆。"

唐皓还真的就是这么想的。苏叶抬眼看向杜怀璋，勾了勾嘴角："你还真是了解他。"

杜怀璋没理会她语气里的讽刺，皱了眉："那他怎么又会答应拿钱给你？"

"不知道。"苏叶是真不知道唐皓后来又是怎么想的。

杜怀璋皱起了眉，也不管苏叶了，摸着下巴在屋里来回踱步。

苏叶坐回了沙发上，缓缓开始泡茶，同时也在整理着自己的思路。杜怀璋这么急切地赶来，这么气急败坏地盘问她，是因为自己开公司这个举动影响了他的计划吗？是哪方面的影响？

杜怀璋再次走回来时，苏叶就给他倒了杯茶。

她端茶的时候微低着头，眉眼都掩在了茶水氤氲的热气里，看起来文静柔顺。

杜怀璋心头就微微一软，一面坐下来喝茶，一面道："下次再有这种事至少先跟我打个招呼。"

"当时在做节目，不能跟外面联系。再说了……"苏叶顿了一下，轻轻道，"你都不告诉我你要做什么，我又怎么知道什么事我不能做？"

她本来只想顺着他的话试探一下，杜怀璋的反应却比她预料中大得多。

他直接将茶杯重重往茶几上一放，盯紧了她，阴沉沉道："唐皓是用这笔钱收买你替他打探消息？"

苏叶看了看溅出来的茶水，心中略为可惜，却还是勉强辩解道："你在脑补些什么？我这样的，是做双面间谍的材料吗？唐皓是有多瞎多没人用才想收买我？"

这倒也是。杜怀璋犹豫地盯了她一会儿，才道："总之你最好记清楚，他就算给你再多好处，我只要把当年的事翻出来，你就完了。所以，你最好不要玩什么花样。"

苏叶低低应了一声，忍不住在想，到底是什么事，能让唐皓都压不下去？

不论杜怀璋人品怎么样，能力还是有的。他既然来了，苏叶也不客气，能让他做的，就都丢给他做。

杜怀璋也不推辞，一副理所当然的样子办得妥妥当当。

所以苏叶回云城的时间比预计还早了一些。

好在瘀青也好得差不多了，再涂点遮瑕膏也就基本看不出什么来了。她很放心地黏在唐霖身边撒娇，又显摆她给大家带的小礼物。

唐霖哪里缺这点小礼，但最重要的是女儿的心意嘛。

他也想正好趁热打铁再巩固一下儿女们的关系，就想打电话把儿子们都叫回来："礼物你亲手送给哥哥们吧。"

但是，两个儿子都不回来。

唐皓说要加班，其实苏叶想他说不定只是不想见她。

唐皑则在赌气，也想自己去搞个什么创业，比不过唐夜弦之前也不想见她。

唐霖被这一盆冷水泼得整个人都要蔫了，却还要安抚苏叶："小弦不要介意啊，你大哥就是这么忙的。男人嘛，就是要努力赚钱养家啊。回头让他们给你买包包。"

苏叶笑起来，搂着老爷子的手臂："没事的，爸爸，这样就很好了。"

"就知道你最乖了。"

苏叶乖乖应了声，靠在他肩头蹭了蹭。

唐皓说得没错，就当为老爷子……最后这些日子，最好也别再搞出什么事端了。

院子里的玉兰花已经谢了,但风景还是很好的。

下午,苏叶在阳台上喝茶看书,忍不住又小睡了一会儿。

醒来的时候,她看到唐皓在隔壁阳台抽烟。

他微倾着身子,伏在阳台的栏杆上,面向下面的花园。

虽然好像并没有看她,但她还是几乎瞬间就惊跳了起来,定了定神,她才叫了声:"大哥。"

唐皓这才转过头来:"吓到你了?"

他也算是总结出来了,"唐夜弦"在潜意识里,应该还是怕他的。所以每次在没有准备,无意识的状态,她见到他总会被吓到。

上次在红枫镇的溪边也是,刚刚也是。

但……

之前他觉得她在他面前悠然自得简直是一种冒犯,可是现在,她这样战战兢兢,他又觉得有点……不太好形容,总之就是哪里不太舒服。

苏叶那边对自己的反应过度,也是讪讪地轻咳了一声,道:"没有,就是做梦惊醒了。"她不想纠结这个问题,改问,"大哥昨天不是说忙得没空,怎么今天这时候就回来了?"

唐皓昨天的确是忙,但也没有到连回家吃个饭的时间都没有。

他只是已经知道唐夜弦对自己情绪的影响力,所以特意想避开冷静一下。

不过,好像效果并不怎么样。

唐皓向来干脆,控制不了,又无法回避,那就……换条路好了。

"茶看起来不错,不请我喝一杯?"他说。

苏叶又吓了一跳,看了看旁边小圆桌上的茶壶。

他怎么就看出不错来了?

她都睡了一觉醒来,这茶早就凉透了吧?

但唐总裁说了,苏叶也只能点点头:"大哥想喝的话,我再泡一壶吧。"

唐皓摁灭了手上的烟头,去了隔壁。

这还是他第一次进"唐夜弦"的房间。

早先他是根本懒得管她，就算路过都不会瞟一眼，这时却不由自主地扫了一圈。

她搬来这个房间的时间其实也不算很长，还是当初做客房的那个格局，但床上用品换成了清闲淡雅的浅绿隐花，床头柜上放了个记事台历，还堆着四五本书。

房间里明明还算挺整洁的，但被他这样打量，苏叶竟然莫名其妙地有点窘迫，轻咳了一声："大哥，还是去阳台坐吧，我在烧水，这就好了。"

唐皓从善如流地去了阳台，就坐在苏叶先前睡觉的那张躺椅上，靠在椅背上，闭目养神。

一直到听到苏叶在身边坐下，他才慢悠悠道："你倒是会享受。"

苏叶打了个哈哈，给他倒了茶："大哥那边，也可以弄一个吧。"

"那就不必了，我想用的时候，过来就行。"

苏叶有点接不上话。

想用就过来是个什么意思？

今天的唐皓好像哪里有点不太对？

唐皓端着茶，轻轻吹了吹热气："所以，你所谓的能做，没问题，就是把事情都丢给了杜怀璋？"

苏叶倒反而愣了一下才意识到话题已经跳了，只能又打了个哈哈："也不是所有事……反正，知人善用，也是管理的一部分嘛。"

"哦，知人善用。"唐皓顿了顿，抬起眼来看了看她，"你倒是说说看，你对杜怀璋到底知道些什么？"

说到这个，苏叶就打起十二分精神来。

他这是因为上次要她自己去问她没去，所以他主动过来了吗？

"就是你上次给我的资料里那些喽。"苏叶就如他所愿地问了，"说起来，杜怀璋是不是在进安盛之前就知道父亲有个私生女在外面？"

唐皓弯了弯嘴角，露了点赞许的笑容，却不答反问："父亲有没有跟你

讲过唐家的亲戚?"

唐霖有没有跟唐夜弦讲苏叶并不知道,但她自己当年其实问过唐皓,唐皓却并不太愿意提这些。

跟一连几代都子嗣单薄的苏家不一样,唐家的人丁其实还是挺兴旺的。唐霖那一代,就有四个兄弟,只是关系并不太好。

苏叶也可以理解,再亲的兄弟,也会有各自的想法,长辈也会有自己的偏爱,哪怕再公平,家产就那么多,怎么分,都会有人不满意。

苏叶轻叹了口气,道:"我好像从来也没见过咱们家的亲戚呢。"

"都被我赶出云城了。"

唐皓说得轻描淡写,苏叶却不由得心头一紧。

当年的事,具体她也不清楚,但那个时候唐皓才多大?唐霖病着,唐皑还小,他竟然把其他唐家人都赶走了?

那是得承受多大的非议和压力?

"父亲是家里的老大,其实能力很一般,性格又有点放荡不羁。平心而论,二叔、三叔都比他强,但是,爷爷是个传统而固执的人,他就坚持家业是要由长子嫡孙来继承。所以安盛就交到了父亲手里。叔叔们怎么服气?三天两头地暗中挑事。父亲嘴上不说,其实焦头烂额、身心俱疲。可他也不是个豁达的性子,越是这样,越不肯放手。这么几十年下来,不但安盛,连他的身体也是千疮百孔。终于……"唐皓抬起手,做了个"爆炸"的手势,他自嘲地笑了声,"我那个时候……比你现在大一点点吧,整个人都是蒙的。可是怎么办呢?这是我家,这是我爸,我还有个弟弟,他更小,根本就不知道发生了什么。赶鸭子上架,也得上吧。"

唐皓从来没有跟别人讲过自己当年骤然接手时的慌乱,但这个时候,坐在这个躺椅上,吹着风,喝着茶,对着这个人,却无比自然地顺口就说了。

唐皓自己也觉得奇怪,却并不排斥这种感觉。

"……从根子上坏了,就只能连根挖出来……咬着牙挺过来,完成重组……他们现在跟父亲是一样的,只是执有少数股份吃分红,但不能待在云城,不能参与安盛的管理。"唐皓突然笑了笑,"你猜他们甘不甘心?"

苏叶喝着茶,轻轻道:"我猜他们手上的股份加起来,差不多快过半了吧?"

"嗯,如果加上父亲手上的,就够了。"

"所以这个时候,我就出现了。"

出于对女儿的补偿心理,他们再稍加操控,就能把那些股份都拿到手里,再和唐皓叫板。

这真的是一个简单得不能再简单的局,苏叶都有点意外。

"但……为这个特意去国外找人,前前后后这么多年……好像有点不太值?而且现在的安盛势头正好,也不太可能这么轻易动摇吧?"

现在的安盛集团已经不同往日,现在的唐皓也已经不是叔叔们拿着那点股份就可以扳倒的人了。

唐皓笑起来:"大概谁也没想到你真是父亲的福星吧。当时毕竟病危通知都下了好几次,就连我,都只当是父亲的临终愿望,只想他不要带着遗憾走就行。结果一拖这么多年,情况就不一样了。"

苏叶有点无言。

这可真是人算不如天算。

她叹了口气:"所以我现在算一手闲棋了,能用就用,不能用……也无所谓。反正这几年也是唐家在养,他们也没有损失。"

所以唐皓也无所谓,由得唐夜弦怎么"作",反正也翻不起浪,就算溅起点水花大概也能随手抹了。

唐皓挑了一下眉:"你对自己的位置认识得很深刻嘛。"

苏叶只想送他一个白眼:"那杜怀璋呢?他在这里算什么角色?他肯定不会甘心就这么变成闲子儿吧?"

"那就要问你了啊。"唐皓慢悠悠地喝了口茶,"毕竟你们才是一伙的。"

苏叶直接就被噎住了。

她……

好吧，他们的确是一伙的。

可是这个一伙……又不是她自愿的。

既然唐皓今天跟她说了这么多，苏叶也觉得应该更坦诚一点："他威胁我。"

唐皓微微眯起眼："用什么？"

"我不知道。"

——这才是最麻烦的。

唐皓一口茶差点要喷出去。

他看了苏叶很久，确定她的确是在说真的，才再次皱起眉来。

这是个什么情况？

杜怀璋用唐夜弦不知道的事情威胁她，而她就真的被威胁到了？

"准确地说，是不记得。"苏叶补充，"他手里有我什么把柄，甚至都不怕我的身份揭露，估计比这个更麻烦，说不定是要命的级别。但我……"她顿了一下，"现在的我，完全不记得。所以，不敢赌。"

唐皓点了点头："所以你自己也不敢跟他提分手？"

怎么又提到分手了？

这一堆事，分手算是最小的好吗？

苏叶皱着眉打量唐皓，真是觉得他今天哪里不对劲。

唐皓放松地跷起一双大长腿，悠然自得地喝着茶，还斜过眼来问她："好看吗？"

声音云淡风轻，丝毫不见平日里的冷峻。

只差没放电了。

苏叶吓得差点要再次跳起来。

这算什么？

他这是在……撩她吗？

是在撩没错吧？

唐皓是也被什么东西附身了吧？

但刚刚说唐家往事，又条理分明，并不像有问题。

"大哥你今天怎么了？总感觉哪里怪怪的……"苏叶索性直接问。

唐皓抬眼看着她，反问："你说呢？"

他漂亮的眼睛里带着笑，瞳仁幽黑，这时完完整整地映出她的影子。

苏叶真的站了起来，带动椅子，划出刺耳的声响。

她指着自己的脖子："你前几天才掐了我脖子，还记得吗？"

唐皓点了点头，也跟着站了起来，向她伸过手："还痛吗？"

苏叶几乎都要抓狂了，一把将他的手打开："所以你到底是在想什么？你把我当什么？"

她咬牙瞪着他，自己却慢慢红了眼眶。

是，她自己没出息，她余情未了，她还对唐皓有着不该有的心思，但他这算什么？

不高兴就掐着脖子威胁，高兴就逗一逗撩一撩？

唐皓看看她，又转头看看自己的手。苏叶刚刚用了挺大的力气，他手上已经红了一块。

若是唐夜弦，这个时候只怕已经要心虚害怕得发抖了，但苏叶丝毫不想退让。

哪怕大家心知肚明唐夜弦是唐家养来哄老爷子开心的玩意儿，但不代表她也贱到甘心做他的玩物。

"抱歉。"结果唐皓先道了歉。

苏叶有点意外，却依然抿紧了唇没吭声。

"我刚刚，太过孟浪轻浮了。"唐皓说，"我应该更严谨正式一点先跟你说的。对不起。"

严谨正式一点……他是认真的？

苏叶睁圆了眼睛："你是不是疯了？"

"前几天我也是这么觉得。"唐皓轻轻叹了口气，"但……那天动手，

和今天……并不矛盾。当时，你是杜怀璋那伙的，你行动诡异，甚至对死者不敬。"

是的，他真是有一万个理由动手。苏叶冷哼了一声："我现在还是杜怀璋那伙的，我现在还是行动诡异，我就是苏叶。"

唐皓竟然点了点头："嗯，好的。"

苏叶："……"

她当然能看出来，唐皓并不是真的相信这种事，他只是……不跟她较这个真了——

带点包容带点放纵，你说什么都好。

这让她越发混乱起来。

她摇了摇头，抬起手去摸唐皓的额头："你到底怎么了？"

唐皓按住了她的手，轻轻道："我不过是想，无法抗拒的事，就只能面对。无法控制的事，就只能接受。人生无常。我已经错过一次了。现在有一个人，我愿意和她坐在一起，喝喝茶看看花聊聊天，这就很好。她以前是什么人都不重要，现在这个就站在我面前的人，我不想再错过。"

苏叶怔在那里，手心就贴在他额头上。

她能感觉到他皮肤的温度、跳动的脉搏。

他没有发烧，呼吸正常，心跳略快。

但跳得更快的，是她自己的心脏。连体温也越来越高，她甚至都害怕自己手心的温度会灼伤唐皓的皮肤，慌张地把手抽了回来。

唐皓很合作地松了手。

苏叶退开了两步，端起桌上放凉的茶，一气灌了下去，然后又长长吸了一口气，才敢再转头来看唐皓。

唐皓就站在原地，静静地看着她。

苏叶才做好的心理建设几乎又要崩溃，她咬了咬牙："你前几天才警告我离孟修远点，自己突然来这出，就不怕刺激到老爷子吗？"

"所以，先不要告诉他。"唐皓理所当然地说。

苏叶："……"

他莫名其妙地跑来撩她，完了还要她保密？

唐皓又道："反正我也没指望你现在就能接受，我们慢慢来。"

说得好像她以后就一定会接受一样。

虽然她的确还……当年似乎也怪不了他，但错过了就是错过了。谁规定他现在想捡起来，她就必须得接着？

苏叶嗤笑了一声，忍不住出言讥讽："唐总裁还真是自信啊。"

"就是没有，才想慢慢来。"唐皓毫不介意地看着她的眼睛，轻轻道，"请给我认真追求你的时间。"

苏叶的冷笑僵了一下，甚至好像胸口都突然受到了一记重击。

很难形容那到底是一种怎样的感觉，并不是痛苦，也不是喜悦，就是闷闷的、胀胀的，似乎有什么要喷涌出来。

她捂着胸口，又退了一步。

唐皓并没有进一步紧逼，而是主动给了她空间，道："我先回书房处理点工作。"

苏叶茫然地点点头。

唐皓离开她的房间，却又在开门的时候，突然回了头。

苏叶几乎又要跳起来。

唐皓笑了笑："我只是突然想起来，还有件事，你说不定会感兴趣。"

苏叶拍了拍胸口才问："什么？"

"许建安的账，你猜他挪用的公款流向了哪里？"

苏叶一时还没有回过神，机械地重复："哪里？"

唐皓却没有直接回答，微微一挑眉，颇有意味的样子："我以为能查到许建安的私密账户，却没想到，那个账户竟然是苏承海的。"

"什么？"苏叶禁不住惊呼出声。

许建安挪用苏氏的钱，却用苏承海的账户来操作？

这算怎么回事？

等等，唐皓既然都查出了具体的账户和资金流动……就是说许建安挪用公款真的确有其事？

他……

苏叶的神色沉重起来。

唐皓也没再说什么，转身出去，带上了门。

苏叶不知道苏承海有什么私密账户。

毕竟做女儿的，无缘无故也不可能去查父亲的账。

苏承海去世得其实也有点突然，苏叶当时都以为再养养就可以出院了，却突然恶化。她赶去医院时，苏承海连话都说不出来了，也没有遗书。

她就是正常地继承了苏氏和明面上的财产。父亲是不是私下里还有别的安排……她根本一无所知。

许建安说不定都知道得比她多。

所以，苏承海去世之后，许建安就悄悄把那些都瞒下来了？

苏叶神色黯然。

如果是她车祸后刚醒来那会儿，肯定不会相信。但这些时日以来，她跟许建安的接触，对当年种种的反思，却不由得心生怀疑。

她以前觉得她跟许建安相依为命，那是真的。她真的把许建安当作唯一的亲人了，不要说苏承海的私密账户，就算是苏氏……她其实也可以交给他的。

她对身外之物真的并没有太过执着。

这源于她强大的自信，她一直觉得只要有人在，钱总是能赚回来的。

但许建安……

他到底瞒了她多少事？

苏叶的胸口闷闷发痛。

一直到张婶上来叫她吃晚饭，才勉强打起精神来。

苏叶下了楼，才发现唐皓也在。

他看起来并没有什么异常，陪唐霖坐在沙发上看电视，偶尔交谈两句。就连看到苏叶下来，他也只是跟往常一样，连正眼都没给一个。

苏叶不由得怒火中烧，恨得咬牙。

下午才跟她说这样那样呢，这会儿就又当她不存在了？

他还真指望她真的乖乖陪他玩什么地下情吗？

想得美！

苏叶心中暗自哼了一声，却袅袅婷婷地走到唐皓旁边，就挨着他坐下，亲亲热热地搂了他的胳膊，甜甜一笑："大哥和爸爸在看什么呀？"

唐皓的身体明显僵了一下，但也并没有抗拒，侧头看她一眼，微不可察地悄悄捏了一下她的指尖。

苏叶自己反而差点要跳起来。

失策了！

他其实根本就是在等着她投怀送抱吧？

苏叶磨着牙，暗暗用力地在他手臂内侧掐了一把。

唐皓眼角微抽，但还是保持着一张正经脸，有点无奈地看着她。

这丫头胆子真是越来越大了啊。

不过……这种时候倒是不像苏叶了。

苏叶不会这样冲动幼稚，但这些幼稚的小动作，却让她看起来格外鲜灵生动，就像一只张牙舞爪的小奶猫，甚至让他几乎忍不住想摸一摸。

另一边的唐霖丝毫没注意他们的你来我往，正高高兴兴地指着电视："小弦上次的节目出预告啦。"

这时电视屏幕上出现的，正是唐夜弦嚣张又嘚瑟的脸。因为是预告片，声音是消掉的，配的字幕是"邱坑坑首次被反坑"。

唐霖就不乐意了："这是影射我们小弦吗？'坑'是个什么意思？说谁坑呢？"

苏叶打了个哈哈，她闹的那出，可不是把整个节目组都坑了？能反过来当成卖点，也算是机智了。

下一个镜头，是苏叶和孟修在溪边说话。

月色溶溶，溪水潺潺，两人的外貌都十分出众，一个温文尔雅一个巧笑嫣然，真是美得如诗如画。

"哎哟，我家小弦真是好看。其他几个女的，根本不能比。"唐霖这个实力女儿控又上线了，夸了好一会儿才问，"刚刚那个男的是谁？"

"哦，他叫孟修，大影帝。我上次那个电视剧也是跟他演……"苏叶话没说完，唐皓已经直接站了起来。

苏叶抬眼看着他。

"吃饭了。"他面无表情地说着，转身走向餐厅。

苏叶对着他的背影做了个鬼脸。

"顽皮。"唐霖呵呵笑着拍拍女儿的手，"你大哥就是对娱乐圈不感兴趣，并不是不支持你。"

苏叶暗叹了口气，如果只是这样，那倒简单呢。

吃完晚饭，唐皓去了书房。

苏叶回了自己房间，坐在阳台上，看了看隔壁透出的光，纠结了好长时间，还是去敲了门。

"进来。"

唐皓几乎立刻就应了声。

苏叶推门进去，见唐皓并没有在办公，明显一副在等她的样子。

她就更郁闷了："你就是故意的吧？"

唐皓说："你指哪件？"

哪件不是呢？苏叶一时气结，但还是道："许建安的事，挑这个时候跟我说，就是等着我来问的吧？"

唐皓坦然地点头认了："我原本是怕你羞恼，像之前那样躲着我，所以想找点你可能会感兴趣的事跟你一起做。若是早知道你会变得更热情，就不必多此一举了。"

苏叶："……"

热情他个头！

她现在简直都想打人了！

不过……事实上她上次不小心说了想他之后，的确一直避着不跟他见面也是事实。

所以唐皓抛出这个饵来引她……也算是用心良苦。

苏叶叹了口气："所以，你所谓的认真追求，就是拖着我一起去查你前女友老公的账？"

"你不是苏叶吗？不想查清楚自己到底是怎么死的吗？还是说……"唐皓挑了挑眉，声音却压得低低的，带点气音的颤动，"在吃自己的醋？"

苏叶："……"

她吃饱了撑着才吃这个醋。

但……

她从没见过这样的唐皓。

他少年时阳光洒脱，历经大变后严肃冷峻，而这时……低沉嗓音里透着诱惑，幽黑眼瞳似有波光流转，微微上扬的嘴角轻佻邪魅，却又勾人心魄。

苏叶一时间甚至移不开眼。

直到发现唐皓嘴角的笑容越来越灿烂，她才慌忙扭过头，掩饰地干咳了一声，但脸还是不受控制地一直红到了耳根。

耳边听到唐皓的轻笑，苏叶咬牙切齿："真没想到你会是这样的唐皓。"

唐皓道："如果你真是苏叶，就应该知道，我其实一向都是这么干脆直接的。"

是的，当年的唐皓，也是大大方方地走到她面前，直接说"认识一下"。

但这样的……也算直接吗？

这简直……已经是不要脸了！

苏叶涨红着脸，根本不想再跟他多说什么，索性也直接地一伸手："你查到的证据呢？"

唐皓也没有继续卖关子为难她，递过了一个U盘，显然也是早就准备好了。

　　苏叶接过U盘，转身就走。

　　唐皓笑着在她身后问："明天晚上一起吃饭吗？"

　　苏叶理都没理，直接把门关上了。

第十八章
唐皓，你真差劲

唐皓给的 U 盘里，是和许建安相关的资料。就好像苏叶之前看到的那份杜怀璋的资料一样，只有时间、事件和数据，看起来十分详实。

苏叶想，他调查许建安，大概也不是一两天的事了，里面有些事，连苏叶自己也未必清楚。

毕竟她是觉得人都要有自己的隐私的，即便是亲密如父女、夫妻，她也不会想要事无巨细全都知道。

就好像苏承海的私密账户，就好像许建安的出身。

她只知道许建安来自山区农村，但也只限于知道那个地名。许建安自己没主动提起，她就没有多问。他们结婚之后，从来没有去过，那边也没有人找来。

苏承海告诉她许建安是个孤儿，她就更加注意了，只怕他有什么伤心往事。

她觉得，夫妻嘛，互相尊重、互相信赖就是婚姻的基础，不需要盘根问底，他相信她的话，自己就告诉她，不然逼急了万一撒谎呢？有什么意思？

可是……

结果呢？

看看她这份信任。

苏叶看着电脑上的文件,自嘲地笑了声。

这个账户开户人的确是苏承海,但苏承海一年多前就去世了,但这个账户这一年多来,还一直有资金流动。数目和许建安挪用的公款都能合上。最近一笔,是两个月之前,汇出了两百万。

这如果不是许建安真的有问题,难道还能是苏承海也死而复生?

这种事,哪有那么多呢?

父亲那么疼爱她,如果真的还活着,这一年多来,为什么不来找她?她当时可是一睁眼就想回去找许建安……

苏叶想到这一点,心口又抽痛了一下。

她烦躁地退了U盘,关了电脑,直接往后一倒,躺在了床上。

她有时候也想,死都死了,以往的事,还管它什么,只顾好眼下和将来吧。

但……她若真是出了意外,或者生病,或者寿终正寝,那也就算了。可她记得她是怎么出的车祸,记得那个刹车被人动了手脚。

唐皓说得没错,她想知道她到底是怎么"死"的。

不弄清楚,心里就始终卡着什么事。

想起唐皓,苏叶就更加烦乱了。

她不知道唐皓到底想怎么样。

他下午的告白太突然,她太过震惊,又被许建安的事扰乱了心神,都没来得及细想。

到这个时候……比起少女时代被告白时的欢喜羞怯,她这时的心情真是复杂得多了。

惊诧、怀疑、忐忑,甚至……难堪。

从唐皓打破自己一向的冷静自持掐了她的脖子,她就知道他的确——就算不说爱,至少是还惦记着以前的苏叶的。

但他今天下午说要认真追求她,也不似作伪。

就是一边牵挂着前女友,一边还要追新女友……渣男!苏叶咬牙骂了一声。

可是……其实两人都是她，这个感觉就变得微妙起来。

他是真的信了她就是苏叶，还是……根本就是在把她当作代替品移情？

苏叶猜多半是后者。

而且他还没打算公开，至少在唐霖活着的时候，不想公开。

真是渣得不能再渣了。

苏叶揪着身下的床单，只想把它当作唐皓碎尸万段。

但……目前来说，也只能想想而已。

现在的她还不能自立，手头有一个脱离了安盛的公司，还是借唐皓的钱。

她自己的"死因"还在调查，也有颇多要倚仗唐皓的地方。

唐霖的身体状况，大概也真是接受不了她和唐皓搞出什么大事。

……

苏叶在心里一条条列着暂时不能与唐皓撕破脸的理由，缓缓做着深呼吸。

她坐起来的时候，一眼就看到了放在手提电脑旁边的那个U盘，顿时就想起唐皓把U盘给她前的那个表情。

那个表情在她一直受的教育里当然显得太过轻浮，但偏偏就那样……

苏叶闭了眼。

唐皓的形象反而更加清晰了。

邪魅冶艳，风姿无双。

……

苏叶一时只觉得……做什么心理建设都没用，闷闷地去冲了个冷水澡。

苏叶一夜都没睡好，第二天起来时，黑眼圈简直跟熊猫能有一比。

她也不想被唐皓看笑话——别人不知道她为什么睡不好，唐皓肯定一眼可知——索性化了个浓妆。

烟熏妆爆炸头重出江湖。

不过，她审美到底还在线，没折腾成之前的辣眼非主流，搭配着黑色蕾

丝裙和各种小配饰，看起来倒有几分哥特风的高冷神秘。

下楼去之后，唐霖虽然吓了一跳，但还是夸女儿偶尔换换风格也很好看。

苏叶有点无言。

想想之前唐夜弦那种造型，唐霖也是能眼都不眨地夸成一朵花，可见真是各家儿女各心疼了。

若是……他知道唐夜弦的身份……

苏叶心中暗叹了一口气，露了个笑容，挨着父亲坐下，甜甜地撒了会儿娇，看了一圈没见唐皓，又问："大哥呢？"

"上班去了。他本来是想等你一下，顺路载你去学校的，接了电话临时有事。一会儿叫老张送你。"

苏叶应了一声，松了口气的同时又有点失落。

她还想看看，看到她这个造型时唐皓什么反应呢。是不是对着这种非主流扮相的她还能把她当代替品一本正经地说不想错过？

苏叶之前因为谣言帖在云大火了一把，之后跟着又是拍电视，又是上综艺，现在在学校多少也算是个名人了，还有人专门去看她偷拍的。

她的"新造型"很快就在校园网上流传开。

有人大呼上当："说好的小仙女呢？"

有人就喜欢这种风格："唐大小姐的女王气场其实跟哥特风很搭啊。"

也有直接黑的："她懂个屁的哥特风，她就是个非主流。之前肯定是有人给她支着儿抢戏抢角色，现在抢完了就故态复萌。"还贴出以前的非主流照片做对比。

但已经知道她妆下的素颜是什么样子的脑残粉们丝毫不管——"就是很萌啊，我弦穿什么都萌。"

总之，网上是掐得一片鸡飞狗跳。

潘景翔拿了手机去给唐皓看："你这妹妹还真是风格多变啊。"

唐皓翻了个白眼。

他就知道，那臭丫头能装得了几天？

先是恢复这种脑残非主流的打扮，接下来，就该本性暴露了吧？

什么乖巧听话，什么发愤图强，什么商业天赋……屁！

连大哥都被她骗了！

潘景翔又问："这上面还说是你们唐家有人教她挽回形象，应该不是你吧？"

唐皑没好气地哼了声："我吃饱了撑的？"

"那是你大哥吗？"

"我大哥看起来那么闲吗？"

唐皑这么回着，自己也不由得在想。

唐夜弦前一段时间的变化，肯定不是她自己真的发自内心改过自新，改变却是确实存在的。那就应该的确是有人在教她吧？

不是他，不是大哥，应该也不是父亲。老爷子倒是一直想教来着，可这么多年了，也没见唐夜弦改啊。

难道是杜怀璋？

唐皑不喜欢杜怀璋。就算杜怀璋能力不错，但这种试图借联姻走捷径的人，他根本看不起。

可是杜怀璋跟唐夜弦订婚也有几年了，之前对唐夜弦看起来百依百顺，也从来没教过她这些，总不至于这个时候才开始约束她？又只约束了这么短的时间，到底是想怎么样？

唐皑还没思考出结论，突然看到一辆眼熟的车。

他跟了几步仔细看了一眼，的确是唐皓的车。

他刚刚还跟同学说大哥没那么闲，怎么就来他学校了？

来了也没给他打电话，应该不是找他，那……

唐皑盯着那车开走的方向，咬了咬牙，突然拉过潘景翔："你还想不想认识我妹妹？"

"想是想，但你之前不是说……"

"跟我来。"

唐皑拖着潘景翔就往艺术学院那边去了。

唐皑没有"唐夜弦"的电话号码，他根本从来就没想过要联系她。

不过，"唐夜弦"这阵子风头很盛，到了艺术学院，随便找个人问问，就给他们指了路。

过去一看，他之前果然不是眼花，唐皓的确来了，这时正站在路边和"唐夜弦"说话。

"唐夜弦"果然跟校园网上的照片一样，发型夸张，妆容浓艳，两个大大的黑眼圈不说，连嘴唇都涂成了妖异的暗紫色。穿条黑色的短裙，下面是高底长靴。唐皑觉得说什么哥特风都太抬举她了，半夜里乍一看到这样的，他指不定都得吓死。

而唐皓是从公司过来的，穿得正正经经，西装革履，一丝不苟。他俩站在一起，怎么看怎么诡异。但唐皓偏偏似乎丝毫没有自觉，跟"唐夜弦"说话的时候，竟然还带着点淡淡的笑容。

唐皑简直气不打一处来，那臭丫头到底给他家的人灌了什么迷魂药？

父亲如此，大哥又如此。

他才不会被这小贱人蒙蔽，迟早要揭穿她的真面目，将她赶出唐家！

苏叶本人这时也正在无奈。她可没想到唐皓会直接来学校找她，甚至对着她这样一张脸也笑得出来。

看到唐皑的时候，她甚至就好像看到救星，大老远就挥着手叫："二哥。"

唐皑根本不想理她，只转头看向唐皓，叫了声"大哥"，又问："你怎么会来这里？"

唐皓道："小弦的明畅公司地址还没定，正好今天下午有空，来陪她去看一看。"

虽然这个新公司现在只有一个项目在红枫镇，但是要在云城注册，再考虑到以后的发展,云城这边肯定还是要有个办公地点的。

也正是因为这个,苏叶虽然无奈,却也不太好断然拒绝。

安盛本身就有做房地产,唐总裁亲自挑出来的房源,当然是最合适的。她并不想放弃这个便利。

毕竟,她现在就是唐夜弦。

唐家的女儿,用唐家的资源理所当然。

何况都吃穿用度全是唐家的,在这种事情上反而来讲什么骨气,就有点可笑了。

而唐皑一听到这个,就更气了。

之前大哥还拿"唐夜弦"的策划案来怼他,结果呢?

钱是大哥掏的。

具体的事务,杜怀璋做一半,夏千蕾做一半,有她"唐夜弦"什么事?

连办公室都还要大哥陪着去看,这公司也好意思说是她做的?

多大脸?

唐皑立刻就道:"我也去吧。"

唐皓转过头来看着他。

唐皑气势顿时就弱了一半,但还是努力挺着胸膛说:"我们最近正好开企业战略管理课程,多点社会实践也好。"

潘景翔一脸莫名其妙地看着他——

那是下学期才开的课不说,你跟着去看房算哪门子的社会实践?

你家开着安盛啊,你想社会实践随便在哪个部门待半天不比去看房强?

唐皓虽然没什么表情,但那眼神已经嫌弃得没边了。

这真是他弟弟吗?

他能塞回老妈肚子里回炉重铸一下吗?

苏叶也是先怔了一下,然后就"扑哧"一声笑出声来。她亲热地搂了唐皑的胳膊,微微仰起头看着他,甜甜地道:"谢谢二哥。我就知道二哥嘴上不说,心里最疼我了。"

"闭嘴！"唐皑忙不迭把自己的手抽出来，还往后跳了一步，"死丑八怪离我远点。谁疼你了，整天胡说八道！"

苏叶撒了手，只是笑。

潘景翔也忍不住挤眉弄眼地笑他，关心妹妹想一起去看她以后工作的地方，这才对嘛。这唐皑就是这么口是心非，才会传出那种兄妹不合的流言嘛。看看，这哪里是不合？感情明明很好啊。

苏叶又问："二哥你今天怎么到我们这边来了，有事啊？"

唐皑直接把潘景翔扯过去卖了："这家伙想来见你。"

明明是他自己……潘景翔也不好拆兄弟的台，而且他的确还蛮想认识唐夜弦的，就顺势点点头，还掏出个本子来："我是你二哥的同学，我叫潘景翔，妹妹给我签个名呗？我要裱起来等你大红大紫时拿出来炫耀。"

苏叶大大方方地道了谢，还真给他签了一个。

然后，四人就一起去看了房。

虽然唐皑说自己只是提供房源参考，全程由苏叶自己去交涉，但他这样一尊大神就站在旁边，谁又敢对苏叶玩什么花招？

苏叶挑了个大小位置价格都合适的地方，顺顺当当地签了下来。

按唐皑本来的安排，这时候当然就可以顺理成章地去吃个饭庆祝一下了。但因为非得硬跟来的唐皑和被他硬拖来的潘景翔，这顿饭也变成了四个人。

有外人在，唐皑不至于会对弟弟的没眼色发脾气，但心情当然也算不上愉快，不时散发着低气压。

唐皑还能硬着头皮尬聊两句，潘景翔只想找个洞钻进去缩起来——怪不得有传言叫唐皑"唐阎王"，这气势真是太可怕了。关键是……他都不知道到底怎么惹到唐皑了。

这顿饭唯一吃得开心的就只有苏叶了。

昨天唐皑说什么"请给他追求的机会"，好像很谦和诚恳，看今天这一连串的安排,说到底,这见鬼的大男子主义跟杜怀璋有什么不同?

区别无非就是杜怀璋是直接命令了,他是一环扣一环地安排好,让她根本就没有拒绝的机会。

所以,她觉得今天的唐皑真是来得太及时了。

苏叶坐在唐皑身边,不停地给他夹菜:"二哥你多吃点,这个好吃。你要鸡腿吗?"

唐皑莫名其妙,甚至直接打了个寒战:"你今天什么毛病?"

苏叶无辜地眨了眨一双大眼:"没有啊,对二哥好也不行吗?"

"打住。"唐皑搓了搓手臂上的鸡皮疙瘩,"无事献殷勤,非奸即盗。老老实实给我把这套收起来,我才不会上你的当。"

苏叶就一脸无奈地看向唐皓,告状:"大哥,你看二哥,这么说人家。"

唐皓根本不想看她得了便宜还卖乖假得不值五毛钱的表演,站起来,丢下一句"我去下洗手间"就出了包厢。

苏叶向着他的背影挥挥手,弯了弯嘴角。

有本事撩她,倒是当着弟弟的面来啊?

呵呵。

结果唐皓这一走,直到几人差不多吃饱,也没见回来。

苏叶就有点不自在了,微微皱了一下眉,向唐皑道:"你去看看大哥,别出什么事了。"

唐皑很不以为然:"大哥能出什么事?天塌下来都不会有事。多半是碰到熟人被叫住说话了吧。"

也是。云城富豪圈子爱去的餐厅也就这些,碰上熟人也不奇怪。苏叶去个馔玉楼还能碰上许建安呢。

可是她不知为什么还是有点不放心,只好自己跑出去找唐皓。

这家酒店的环境挺讲究的,洗手间外面,有个布置得相当雅致的小露台作为吸烟区。

唐皓就在那里。

的确不是一个人。

旁边还站了个身姿婀娜的女人。

苏叶只一眼就认了出来。

谢圆圆。

她以前的闺蜜,连背影都熟悉得很。

苏叶移了移脚步,整个人躲到了一株郁郁葱葱的盆栽后面。

偷听这种事她其实一向不齿的,但这时,还是让好奇占了上风。她想知道唐皓和谢圆圆到底在说些什么。

那边的两人似乎也没注意到盆栽后面有人。

唐皓在抽烟,手上一支烟已差不到燃到了后半,他本来就是看苏叶故意给唐皑夹菜心烦才出来的,现在看起来根本没有好转,身上散发的冷意简直要把周围的气温都降低几度。

谢圆圆似乎丝毫没有觉察,微仰着脸向着他笑得明媚灿烂:"……那就这样说定了,皓哥一定要来哦。"

她比苏叶小,从苏叶跟唐皓在一起,就叫唐皓"皓哥",但这时叫起来,似乎格外婉转动人,柔得似乎能滴出水来。

苏叶从来没听到她这样说话,不由得在盆栽的叶子上掐了两下。

谢圆圆是不是以前背着她的时候,也是这样的姿态?

谢圆圆对唐皓……到底是什么时候开始的?

说定的又是什么?

苏叶咬了咬牙,暗恨自己出来得太晚了,根本没有听到关键的部分。

唐皓把手里的烟头掐了,淡淡道:"再说吧,也许没空。"

"别这样嘛,你都有空跑去枫城探小弦的班,这一两个小时也抽不出来吗?"谢圆圆显然不太能接受这样的敷衍,撒着娇说。

"嗯,抽不出。"唐皓却连敷衍都不肯了。

谢圆圆咬了咬自己的下唇,看着他,泫然欲泣:"皓哥……"

唐皓根本不为所动："我只有一个妹妹，谢小姐这么叫不太合适。"

苏叶不由得咧了咧嘴，都叫了那么些年，刚刚不也叫了吗？这时候才说不合适？

都被这么说了，谢圆圆也知道继续死缠烂打下去不好看，勉强挤了个笑容，转身先走了。

苏叶连忙把身体缩进角落里，听着高跟鞋的声音去了另一个方向，才松了一口气。

谁知跟着就听到有人在她身后幽幽道："偷听好玩吗？"

苏叶只差没跳起来，根本连身都不敢转，直接就要开溜，却被人一把抓住，强迫她抬起头来，正对上唐皓的目光。

苏叶只感觉自己的心脏几乎都要炸掉了，好半晌，才讪讪地叫了声："大哥。"

唐皓这时看起来心情明显已经阴转晴了，竟然还带着点戏谑打量被苏叶掐烂的盆栽叶子，挑了一下眉，声音里都带了笑："不好好在里面吃饭跑出来掐叶子玩？"

被抓了现行，苏叶也不好抵赖，索性一摊手，道："所以……你早就看到我了？刚刚那些话，只是特意说给我听的？"

"是，也不是。"唐皓依次回答，又补充，"你来不来，我都会拒绝她的。"

"我没来的时候，听人叫'皓哥'就说'再看吧'，我来了，就说'不合适'了。"苏叶咂了一下嘴，"啧，男人啊。"

唐皓并没有辩解，只是本来抓着她胳膊的手往下牵住了她的手："回去吃饭。"

苏叶也没挣开，继续问："你们什么时候搞在一起的？"

唐皓皱了眉，握着她的手也稍微一紧，甚至停下了脚步，正经道："这种话不要乱说。除了苏叶，我从来没有和别的什么人搞过。"

苏叶瞬间就红了脸。

这里虽然不是大庭广众，但也是公众场合啊，大哥你这猝不及防就开了

车，是不是不太好啊？"

好在妆浓，她脸红一时倒也不太看得出来。苏叶咬了牙，把自己的手抽回来："你故意的吧？觉得这样我就不好意思继续追问你和谢圆圆的关系？"

"除了她，不会再有人跟我说苏叶的事了。这就是我们的关系。"唐皓回答。

所以现在有了可以代替苏叶的"唐夜弦"，他就对谢圆圆不假辞色了。

苏叶一瞬间甚至不知道自己应该恼恨谢圆圆的背叛，还是更应该可怜谢圆圆。

说到底，其实谢圆圆有什么错呢？

就算谢圆圆早就喜欢唐皓，可她和唐皓在一起的时候，谢圆圆也没有插足。后来她嫁人了，甚至都"死"了，谢圆圆追求自己喜欢的人有什么不行？

苏叶深吸了一口气，摇了摇头，一字一顿道："唐皓，你真差劲。"

对她这突然的指控，唐皓沉默了几秒钟，才道，"我从来没有给过她那方面的暗示，她也知道我一直喜欢苏叶的。只不过她……"他顿下来，又静了一瞬，叹了口气，"是，是我放任了她的妄念。是我的错。"

"但是……她是苏叶最好的朋友，她跟我们有过共同的时光，我不算喜欢她，但在这个层面上，总还是有几分不同的。"唐皓轻轻道，"也正因为这个，苏叶去世之后，她频繁出现在我面前，我也没能狠下心。可是我昨天已经决定要追另一个女孩子了，你出来之前，其实我已经和她说清楚了。你看到的，只是她的不甘心。"

苏叶可以看得出来，他说的都是真话。

但，她只觉得可笑。

"你对谢圆圆先是放任，再来拒绝。对我不过是因为觉得我像苏叶，甚至对死掉的苏叶也一样，你错过她，无非是因为你一直只考虑你自己。"苏叶看着他的眼睛，再一次道，"唐皓，你真差劲。"

当初也许真是误会，可但凡他真的能设身处地站在苏叶的角度想一想，苏叶可能是被父亲蒙蔽管束，但他是自由的，只要再多打几个电话，只要再想办法见她一面，也不至于变成后来那样。

但他直接就提了分手。

哪怕当年他年少气盛又忙着安盛的事，之后呢？

她又不是跟他分手之后立刻就结了婚。之后那么长时间，她不见他，他就不见她。

苏叶真以为大家都干脆地放下了。

结果他还能为了苏叶掐别人脖子。

呵呵。

"苏叶是蠢，她以为自己是被甩的那个，就非得更加骄傲地昂起头。可是你所谓的喜欢呢……"苏叶嘲讽地轻笑，"连再争取一次都不肯。不肯就算了，了不起一别两欢。却又偏偏要自以为是地拿出来伤害别的女孩子，最好别人还要为你感动，觉得你深情一片，受尽委屈。"

她昨晚还给自己列了很多暂时不能和唐皓翻脸的理由，这个时候却被他对谢圆圆的态度激化了从昨天被告白以来的难堪和愤怒，统统都不想管了。

她目前是不能自立没错，她是要依靠唐家没错，她没人没钱连自己怎么"死"的都没法查也没错，但那不代表她就没了自己的脾气逆来顺受。

她的确一直没有忘记少年时炽恋情深的唐皓，也的确还会偶尔被现在的他吸引魅惑。

但她已经不是十几岁的苏叶了，也不是真的十几岁的唐夜弦。

这样的唐皓，怎么可能接受？

瞒着唐霖就算了，今天看起来，显然也没想让唐皑知道，这是想让她做地下情人吗？

世上还有比这更可笑的事吗？

她怎么可能让自己卑贱到这个地步？

没有人可以践踏她的尊严，杜怀璋不行，唐皓也不行。

"许建安不是好人，杜怀璋不是好人，你唐皓，又好在哪里呢？"苏叶道，"不要再说你想认真追求我啦，你看，就算是逢场作戏，我也连一天都

忍不了。就这样吧。我先回去了。"

唐皓也没想到形势会这样急转直下，一时甚至愣住了，看苏叶连包厢也不回，直接就往外走，才匆匆叫了声："小弦。"

苏叶连头都没回，只稍微扬了扬手。

唐皓追出两步，但到底什么也没能说出口，僵立原地，看着她的背影转过走廊，消失不见。

- 未完待续 -

大鱼文化 & 小花阅读
面向全国招聘兼职签约作者
长期有效哦！

公司介绍：

　　大鱼文化是中国一线青春文学图书策划公司，多年来与数十家国内出版社深度合作，每年向市场推出三百余个品种的青春类畅销图书，每年签约推出新人作者近百名。

　　其中公司子品牌"小花阅读"立足传统纸质出版，引导青年休闲阅读风向，主力打造和发掘新人创作者，采用编辑指导创作模式，创作出适合市场的优质阅读产品。

　　现面向全国各高校招聘兼职新作者。

我们的工作说明：

　　还未毕业？有其他正式工作？看清楚了，我们这次招的就是兼职！
　　从未有过发表史？国内一线青春编辑亲自教你点滴成文！
　　想要出版一本属于自己的图书？国内一线出版公司专业签约护航！
　　想要一份收入稳定岁月静好的兼职工作？做做白日梦写写小说最适合不过。

兼职的要求及待遇：

　　年龄不限，学历不限；爱看小说，想要创作。
　　每天只要2~3个小时，日过稿只要三千字，宅在室内，风雨不惊，月兼职收入不低于三千元！

我们需求的题材　　清新恋爱、青春校园、都市言情、甜宠萌文、古风言情、悬疑推理、奇幻武侠、科幻冒险……

应聘的流程：

　　1. 上网下载一份标准简历模版，按自己的真实情况填写。
　　2. 自行构思一个自己最想创作的长篇故事内容，撰写三百字内容简介，将故事分为12~20个章节，每个章节用100字以内说明本节讲述的主要情节（内容简介和章节内容加起来不超过2000字）。
　　3. 将上述内容用WORD文档整理好，格式清楚，一起发送到以下邮箱：dayuxiaohua@sina.com　（两周内百分之百回复，如两周内未收到回复则可视为发送途中邮件丢失，可再次投递）。
　　4. 简历和创作大纲如有合作可能，公司将于两周内派出专业编辑一对一联系，进行下一步沟通，指导创作、签约等流程。如暂时不符合合作条件，则可再次努力。
　　5. 一经签约，作品将按国家出版规定签订标准出版合同，成为正式出版物，所有程序遵守国家法律法规要求。

其他说明：

　　了解大鱼文化图书产品风格类型，有助于提高签约成功率。

了解途径：

　　公司产品广布于全国各大新华书店青春文学专架、全国各大网络书城、淘宝大鱼文化图书专营店及各大天猫书店
　　微信公众号"**大鱼文学**"和"**大鱼小花阅读**"均有签约作者作品试读。
　　关注新浪微博官方号"**大鱼文学**"，有每月产品即时消息发布。